SARAH LINDBERG

DIE FABRIKANTINNEN

Schwesternzeiten

rütten & loening

SARAH LINDBERG

DIE FABRIKANTINNEN

Schwesternzeiten

ROMAN

rütten & loening

MIX
Papier | Fördert gute Waldnutzung
FSC® C083411

ISBN 978-3-352-00977-8

Rütten & Loening ist eine Marke
der Aufbau Verlage GmbH & Co. KG

1. Auflage 2022

Gesetzt durch Greiner & Reichel, Köln
Druck und Binden CPI books GmbH, Leck, Germany
Printed in Germany

www.aufbau-verlage.de

Ein Leben lang verbunden

Für alle Schwestern

EINS

Verlorene Liebe, wo ist da Ersatz für?

JOHANN WOLFGANG VON GOETHE
DEUTSCHER DICHTER
(1749–1832)

Sommer 1945

Emmi Wagner träumte. Hand in Hand ging sie mit ihrem Mann Emil am Kanal spazieren. Die Sonne schien warm vom Himmel, spiegelte sich in der unbeweglichen Wasseroberfläche wider, während die Vögel ihre fröhlichsten Lieder zwitscherten.

Das Leben war schön. Natürlich war es schön, denn Emil war an ihrer Seite.

»Habe ich dir heute eigentlich schon gesagt, wie sehr ich dich liebe, mein Herz?« Emils Daumen strich sanft über Emmis Handrücken.

Lachend warf sie den Kopf in den Nacken. »Ja, das hast du. Bestimmt sechsmal.«

»Zu oft?«

Vehement schüttelte Emmi den Kopf. »Nein, *zu oft* kannst du mir das überhaupt nicht sagen.«

Emil blieb stehen. Nun nahm er auch Emmis zweite Hand in seine und blickte ihr fest in die Augen. »Du bist alles, wirklich alles, was ich mir vom Leben jemals erhofft habe.«

Seine Stimme klang warm und aufrichtig, Emmi glaubte ihm jedes Wort.

Ganz langsam zog er sie an sich. Immer näher und näher. Seine starken Arme legten sich um ihre schmalen Schultern, Emmi wurde von einer Woge tiefster Zuneigung erfasst. Glücklich seufzend schmiegte sie sich an ihn.

»So kann es bleiben«, flüsterte sie. »So muss es bleiben.«

»Das wird es, mein Herz«, hörte sie Emils warme Stimme nahe an ihrem Ohr raunen.

»Versprich es mir«, bat sie ihn.

Wie dumm von mir, wie naiv und weltfremd, dachte Emmi im nächsten Moment. Als ob Emil ihr ein Versprechen für so etwas Unberechenbares wie das Leben machen könnte.

Der Krieg war gerade zu Ende. Nazideutschland war als großer Verlierer daraus hervorgegangen – moralisch und menschlich fraglos das einzig Richtige, die allerbeste *Lösung*. Von Deutschland war nicht viel mehr als Schutt und Asche übrig geblieben, und die Frauen, ja, sie standen größtenteils allein vor meterhohen Trümmern. Ihre Männer, Söhne und Enkel befanden sich noch irgendwo in der Welt in Gefangenschaft, oder sie waren im Krieg gefallen. Nur wenige, erschreckend wenige hatten bisher den Weg zurück zu ihren Familien antreten können, kaum in der Lage, sich aus der eigenen Lethargie zu befreien, mit einer Zukunft, die in Schutt und Asche vor ihnen lag, während ihnen das erlebte Grauen noch allzu real im Nacken saß.

Was für ein Glück!, dachte Emmi in ihrem Traum, dass Emil nicht in diesen barbarischen Krieg hatte ziehen müssen, dass er bei ihr und den Töchtern geblieben war. Was für ein Glück, dass er bis ans Ende ihrer gemeinsamen Tage dicht an ihrer Seite sein würde, sie ihn jeden Tag spüren, erleben, bei sich haben konnte, ihren Emil, den sie von der ersten Sekunde an so sehr geliebt hatte und es immer weiter tun würde.

O ja, was für ein Glück sie doch hatten …

Emmi runzelte die Stirn. Etwas Störendes drang in ihren Traum ein, etwas, das nicht dazugehörte. Nicht hierher an den Kanal, wo sie Arm in Arm mit Emil im Sonnenschein stand und er sie jeden Moment küssen würde. So küssen, wie nur Emil es konnte, so küssen, dass sie die Welt um sich herum vergaß und nichts anderes wollte, als mit ihrem Ehemann eins zu werden.

Schritte. Hastige Schritte, die immer näher kamen.

Es klopfte. Jemand klopfte an eine Tür. An ihre Tür? Noch tief in ihrem Traum rief Emmi instinktiv:

»Ja, herein!«

Die Tür ging auf. Elsa, die eigentlich als Kinderfrau für Greta und Lisa im Haus angestellt war, trat ein.

»Guten Morgen, gnädige Frau Wagner«, hörte Emmi sie sagen. »Soll ich die Vorhänge schon aufziehen, oder möchten Sie noch einen Moment im Halbdunkeln liegen bleiben?«

Verwirrt setzte Emmi sich im Bett auf. Sie sah sich um, erkannte, dass sie sich in ihrem Schlafgemach befand. In Emils und ihrem breiten Ehebett sitzend. Sie tastete mit der rechten Hand neben sich. Das Kissen lag unberührt da, ebenso die Zudecke. Das Laken fühlte sich kalt an. Kalt wie die Hand, die sich nun um ihr Herz legte, als sie langsam anfing zu begreifen. Sie hatte geträumt. Alles nur geträumt.

Emmi räusperte sich, denn da war auf einmal ein dicker Kloß in ihrer Kehle, bevor sie erklärte: »Danke, Elsa, das ist nicht nötig. Ich möchte noch ein wenig liegen blieben.«

Erstaunt musterte Elsa sie. Die Fabrikantin Emmi Wagner blieb nie noch *ein wenig* liegen. Für so etwas hatte sie weder Zeit, noch entsprach es ihrem überaus pflichtbewussten Charakter. Die gnädige Frau war lange vor allen anderen Bewohnern der Wagnerschen Villa, in der Hildesheimer Börde gelegen, auf den Beinen. Meistens trank sie die erste Tasse Kaffee im Stehen, während sie schon in ihre Unterlagen vertieft war, die sie sich jeden Abend mit aus der Fabrik nach Hause nahm. Gleich nach dem gemeinsamen Frühstück mit ihren beiden Töchtern Greta und Lisa, ihrer Mutter Dorothea Engel und den Schwiegereltern Gerlinde und Hans-Hermann Wagner verließ sie dann die Villa, um in die Zuckerfabrik zu fahren, die sie gemeinsam mit ihrem Schwiegervater leitete.

Emmi war bemüht, sie wieder zu dem zu machen, was sie einst gewesen war: eine gut gehende Fabrik, die ihre Familie, aber auch die ihrer Partner, die Landwirte, ernähren konnte und in bitteren Zeiten eine bessere Zukunft verhieß.

Doch dieser Traum, dieses sehr reale Gefühl, in Emils Armen zu liegen und sich dem Trugschluss hinzugeben, dass es immer so bleiben würde, all das hatte sie einen Augenblick lang schwach werden lassen.

»Fühlen Sie sich nicht wohl, gnädige Frau Wagner? Soll ich nach dem Doktor schicken?«

»Nein, dafür besteht kein Anlass«, beruhigte Emmi die Kinderfrau und brachte sogar ein Lächeln zustande. »Und nun lassen Sie mich bitte allein, Elsa.«

Nur widerwillig kam Elsa der Aufforderung nach. Sie fühlte sich ihrer Chefin zutiefst verbunden, weil sie ihr nicht nur eine Anstellung angeboten, sondern auch ein neues Zuhause im ehemalige Gesindehaus, das sich etwas abseits des Haupthauses auf dem weitläufigen Grundstück des Anwesens befand, für ihre neun- und elfjährigen Söhne, ihre kränkliche Schwiegermutter und sich gegeben hatte.

Von ihrem eigenen kleinen Haus in der Hildesheimer Altstadt waren nur noch Trümmer übrig geblieben, ihr Mann Gunnar war im Krieg gefallen, und ihre Schwiegermutter war schwer herzkrank. Das Leben hatte kaum noch einen Sinn für Elsa Dinkler gehabt, letztendlich hatte sie nur ihren Söhnen zuliebe weitergemacht, von denen Fritz, der ältere, seinem Vati wie aus dem Gesicht geschnitten war, so dass sie ihn an manchen schweren Tagen kaum anschauen konnte, ohne dabei in Tränen auszubrechen. Beim Zuckerrübenklauen war sie dann ausgerechnet von der Fabrikantin höchstpersönlich ertappt worden. Doch statt einer harschen Zurechtweisung hatte Emmi ihr eine Zukunft geschenkt. Seitdem war Elsa geradezu erpicht darauf, es ihrer Chefin so angenehm wie möglich zu machen. Auf sie zu achten, sich um sie zu sorgen, ihr jegliche Mühen mit den Kindern und im Haus abzunehmen und ihr immer wieder zu zeigen, wie dankbar sie ihr war.

Dabei geriet sie regelmäßig mit der eigentlichen Hausdame Hilde aneinander, die sich von ihr nicht den Rang im Haus ablaufen lassen wollte. Oder Hilde beschwerte sich bei Gerlinde Wagner. Zweifelsfrei hätte die Hausherrin vor nicht allzu langer Zeit die übermotivierte Kinderfrau mit aller Deutlichkeit in ihre Schranken gewiesen. Doch inzwischen nahm sie es lediglich mit einem Schulterzucken zur Kenntnis. Gerlinde Wagner war meilenweit von ihrem früheren überheblichen Ich entfernt. Der Tod ihres Sohnes Emil schmerzte sie so sehr, dass sie keine Kraft mehr hatte, sich so herrisch wie früher aufzuführen.

Nachdem Elsa das Schlafgemach verlassen hatte, blieb Emmi tatsächlich noch einen Augenblick lang in ihrem Bett liegen. Sie schloss die Augen und hoffte, dass etwas von ihrem Traum zurückkäme. Wenn schon nicht Emil in wahrhaftiger Gestalt, so vielleicht ein wenig von der Wärme und dem damit einhergehenden trügerischen Gefühl, er wäre noch immer bei ihr.

Doch die Realität war leider zu übermächtig. Geräusche drangen zu ihr vor. Im Erdgeschoss wurden die hölzernen Fensterläden geöffnet, und leises Geschirrklingen kündigte an, dass die Köchin Berta dabei war, das Frühstücksgeschirr im Speisezimmer aufzutragen. Es war ein großes Glück, dessen war sich Emmi mehr als bewusst, dass die Wagnersche Villa in diesem schlimmen Krieg gänzlich unbeschädigt geblieben war. Noch immer lebten die Menschen, ob nun Bedienstete wie die langjährige Köchin Berta, die persönliche Hausdame Gerlinde Wagners Hilde und seit einigen Wochen Elsa und ihre Familie, in und um die Villa herum wie unter einer Käseglocke. Wenn man das Anwesen nicht verließ, ahnte man kaum etwas von dem Grauen, das Hitlers Krieg überall angerichtet hatte.

Jetzt fiel auf ihrer Etage mit einem leisen, metallischen Klacken eine Tür ins Schloss. Wenige Sekunden später hörte Emmi ihre elfjährige Tochter Greta rufen: »Elsaaaa! Wo bleibst du denn?«

Mit einem Sprung war Emmi aus dem Bett und eilte zur Tür. Sie nahm sich nicht einmal die Zeit, ihren cremefarbenen Morgenmantel überzuziehen oder in ihre gleichfarbigen Pantoletten zu schlüpfen, sondern zog schwungvoll die Tür auf.

»Greta, ist etwas passiert?«, wollte sie von ihrer Tochter erfahren.

Das elfjährige zierliche Mädchen sah sie mit ihren großen himmelblauen Augen an, während sie auf ihr honigblondes Haar deutete, das sich wie ein seidiger Schleier um ihre Schultern schmiegte.

»Sie kommt einfach nicht. Dabei warte ich schon ewig!«, beschwerte Greta sich.

Emmi verstand nicht. »Wer kommt nicht, Gretel?«

Etwas ungehalten stampfte Greta mit dem rechten Fuß auf. »Elsa! Sie soll mir die Haare flechten. Ich will so einen Kranz, wie Clara Hillmann aus meiner Klasse ihn gestern hatte. Elsa wollte dafür passende Bänder herbeiholen. Aber jetzt ist sie schon ewig lange fort, und ich muss hier warten.«

»Ach so ist das, Gretel. Ich verstehe. Trotzdem ist das kein Grund, am frühen Morgen solch einen Lärm zu veranstalten. Du weckst alle anderen damit auf.«

Schmollend schob Greta die Unterlippe vor. »Dann muss Elsa mich nicht so lange warten lassen«, brummte sie. »Sie soll sich beeilen, habe ich ihr gesagt. Aber sie hört mal wieder nicht und trödelt herum.«

Emmi gefiel es gar nicht, wie abwertend ihre Tochter von der Kinderfrau sprach. »Greta, ich mag es nicht, wenn du so redest. Das gehört sich nicht, und du hast auch kein Recht dazu.«

»Aber Mutti, sie muss doch machen, was ich ihr sage. Dafür ist sie doch hier bei uns«, gab Greta empört zurück.

Emmi wollte ihren Ohren nicht trauen. »So ist das gewiss nicht, Greta. Und jetzt gehst du bitte artig zurück in dein Zimmer und wartest, bis Elsa Zeit für dich hat.«

»Aber …«

»Nein, Greta, kein aber!«, schnitt Emmi ihrer Tochter ungewohnt resolut das Wort ab.

Wutschnaufend machte Greta auf dem Absatz kehrt und lief in ihr Zimmer zurück, das sich neben dem ihrer vier Jahre älteren Schwester Lisa befand.

Als die Tür hinter ihr krachend ins Schloss fiel, öffnete sich Lisas Tür. Das dunkle Haar vom Schlaf noch ganz zerzaust, die grünbraunen Augen leicht gerötet, fragte sie: »Was ist denn passiert, Mutti?«

Mit vielsagendem Blick winkte Emmi ab. »Nichts Schlimmes, Lisa. Gretel war ungeduldig, und ich musste sie daran erinnern, dass Geduld eine Tugend ist.«

Verstehend nickte Lisa. »Unser kleiner Wildfang.«

Lisas Stimme hatte warm und voller Zuneigung geklungen. Egal wie sehr Gretel sie auch zu ärgern vermochte, Lisa übte sich stets in Nachsicht mit ihr und war jederzeit bereit, sie zu verteidigen, auch wenn ein Tadel durchaus angebracht und gerechtfertigt war.

Emmi war froh, dass die beiden Töchter so ein inniges Verhältnis zueinander hatten. Ähnlich eng und herzlich war es mit ihrer jüngeren Schwester Anni und ihr gewesen. Anni ... kaum vorstellbar, dass sie bereits seit elf Jahren tot war. Emmi vermisste sie noch immer schmerzlich. Ihre Fröhlichkeit, ihren Charme, ihre große Lebenslust und ja, auch ein wenig ihren Übermut und ihre Gedankenlosigkeit. Wie Greta hatte auch Anni oftmals Dummheiten angestellt, war riskante Wagnisse eingegangen oder hatte partout mit dem Kopf durch die Wand gewollt. Und wie Lisa sich heute manchmal über Greta ärgerte und sich dennoch stets schützend vor sie stellte, war es bei Emmi und Anni gewesen.

Zärtlich strich Emmi ihrer älteren Tochter über den Rücken.

»Lisa, mein Liebling«, sagte sie sanft. »Es ehrt dich, dass du nie ein schlechtes Wort für Gretel hast. Aber dennoch musst du aufpassen, dass sie deine Gutmütigkeit nicht ausnutzt, unser kleiner Wildfang.«

Lächelnd schüttelte Lisa den Kopf. »Sorg dich nicht um mich, Mutti, ich kann mich schon wehren, wenn sie zu frech wird.« Dann beugte sie sich vor und gab ihrer Mutter einen Kuss auf die Wange. »Und jetzt muss ich mich beeilen. Sonst komme ich noch zu spät in die Schule.«

Emmi stand noch eine Weile auf dem langen Flur in der zweiten Etage der großzügigen Villa, die sie sich mit ihren beiden Töchtern teilte. Direkt unter ihnen war das Reich ihrer Schwiegereltern. Im Erdgeschoss befanden sich neben dem Speisezimmer, der schönen Bibliothek und der imposanten Eingangshalle auch die beiden Kammern, die seit Ausbruch des zweiten Weltkriegs von Emmis Mutter Dorothea Engel bewohnt wurden. Demnächst plante sie jedoch, zurück in ihr Dorf zu ziehen, in das alte Fachwerkhaus mit angeschlossener Schusterei, in dem sie einst mit ihrem verstorbenen Mann Gustav und den Töchtern Anni und Emmi so glücklich gewesen war. Emmi hatte versucht, ihr dieses Vorhaben auszureden. Auch wenn das alte Haus genauso wie die Villa der Wagners unbeschädigt geblieben war, handelt es sich dennoch um eine reichlich in die Jahre gekommene, sehr schlichte Unterkunft. In der Villa war es wesentlich komfortabler für Thea Engel, und außerdem war sie hier wenigstens nicht allein. Doch Thea war fest entschlossen, sie wollte zurück nach Hause, da konnte sich Emmi den Mund fusselig reden.

»Was muss denn geschehen, dass du deine Meinung änderst?«, hatte sie erst gestern nach dem Abendessen zu ihrer Mutter gesagt.

Thea Engel hatte sie angelächelt und gemeint: »Lass gut sein, Emmi, ich will wirklich zurück nach Hause.«

»Aber, Mutti, hier ist dein Zuhause. Hier bei mir und deinen Enkelinnen. Die Mädchen werden todtraurig sein, wenn du uns verlässt.«

»Ich *verlasse* euch nicht, denn ich war nur zu Besuch da. Und was die Mädchen betrifft: Ich gehe doch davon aus, dass wir uns regelmäßig gegenseitig besuchen werden, so wie wir es früher getan haben …«

»Früher … nichts ist mehr wie früher, Mutti, absolut gar nichts«, hatte Emmi sich beklagt, auch wenn sie sonst nie klagte. Sich selbst zu bedauern, nein, das entsprach absolut nicht Emmis Charakter.

»Es bleibt dabei«, hatte ihre Mutter abschließend gesagt, und Emmi wusste, dass jeder weiterer Versuch, sie umzustimmen, sinnlos war.

Als Emmi wenig später das Speisezimmer betrat, bekleidet mit einem schlichtgrauen Kostüm und blassrosafarbener Schluppenbluse, das dunkle, kinnlange Haar in weiche Wellen gelegt, hatten ihre Töchter bereits fertig gefrühstückt und waren im Begriff, in die Schule aufzubrechen. Thea Engel und Gerlinde Wagner tranken gerade ihren Morgentee, der Platz ihres Schwiegervaters am Tisch war leer.

Erstaunt stellte Emmi fest, dass das Frühstücksgeschirr an seinem Platz unbenutzt dastand.

»Ist Hans-Hermann noch nicht unten gewesen?«, wandte sie

sich an ihre Schwiegermutter, nachdem sie ihre Töchter verabschiedet hatte.

Gerlinde Wagner seufzte kummervoll. »Ach, er fühlt sich heute Morgen nicht wohl und hat beschlossen, ein wenig durch den Park zu spazieren.«

»Vor dem Frühstück?«

Das nächste Seufzen ihrer Schwiegermutter fiel noch kläglicher aus. »Er hat die halbe Nacht wachgelegen und gegrübelt.« Ein weiteres tiefes Seufzen. »Natürlich habe auch ich so kein Auge zu tun können.«

Emmi ahnte, was ihren Schwiegervater den Schlaf geraubt hatte, die Sorge um seine Zuckerrübenfabrik.

Dabei waren sie auf einem guten Weg, und Emmi verstand manchmal nicht, was ihren Schwiegervater so ungeduldig, ja, geradezu verzagen ließ.

»Ich schaue mal nach ihm«, beschloss sie und wollte sich zum Gehen umwenden.

»Nein, Emmi, bleib!«, bestimmte ihre Schwiegermutter und erhob sich von ihrem Stuhl. »Ich gehe. Die frische Morgenluft wird sicherlich auch mir guttun.«

Während ihre Schwiegermutter den spontan gefassten Entschluss auch prompt in die Tat umsetzte, ließ sich Emmi ihrer Mutter gegenüber an der langen Tafel nieder.

»Ein verrückter Morgen«, sagte Emmi und schüttelte den Kopf.

»Ja, Kind, hier bei euch im Haus ist immer etwas los.« Thea Engel zwinkerte ihrer Tochter zu.

»Du wirst es vermissen«, begann Emmi.

Doch ihre Mutter hob abwehrend beide Hände. »Spar dir die Mühe, Emmi, es bleibt dabei. Spätestens zum Wochenende verlasse ich euch.«

Emmi wollte einen weiteren Versuch unternehmen, doch Thea Engel schüttelte energisch den Kopf. »Lass es jetzt gut sein, Emmi. Sonst zanken wir uns noch.«

Eine Weile lang saßen die beiden Frauen an der langen Tafel im Speisezimmer noch zusammen, doch jede von ihnen hing ihren Gedanken nach. Emmis waren bei Greta und wie unwirsch sie mit der Amme umgegangen war. Sie nahm sich vor, später noch einmal ein ernsthaftes Gespräch mit ihr zu führen. Derartige Allüren konnte und wollte sie ihrer Jüngsten nicht durchgehen lassen.

Thea Engel vertilgte mit sichtbarem Appetit eine dicke Scheibe Graubrot, die mit Kochschinken belegt war. Ihre Mimik verriet, wie sehr sie sich über die seltene Köstlichkeit freute.

»Berta verfügt über ein großes Talent, wenn es um die Besorgung von seltenen Lebensmitteln geht«, begann Emmi mit einem zufriedenen Lächeln und wollte noch hinzufügen: »Auch das wirst du bestimmt vermissen, Mutti. Berta hat wirklich gute Kontakte hier in der Stadt.« Doch ein ohrenbetäubender Knall ließ ihre geplanten Worte unausgesprochen bleiben. Ein zweiter folgte, es hörte sich nach einer gewaltigen Explosion an.

»Was ist das?«, rief Emmi erschrocken aus.

»Fliegeralarm«, keuchte Thea Engel mit schreckgeweiteten Augen. »Emmi, wir werden bombardiert.«

»Aber … aber, Mutti, das ist keine feindliche Bombardierung gewesen. Der Krieg ist vorbei. Es herrscht Frieden!«

ZWEI

Mir ahnet ein unglücksvoller Augenblick.

FRIEDRICH SCHILLER
DEUTSCHER DICHTER
(1759–1805)

Eine kurze Weile hatten Emmi und Thea wie erstarrt dagesessen. Emmi sprang dann so ruckartig von ihrem Stuhl auf, dass der nach hinten fiel. Vom Poltern des Stuhles aufgeschreckt, stieß Thea einen spitzen Schrei aus.

»Kind, um Himmels willen«, keuchte sie. »Was tust du?«

Doch auf eine Antwort wartete sie vergebens, Emmi war schon zur Speisezimmertür hinausgeeilt.

Thea Engel folgte ihr und hatte sie an der imposanten Eingangstür der Villa eingeholt, als Emmi diese gerade schwungvoll aufzog.

Direkt vor ihr stand Berta. Das Gesicht dunkelrot, die grauen Augen ängstlich geweitet, starrte sie die junge Hausherrin an. Die Köchin der Wagners hatte sich kurz zuvor auf den Weg zur Bäckerei gemacht. Zum ersten Mal nach dem Krieg gab es dort wieder Hefe, und sie war voller Hoffnung gewesen, ein Quäntchen dieses so rar gewordenen Triebmittels für den Haushalt kaufen zu können, als die Stimmen des Krieges noch einmal mit furchtbarer Deutlichkeit aufbrüllten und sie in Angst und Schrecken versetzten, so dass sie auf der Stelle kehrtgemacht hatte und zurück zur Villa gelaufen war.

»Bleiben Sie im Haus, gnädige Frau«, keuchte die Köchin. »Es hat eine Explosion gegeben.«

»Das haben wir gehört.« Emmi gab sich Mühe, beherrscht zu klingen. Dabei war genau das Gegenteil der Fall. Ihre Gedanken drehten sich in großer Angst und Sorge um ihre Töchter, die sich vor einer Weile auf den Weg zur Schule gemacht hatten. Wenn einer von ihnen etwas passiert war … nein, das würde sie nicht verkraften. An diesem Schicksalsschlag würde sie endgültig zerbrechen, das war gewiss. »Weißt du, was geschehen ist, Berta? Wie und vor allem wo es zu der Explosion gekommen ist?«

»Ich bin um mein Leben gerannt«, stammelte Berta. »Die Explosion muss am Bahnhof gewesen sein. Im ersten Moment habe ich an einen Fliegerangriff gedacht. Aber da oben war und ist nichts …«, sie deutete mit der Hand in den Himmel, »… zu sehen.«

»Und woher weißt du, dass die Explosion am Bahnhof war?«, wollte Emmi von ihr erfahren.

»Ein junges Fräulein kam mir entgegengelaufen und hat gerufen, dass es am Bahnhof zu einer Explosion gekommen ist.«

Emmi hatte genug gehört. In der Nähe des Bahnhofs befand sich die Schule ihrer Töchter.

Hastig nahm sie ihren leichten Mantel von der Garderobe und lief aus dem Haus.

»Emmi, um Himmels willen, bleib hier!«, rief ihre Mutter ihr hinterher.

Doch Emmi hörte nicht. Sie eilte die Stufen hinab und dann die lange Einfahrt entlang bis zum gusseisernen Torbogen, dessen linke Tür weit offen stand. Als sie auf die Straße hinaustrat, sah sie eine hohe Feuersäule, die hinter den Häusern beim Bahnhof in den Himmel stieg. Ein älterer Mann kam ihr in größter Panik entgegengelaufen. Die Augen angstvoll aufgerissen, auf seiner Wange klaffte eine blutige Wunde.

»Es ist schrecklich«, krächzte er sichtbar unter Schock stehend. »Überall liegen Menschen herum … verletzt, tot …«

Verletzt oder tot – Emmi lief weiter.

Hinter sich hörte sie den Mann brüllen: »Nicht dorthin, gnädige Frau! Sie müssen sofort stehen bleiben!«

Doch Emmi dachte nicht im Traum daran. Sie *musste* zu ihren Töchtern. Sie *musste* Greta und Lisa in ihre Arme schließen.

Emmi hatte den Bahnhof schon fast erreicht, als es zu einer weiteren Exposition kam. Offenbar war ein Güterzug explodiert. Riesige Eisenteile vom Kesselwagen, ganze Wagenräder und andere Eisenbahnteile flogen durch die Luft. Sie schlugen gegen die Mauern der Häuser, verteilten sich in den Straßen, wurden Hunderte von Metern in die Feldmark katapultiert. Fensterscheiben gingen zu Bruch. Emmi hörte Menschen in größter Panik um Hilfe rufen, und wenn sie klug gewesen wäre, hätte sie sich in den nächsten Hauseingang geflüchtet und wäre dort geblieben, bis die Gefahr vorbei war. Doch Emmi konnte nur an ihre Töchter und nicht an ihre eigene Sicherheit denken. So lief sie in die Richtung, aus der ihr die flüchtenden Menschen entgegenkamen.

Sie passierte eine Gruppe von Männern, die sich hinter einem Haus in Sicherheit gebracht hatte. Im Vorbeieilen hörte sie einen der Männer sagen: »Der Güterwaggon war mit Munition beladen … deshalb die kolossale Explosion …«

»Hey, bleiben Sie stehen. Am Bahnhof ist die Hölle los«, erklang nun eine weitere Männerstimme und schien damit Emmi zu meinen.

Emmi ließ sich jedoch weiterhin nicht aufhalten. Eilig überquerte sie die Straße, hetzte um das nächste Haus herum und hatte endlich den Bahnhof direkt vor sich. In diesem Augenblick brach die Hölle los. Die Druckwelle einer ungeheuren Explosion raubte ihr den Atem. Was sich da vor ihr auftat, war grauenhaft. Eine tonnenschwere Dampflok war aus den Schienen gehoben worden und schräg auf das Hauptgleis gekippt. Verletzte oder getötete Menschen lagen zwischen den Trümmern des Zuges.

Emmis Blick ging wie gehetzt nach links. Dort hinten befand sich die Schule. Mechanisch setzte sie sich wieder in Bewegung. Angetrieben von der verzweifelten Sorge um ihre Töchter hatte sie keinen Blick für das grausame Durcheinander um sie herum. Die Teile der Lok und ihrer Wagons schienen teilweise Hunderte von Metern geflogen zu sein. Womöglich bis zum Schulgebäude, befürchtete Emmi. Sie dachte nicht den Hauch einer Sekunde daran, dass sie selbst in Gefahr war.

Als sie Greta und Lisa wenig später im schmalen fensterlosen Flur der Schule, wohin die beiden Lehrerinnen ihre Schützlinge gleich nach der ersten Explosion dirigiert hatten, unversehrt in ihre Arme schließen konnte, folgte nach der ersten Erleichterung eine Panikattacke, wie Emmi sie noch nie erlebt hatte. Schluchzend hielt sie beide Kinder so fest umschlungen, dass Greta schließlich nach Luft japsend rief: »Mutti, du brichst mir ja den Rücken.«

»Entschuldigung«, wimmerte Emmi. »Entschuldigung … das … das wollte ich nicht …«

Dennoch lockerte sie ihre Umarmung nicht, sondern krallte ihre Finger noch fester in die schmalen und zitternden Körper ihrer Töchter. In dieser eng umschlungenen Stellung verharrten sie, bis eine der Lehrerinnen Emmi sanft an der Schulter anfasste und sagte: »Gnädige Frau Wagner, das Schlimmste scheint vorüber zu sein. Wir können wohl in den Klassenraum zurückkehren.«

»Aber gedenken Sie denn jetzt tatsächlich mit dem Unterricht fortzufahren, Fräulein Prockner?«, wunderte Emmi sich.

Die Lehrerin schüttelte den Kopf. »Nein, gewiss nicht. Die Jungen und Mädchen wollen rasch zu ihren Familien nach Hause. Sie sind natürlich alle in großer Sorge um ihre Angehörigen. Unser Herr Hubert hat wohl den Schrankenwärter gesprochen, und der hat gemeint, dass ein mit Munition beladener, gedeckter Güterwagon aus unerfindlichen Gründen genau in dem Moment explodiert ist, als er den Bahnhof passiert hat. Die Druckwelle dieser ungeheuren Explosion hat den Mann nach vorne über die Kurbelanlage gepresst und was er da vor sich gesehen hat, soll ihm den Atem geraubt haben. Er meinte auch noch, dass von den Menschen im Zug niemand überlebt haben könnte.«

»Schrecklich«, murmelte Emmi zutiefst betroffen. »Was für ein furchtbares Unglück!«

Fräulein Prockner nickte, während sie sich mit dem Zeigefinger verstohlen eine Träne aus dem Augenwinkel tupfte. Dann wandte sie sich um und ging mit steifen Schritten zurück in den Klassenraum der kleinen Schule, in der übergangsweise die Mädchen und Jungen der näheren Umgebung unterrichtet wurden. Hier fand keine Aufteilung nach Alter oder gar Leistungsstand statt, da nur ein einziger Raum zur Verfügung stand.

Doch Emmi dachte nicht daran, der Lehrerin zu folgen. Sie wandte sich an ihre Töchter und fragte: »Traut ihr euch hinaus? Ich möchte zurück nach Hause, weil eure Großmütter und euer Großvater vor Sorge bestimmt schon halb umkommen.« Dabei dachte sie ganz besonders an ihren Schwiegervater Hans-Hermann Wagner, der Probleme mit dem Herzen hatte und für den allzu große Aufregungen Gift waren.

»Wenn du lieber nach Hause möchtest, Mutti, dann begleite ich dich«, erklärte Lisa, ohne zu zögern.

Greta hingegen schüttelte den Kopf. »Nein, Mutti, das

kannst du nicht verlangen. Ich geh da nicht hinaus. Das mache ich nicht.«

Blitzschnell umfasste Lisa den Oberarm ihrer jüngeren Schwester. »Du hast doch gehört, was Fräulein Prockner gesagt hat, die Gefahr ist vorüber. Wir dürfen die Schule verlassen«, hielt sie ihr vor.

»Nein, das hat sie nicht gesagt. Sie hat gesagt, dass wir in das Klassenzimmer kommen sollen.«

»Schon gut, mein Herz«, lenkte Emmi ein und strich ihrer jüngeren Tochter liebevoll über die Wange. »Wenn du dich nicht hinaustraust, dann bleiben wir hier, wo du dich sicher fühlst.«

»Danke«, gab Greta zurück.

Lisa hingegen schien ihrer Mutter anzumerken, dass rein gar nichts gut war, dass sie unbedingt in die Villa wollte, weil sie sich um die Großeltern sorgte. »Mutti, ich laufe schon zurück und sage den anderen, dass uns nichts passiert ist«, beschloss sie.

Vehement schüttelte Emmi den Kopf. »Nein, das wirst du gewiss nicht tun, Lisa. Wir bleiben zusammen. Keine von uns verlässt das Haus.«

»Aber …«

»Kein Aber«, sagte Emmi strenger zu ihrer älteren Tochter, als diese es von der Mutter gewohnt war.

Getroffen verdunkelten sich ihre Gesichtszüge, doch sie lehnte sich gegen die Anweisung der Mutter nicht auf. Nein, das entsprach nicht Lisas Charakter.

So kam es, dass Emmi und ihre beiden Töchter erst zwei Stunden später, als sich nur noch Fräulein Prockner in der kleinen Schule aufhielt, den Heimweg antraten.

»Du kannst sicher sein, Greta, dass dir draußen nicht Schlimmes passiert«, erklärte Fräulein Prockner, als Greta an der Hand ihrer Mutter endlich bereit war, das Schulhaus zu verlassen. Zuvor hatte die Lehrerin mit Engelszungen auf das Mädchen eingeredet, ihr mehrfach versichert, dass sie sich nicht in Gefahr begab, wenn sie heim ginge.

Emmi wollte die Gefühle, Ängste und Sorgen ihrer jüngeren Tochter ernst nehmen, gerade weil sie wusste, wie sehr Greta zur Hysterie neigte, und hatte sie nicht weiter bedrängt. Die Lehrerin jedoch schon, denn auch sie sorgte sich um ihre Lieben und ahnte, dass es umgekehrt genauso war.

Draußen bot sich ihnen ein Bild schrecklicher Verwüstung. Emmi hielt ihre Töchter daher an, nicht nach links oder rechts zu schauen, sondern nur auf ihre Füße. So eilten sie eingehakt, Gretel sicher in der Mitte, zurück zur Wagnerschen Villa.

»Mutti, müssen wir denn nicht helfen?«, sagte Lisa leise. So ganz konnten sie vor der Verwüstung ihre Augen doch nicht verschließen.

Ja, sicherlich mussten sie das, und Emmi würde sich auch später wieder auf den Weg machen und schauen, wo ihre Hilfe von Nutzen war. Aber jetzt wollte sie ihre Töchter zurück in den Schutz der Villa bringen. Ihre Mutter und ihre Schwiegereltern waren inzwischen panisch vor Sorge, ahnte Emmi, und sie wollte nicht noch mehr Zeit verlieren.

»Wir können gerade nichts tun, Lisa«, gab sie deshalb kurz und knapp zurück. Als sie spürte, dass sich Lisas Rücken versteifte, dass sie rebellieren wollte, weil sie anderer Meinung war, fügte sie hinzu: »Wir müssen uns um die Großeltern kümmern, Lisa. Oder möchtest du, dass sie sich noch länger um uns sorgen?«

Eine dumme Frage, wie Emmi wusste. Sie wollte sich dafür bei Lisa entschuldigen, doch plötzlich fing Greta an, zu weinen, und sie musste sie trösten.

Daheim wurden sie in der weit offen stehenden Haustür von Thea Engel empfangen, die sie weinend in ihre Arme schloss.

»Um Himmel willen, ich dachte, euch wäre etwas passiert, weil ihr so lange fortgeblieben seid«, schniefte sie mit einer Mischung aus Erleichterung und noch nachklingender Sorge um Tochter und Enkelinnen.

Emmi berichtete ihr mit wenigen Worten, was geschehen war und wo sie sich so lange aufgehalten hatten. Dann aber wunderte sie sich, dass sich weder Gerlinde noch Hans-Hermann Wagner blicken ließen.

»Ich weiß auch nicht, wo die beiden sind«, erklärte Thea Engel.

Emmis Augenbrauen wanderten in die Höhe. »Wie … du weißt nicht, wo sie sind? Wann hast du sie denn das letzte Mal gesehen?«

»Heute morgen beim Frühstück.«

»Wie bitte?« Emmi konnte es nicht fassen. »Das ist Stunden her, und seitdem sind sie nicht wieder hier unten gewesen?«

Thea Engel schüttelte den Kopf. »Gerlindes Hausdame ist deshalb auch schon in Aufruhr. Sie ist zusammen mit Berta losgelaufen, um nach ihnen zu suchen.«

»Sie waren spazieren … Hans-Hermann war im Park, und Gerlinde wollte ihm Gesellschaft leisten«, überlegte Emmi laut. »Aber das ist Stunden her …«

»Und wenn sie einen Schreck bekommen haben und in den Pavillon geflüchtet sind?«, meinte Lisa.

Emmi nickte. »So könnte es sein.« Doch dann fügte sie hinzu: »Aber es hat seit Stunden keine weitere Explosion mehr gegeben. So ängstlich sind beide nicht, dass sie dennoch im Pavillon ausharren würden.«

»Ich gehe sie suchen«, beschloss Lisa.

»Nein, keiner verlässt das Haus!«, bestimmte Emmi.

»Aber warum denn? Du hast doch selbst gesagt, dass es seit Stunden zu keiner weiteren Explosion gekommen ist. Ich möchte Großmutter und Großvater suchen.« Verständnislos sah Lisa ihre Mutter an.

»Lisa, ich möchte das jetzt nicht mit dir diskutieren. Geh bitte mit Gretel hinauf in eure Zimmer, und ruht euch aus. Der Vormittag war anstrengend …« Und weil sie selbst merkte, wie unpassend ihre Beschreibung des Vormittags ausgefallen war, fügte sie hinzu: »Ganz schrecklich.«

»Aber Mutti …«, begann Lisa. »Jetzt behandle mich doch nicht die ganze Zeit wie ein kleines Kind. Ich bin fast erwachsen und kann eine Gefahr sehr wohl erkennen. Du musst mich nicht wie ein Kleinkind ins Bett schicken.«

Emmi wusste, dass Lisa recht hatte, dass sie ihrer Großen vertrauen konnte. Doch die ausgestandenen Ängste, die sie um ihre Töchter gehabt hatte und die neue Sorge um ihre Schwiegereltern, all das steckte ihr so tief in den Knochen, dass sie weder einlenken wollte noch konnte.

»Lisa, es ist genug. Ich möchte, dass du mit Gretel hinaufgehst. Jetzt!«

Widerwillig folgte Lisa schließlich der Anweisung ihrer Mutter.

Als Emmi oben eine Tür heftig ins Schloss krachen hörte, ahnte sie, dass sie sich später bei Lisa entschuldigen musste. Aber jetzt galt es erst einmal, ihre Schwiegereltern zu finden.

»Ich suche im Park nach ihnen«, sagte sie zu Thea Engel. »Vielleicht lag Lisa mit ihrer Vermutung ganz richtig, dass sie sich im Pavillon in Sicherheit gebracht haben. Wobei ich nicht davon ausgehe, dass sie hier bei uns auf dem Grundstück in Gefahr waren. So weit dürften die Teile des Güterwagens nicht katapultiert worden sein, trotz der gewaltigen Explosion.«

Emmi sollte recht behalten. Das Anwesen der Wagners befand sich glücklicherweise zu weit von der Unglücksstelle entfernt, so dass die Bewohner der Villa nie ernsthaft in Gefahr gewesen waren. Lisa hingegen hatte etwas Falsches angenommen, im Pavillon war keine Spur der Eheleute Hans-Hermann und Gerlinde Wagner auszumachen.

Vor dem Hausportal traf Emmi erneut auf Gerda, die gemeinsam mit der Hausdame Hilde nach ihr und ihrem Gemahl gesucht hatten.

Mit großer Erleichterung schloss Hilde Emmi in die Arme, was keineswegs dem sonst so sperrigen Charakter der Hausdame entsprach und, sofern Emmi sich entsinnen konnte, noch niemals auch nur im Ansatz vorgekommen war.

»Gnädige Frau Wagner, wenigstens Sie sind unversehrt zurückgekommen«, krächzte sie unter Tränen.

Gerda legte ihr die Hand auf den Rücken. Sie hielt die Vertraulichkeit der Hausdame anscheinend trotz der Sorge um ihre Herrin für unangemessen, denn in ihrer Stimme war die Rüge nicht zu überhören. »Nun bedrängen Sie die gnädige Frau Wagner doch nicht so.«

»Schon gut, Berta.« Emmi winkte ab. »Ich kann Hildes Sorge durchaus verstehen.«

Inzwischen war sich Hilde der ungewohnten Vertraulichkeit wohl selbst bewusst geworden, denn sie trat einen entschlossenen Schritt von Emmi zurück, drückte die Schultern durch, räusperte sich und erklärte dann mit gewohnt kühler Stimme: »Entschuldigen Sie, gnädige Frau Wagner. Es war nicht meine Absicht, Ihnen zu nahezutreten.«

Emmi versicherte ihr mit einem angedeuteten Lächeln, dass alles in Ordnung war, und kam dann auf den eigentlichen Grund ihres Zusammentreffens hier vor dem Portal der Villa zurück. »Und Sie haben den ganzen Park nach meinen Schwiegereltern abgesucht?«

Die beiden Hausangestellten nickten.

»Elsa ist noch immer im Park unterwegs. Gemeinsam mit ihrem Ältesten, dem Fritz«, wusste die Köchin Berta.

Emmi holte tief Luft. Sie konnte sich einfach nicht erklären, wohin ihre Schwiegereltern gegangen sein konnten. Hans-Hermann Wagner unternahm häufig lange Spaziergänge durch den Park, und seit der Krieg endlich zu Ende war, hatte er seine Bahnen auch wieder weiter ausgedehnt. Der Fabrikant erkundete die Umgebung, in erster Linie, um sich einen Überblick über das Ausmaß der Zerstörung zu verschaffen und, wo immer es ihm möglich war, den Menschen, die vor den Trümmern ihres Zuhauses standen, in irgendeiner Art und Weise behilflich zu sein. Obwohl er von Beginn an ein ausgesprochener Gegner Adolf Hitlers und dessen grausamen Krieges gewesen war, war ihm die Wiedergutmachung ein echtes Anliegen. Umso schlimmer hatte es ihn dann getroffen, dass er von den Amerikanern, die zunächst die Fabrik der Wagners unter ihre Fittiche genommen hatten, für einen von Hitlers Nazis gehalten worden war und ihm unterstellt wurde, er hätte mit dem ehemaligen Führer Nazideutschlands sympathisiert. Die Leitung der Zuckerrübenfabrik war nur darum an die Wagners zurückgegangen, weil Emmi Wagner die Geschäfte übernommen und den Platz ihres verstorbenen Mannes Emil eigenommen hatte, den der alleinigen Geschäftsführerin der Zuckerrübenfabrik. Ihrem Schwiegervater Hans-Hermann Wagner war es lediglich gestattet, beratend tätig zu sein. Eine Rolle in der Geschäftsführung war ihm von dem amerikanischen General strikt untersagt worden.

Hans-Hermann Wagner trug es mit Fassung und versuchte an den Menschen hier in der Nähe wiedergutzumachen, was durch die kranke Vision des von ihm so verhassten Hitlers auf grausamste Art und Weise zerstört worden war.

Es war also gut möglich, dass Hans-Hermann seinen frühmorgendlichen Spaziergang verlängert hatte. Vielleicht sogar in Richtung des Bahnhofes, wo das schreckliche Unglück passiert war. Was allerdings dagegensprach, war, dass seine Gemahlin ihn augenscheinlich begleitete. Gerlinde Wagner war nicht gerne und auch nicht mehr gut zu Fuß unterwegs. Nach wenigen Metern durch den Park war sie meistens so erschöpft, dass sie sich auf eine der vielen Bänke setzen musste. Einen ausgedehnten Spaziergang, der sie noch dazu vom Grundstück der Wagnerschen Villa führte, nein, dazu war Gerlinde Wagner weder in der Lage noch gewillt, es überhaupt zu versuchen, war sich Emmi sehr sicher.

Demnach mussten sich die beiden noch immer hier irgendwo im Park aufhalten. Oder …

»Hilde, haben Sie denn in den privaten Räumen meiner Schwiegereltern nachgesehen? Womöglich sind sie längst ins Haus zurückgekehrt?«

Die Hausdame sah sie verwundert an. »Sie meinen, die gnädige Frau und der gnädige Herr Wagner könnten von dem Drama, das sich am Bahnhof zugetragen hat, überhaupt nichts mitbekommen haben?«

Emmi glaubte nicht wirklich daran, denn die Explosionen waren nur schwerlich zu überhören gewesen. Es war vielmehr die Hoffnung, die sie nun erklären ließ: »Meine Schwiegermutter hat beim Frühstück erwähnt, dass mein Schwiegervater nicht gut geschlafen hat, was sich wiederum auch auf ihren Schlaf ausgewirkt habe. Vielleicht haben die beiden nach einem kurzen Spaziergang beschlossen, sich noch mal wieder hinzulegen, und dann so fest in den nötigen Schlaf gefunden haben, dass sie tatsächlich von den Explosionen nichts mitbekommen haben.«

Hilde nickte, bevor sie im Eiltempo die Stufen hinauflief und in die Villa stürmte.

»Ich bete zum lieben Herrgott, gnädige Frau Wagner«, murmelte Berta neben Emmi, »dass Sie recht haben.«

Das Gebet der langjährigen Köchin Berta blieb ungehört. Genauso wie Emmi Wagners Hoffnung, dass ihre Schwiegereltern sich schlafend in ihrer Kammer befanden.

Nach langem Suchen, wobei alle daran Beteiligten zunehmend verzweifelten, wurde Gerlinde Wagner unter den Opfern nahe dem Bahnhof schließlich von einer Krankenschwester des Roten Kreuz erkannt. Fräulein Luise, die vor dem Krieg im Modehaus Kaiser als Verkäuferin gearbeitet und die damals noch so überheblich und herrisch auftretende Fabrikantin Gerlinde Wagner häufig bedient hatte, war diejenige, die in der Toten ihre ehemalige Kundin erkannte. Keine Armlänge entfernt von ihr lag ihr Ehemann am Boden, der Fabrikant Hans-Hermann Wagner. Alles deutete darauf hin, dass das Fabrikantenehepaar von einem umherfliegenden großen Eisenstück tödlich getroffen worden war.

Warum sich die beiden in der Nähe des Bahnhofes aufgehalten hatten, dieses *Geheimnis* nahmen Hans-Hermann und Gerlinde Wagner gut eine Woche später bei ihrer feierlichen Beerdigung mit ins Grab.

DREI

Den Charakter kann man auch
aus den kleinsten Handlungen erkennen.

LUCIUS ANNAEUS SENECA
RÖMISCHER PHILOSOPH
(ETWA 1–65 N. CHR.)

Im Frühjahr 1952

Greta strahlte übers ganze Gesicht, als sie zur Tür hereingeschneit kam.

»Muttilein, du glaubst nicht, was heute Vormittag passiert ist«, rief sie, ohne Rücksicht darauf zu nehmen, dass ihre Mutter sich gerade in einem Telefonat befand.

Emmi Wagner hielt mit der freien Hand die Sprechmuschel des dunkelroten Apparates zu, während sie ihrer Tochter Greta mit einer Geste zu verstehen gab, dass sie sich doch bitte noch einen Augenblick gedulden möge.

»Ach Mutti, immer hast du zu tun«, nörgelte die inzwischen zu einem bildschönen jungen Fräulein herangewachsene Greta und ließ sich mit einem genervten Seufzen in einen der cognacfarbenen Klubsessel aus feinem Nappaleder sinken, die sich etwas entfernt vom großen Schreibtisch rund um einen flachen Tisch aus Mahagoniholz befanden.

Wenn Emmi Wagner geschäftliche Verhandlungen führte, nahm sie gerne mit ihren Partnern dort Platz. Ihre Sekretärin Frau Ilse Krämer, von allen nur *das Krämerchen* genannt, reichte ihnen dann zunächst Kaffee, Tee und Erfrischungsgetränke, bevor sie das Signal von ihrer Chefin erhielt, dass man nun zu Cognac übergehen wolle. Cognac und Zigaretten bedeuteten, dass sich Emmi Wagner mit ihren Geschäftspartnern einig geworden war. Etwas, was in den letzten Jahren häufig vorgekommen war. Emmi Wagner war es mit großem Geschick, dem richtigen Feingefühl und absoluter Durchsetzungsfähigkeit geglückt, die Zuckerrübenfabrik Wagner wieder auf Erfolgskurs zu bringen. Zugute war ihr dabei natürlich die große Nachfrage nach Zucker gekommen, die zur Folge hatte, dass im Anbaugebiet der Wagnerschen Zuckerfabrik weitere Fabriken teils von Landwirten und in Form von Aktiengesellschaften gegründet und gebaut worden waren. Nicht alle konnten bestehen, so dass es ganz zwangsläufig zu zahlreichen Fusionen, aber auch Schließungen von Standorten gekommen war. Allesamt zu Emmi Wagners Vorteil, die dadurch ihr »Zuckerimperium« immer mehr hatte ausweiten können. Ja, Emmi Wagner war durch und durch Fabrikantin, die ihren Platz an erster Stelle in ihrem Zuckerimperium zu recht als alleinige Geschäftsführerin besetzt hielt, obgleich diverse Herren im Unternehmen ihr diesen immer wieder streitig machen wollten. Eine Frau mit derart großer Macht und großem Einfluss, das war auch fast zehn Jahre nach Kriegsende, in denen der Wiederaufbau Deutschlands in erster Line den Frauen, den sogenannten Trümmerfrauen, zu verdanken war, dennoch keine Selbstverständlichkeit.

Was Emmi maßgeblich von den Herren unterschied, war vor allem das Vertrauen, das die Landwirte in ihrer Fabrikantin hatten. Sie wussten, dass sie sich stets auf Emmi Wagners Wort verlassen konnten. Sie war keine, die Traumgebilde erschuf und den Landwirten Unerreichbares in Aussicht stellte. Nein, Emmi sagte es stets so, wie es war, und dennoch mit Charme. Das kam gut an und hatte ihr dazu verholfen, dass sie sich jederzeit auf die Rübenbauern verlassen konnte.

»Herr Gruber, bitte verzeihen Sie mir, dass ich das Telefonat so kurz halten muss. Meine Tochter ist gerade eingetroffen und, wie mir scheint, benötigt sie ganz dringend den Rat ihrer Mutter«, sprach Emmi Wagner in den Hörer.

Kopfschüttelnd sah Greta ihre Mutter an, die kurz darauf den Hörer zurück auf den Apparat legte und sich von ihrem Stuhl erhob.

»Gruber? Ist das nicht der von der Südzucker-AG, den du nicht ausstehen kannst«, wunderte sich Greta.

Emmi wunderte sich auch. Allerdings darüber, dass sich ihre jüngere Tochter tatsächlich etwas gemerkt hatte, das mit der Fabrik zu tun hatte. Normalerweise wollte sie von geschäftlichen Angelegenheiten nichts hören, weil sie sich schlichtweg nicht dafür interessierte. Was Greta hingegen wollte, das war, das Leben zu genießen und nicht mit irgendwelchen Anstrengungen ihre kostbare Zeit zu vergeuden. Während ihre vier

Jahre ältere Schwester Lisa das Abitur als Beste ihres Jahrgangs absolviert hatte und nun einem betriebswirtschaftlichen Studium an der Universität in Berlin nachging, mit dem Ziel, nach erfolgreichen Abschluss in der Zuckerfabrik tätig zu werden, würde Greta am liebsten überhaupt kein Abitur machen. Wozu auch, sie hatte nicht vor, zu studieren, und plante auch sonst keine großartige berufliche Zukunft. Den drei Wagner-Frauen, die zusammen mit ihrer Großmutter Thea Engel und einer Handvoll Angestellten in ihrer schicken Villa lebten, mangelte es an nichts. Darum sah Greta auch keinen Anlass, sich das Leben mit überflüssigem Lernstoff zu verderben. Wozu sollte sie sich damit belasten, wenn es ihr doch auch so ganz wunderbar ging. Nein, wenn schon, dann plante sie eine berufliche Karriere in der Modebranche.

Es war verrückt, aber ihre leibliche Tochter Greta erinnerte Emmi so sehr an ihre verstorbene Schwester Anni, dass sie es manchmal selbst kaum fassen konnte. Lisa hingegen, die sie nach dem Wochenbetttod ihrer Schwester wie ihr eigenes Kind angenommen und aufgezogen hatte, war ihr wiederum so ähnlich, als wäre *sie* ihr leibliches Kind. Und das nicht nur rein äußerlich, sondern vor allem was ihren Ehrgeiz, ihre Zuverlässigkeit und ihr Pflichtbewusstsein, aber auch ihre Zurückhaltung betraf.

»Herr Gruber ist der Geschäftsführer der Südzucker-AG, das stimmt. Doch dass ich ihn nicht ausstehen kann, so etwas habe ich nie behauptet«, erklärte Emmi Wagner, während sie sich in den Klubsessel gegenüber ihrer Tochter sinken ließ. »Aber nun zu dir, Schatz, was kann ich für dich tun? Es scheint ja wirklich dringend zu sein, was du mit mir besprechen möchtest.«

Greta rollte mit den himmelblauen Augen. »Ich war mit Ricke auf einen Schaufensterbummel in Hildesheim. Mutti, und da ist auf einmal etwas kolossal Himmlisches passiert. Ich bin noch immer ganz aufgeregt, wenn ich an den Augenblick denke, indem ich es gesehen habe …«

Emmi Wagner schmunzelte. Sie ging fest davon aus, dass Greta mal wieder der *Liebe ihres Lebens* begegnet war, wie es schon häufig vorgekommen war. Zumindest behauptete Greta das jedes Mal aufs Neue. Bei genauerer Betrachtung hatte sie bislang dann aber ihre euphorisch gefasste Aussage schnell wieder revidiert. Ganz besonders junge Männer auf schnellen Motorrädern führten dazu, dass Greta ins Schwärmen geriet – und ebenso schnell wieder das Interesse verlor.

Doch heute sollte sich Emmi Wagner in ihrer Jüngsten täuschen. Es war kein junger Mann, sondern ein Kleid im Schaufenster des Modehauses Kaiser, in dem vor dem Krieg ihre Schwester Anni als Verkäuferin in die Lehre gegangen war. Dort hatte sie dann auch ihren späteren Ehemann wieder getroffen. Emil Wagner, der Mann, in den sich Emmi von der ersten Sekunde an verliebt hatte und den sie auch viele Jahre nach seinem Tod noch immer liebte und bis an ihr Lebensende lieben würde.

»Ein Traum von fliederfarbener Spitze, Mutti, wie du ihn noch nie gesehen hast«, schwärmte Greta und riss ihre Mutter damit aus ihrer kurzen Erinnerung an Anni und ihren geliebten Emil. »Ich muss es einfach haben. Ohne dieses Kleid …«, Greta hielt inne, um sich theatralisch an den Hals zu fassen, »kann ich nicht weiterleben. Zumindest nicht glücklich.«

Nun musste Emmi schallend lachen. »O mein Gott, Greta, woher hast du das nur? Du kommst mir vor, als hinge dein Leben von diesem Kleid ab. Wenn du dich auch nur einziges Mal so für deine Schule samt anstehendem Abitur begeistern könntest wie gerade jetzt für dieses Kleid, das wäre wirklich zu schön.«

Schmollend schob Greta die Unterlippe vor. »Das war ja klar. Jetzt hältst du mir wieder vor, wie fleißig und klug Lisa doch ist und dass ich mir ein Vorbild an ihr nehmen sollte. Aber ich bin nun mal nicht so wie Lisa. Ich finde es schrecklich langweilig, meine Zeit mit diesem öden Lernen zu vergeuden. Und studieren will ich auch nicht. Das weißt du doch, Mutti. Wofür brauche ich dann das Abitur?« Blitzartig sprang Greta aus dem Sessel auf. »Aber weißt du, wenn du mir das Geld für dieses Kleid nicht geben willst, dann lass es bleiben. Dann frage ich eben Omili.«

Bevor Emmi etwas erwidern konnte, war ihre jüngste Tochter zur Tür hinaus und ließ sie krachend hinter sich ins Schloss fallen.

Wenig später wurde sie wieder geöffnet, und das Krämerchen kam in das Büro ihrer Chefin geeilt.

»Alles in Ordnung, Frau Wagner?«, erkundigte sie sich.

Emmi nickte. »Greta hat sich in ein Kleid verliebt.«

Die Sekretärin schmunzelte. »Aha, ich verstehe.« Und nach einer kurzen Pause fügte sie hinzu: »Ich habe Lisa in der Leitung. Darf ich sie zu Ihnen durchstellen, Frau Wagner?« Die Frage war rein rhetorisch. Das wussten beide.

Freudig erhob sich Emmi von dem Sessel und eilte zu ihrem Schreibtisch zurück, wo gleich darauf das Telefon klingelte und sie den Hörer abnahm.

»Lisa, mein Liebling, wie schön, dass du anrufst«, rief sie in den Hörer, noch bevor ihre Tochter auch nur ein Wort gesagt hatte.

Lisa lachte leise auf. »Hallo, Mutti.«

Emmi atmete tief durch. Eine warme Woge tiefster Zuneigung überkam sie. »Es ist so schön, deine Stimme zu hören.«

»Ist alles in Ordnung?«, erkundigte Lisa sich prompt. »Du klingst so … so, hm, angespannt.«

Erneut holte Emmi tief Luft. »Ach, nein, es ist nichts, meine Liebe. Zumindest nichts Schlimmes, nur eine kleine Zankerei mit Greta.«

»Herrje, sag bloß, sie ist schon wieder unsterblich verliebt und sich sicher, ihren aktuellen Schwarm unbedingt heiraten zu wollen, weil er die Liebe ihres Lebens ist.«

»Verliebt ja, aber dieses Mal ist es kein Motorrad fahrender junger Herr, sondern ein Kleid aus blasslilafarbener Spitze, ohne das Gretel nicht mehr leben kann. Wenigstens behauptet sie das. Ich habe ihr gesagt, wenn sie sich nur halb so für die Schule und das unmittelbar bevorstehende Abitur begeistern könnte wie für dieses Kleid, wäre ich froh. Daraufhin hat sie sich schrecklich aufgeregt und ist wutentbrannt davongerannt.«

»Ach Mutti, du weißt doch, wie ärgerlich Gretel werden kann, aber auch, dass sie sich ebenso schnell wieder beruhigt. Mach dir ihretwegen bitte keine Sorgen.«

»Ich gebe mir die größte Mühe, aber leicht ist es wirklich nicht. Ich hoffe nur immer, dass sie nicht aus einer Verrücktheit heraus irgendwelche Dummheiten anstellt. Dabei geht es mir wahrlich nicht irgendwelche teuren Kleider, sondern um ihren etwas zu freizügigen Umgang mit ihren ständig wechselnden jungen Verehrern.«

Einen kurzen Moment herrschte Schweigen am anderen Ende der Leitung. Emmi nahm schon an, dass die Verbindung abgebrochen wäre, und wollte bereits den Hörer auf den Apparat zurücklegen, da vernahm sie ein Räuspern in der Hörmuschel des weinroten Telefons.

»Lisa, Schatz, ich hatte schon befürchtet, dass die Verbindung abgebrochen sei. Aber …«

»Dieses Mal bin ich es«, fiel Lisa ihrer Mutter ins Wort, »die sich absolut sicher ist.«

»Sicher? Was meinst du damit, Lisa? Ich verstehe nicht so recht.«

Erneut hörte Emmi, wie Lisa sich räusperte, so als hätte sie einen dicken Kloß im Hals stecken. Vielleicht war sie aber auch erkältet.

»Lisa, Schatz, hast du dich erkältet? Bist du etwa krank?«, erkundigte sich Emmi bei ihrer Tochter.

»Nein, Mutti, nicht krank, nur verliebt und mir absolut sicher.«

Emmi war sprachlos. Ja, ihr fehlten tatsächlich die Worte. Lisa war verliebt und sich dazu sicher, hatte sie gerade gesagt. Das was eine Neuigkeit, die sie im Gegensatz zu ihrer jüngeren Tochter noch nie zuvor von Lisa mitgeteilt bekommen hatte. Lisas Leben hatte sich bisher um die Schule, dann das Abitur und direkt im Anschluss um ihr Studium gedreht. Für Schwärmereien oder sogar eine ernsthaftere Liaison, so hatte Lisa es stets gemeint, fehlte ihr die Zeit, aber auch schlichtweg das Interesse. Nicht nur einmal hatte Emmi in den letzten Jahren Lisas Strebsamkeit und ihren Ehrgeiz zwar bewundert, aber ihr auch den Rat gegeben, das Leben doch bitte auch ein bisschen zu genießen und nicht nur mit Lernen zu verbringen. Doch Lisa hatte davon nichts wissen wollen, sondern gemeint, es sei alles ganz wunderbar, wie es eben gerade sei.

Und nun hatte sie sich verliebt.

»Mutti?«, hörte sie nach einer ziemlich langen Pause Lisa fragen. »Bist du noch in der Leitung?«

»Ja … ja, natürlich bin ich das«, beeilte sich Emmi zu erwidern. »Ich bin nur gerade so …«

»Sprachlos«, beendete Lisa den Satz für ihre Mutter und lachte leise auf.

»Ja«, gab Emmi ehrlich zu. »Für einen Augenblick haben mir wirklich die Worte gefehlt.« Und weil sie selbst merkte, wie skeptisch sich das angehört hatte, fügte sie noch schnell hinzu: »Aber natürlich im positiven Sinne, Lisa. Bitte nicht falsch verstehen, ich freue mich von ganzem Herzen für dich. Und jetzt musst du mir auf der Stelle alles ganz genau erzählen. Ich bin nämlich nicht nur schrecklich aufgeregt, sondern auch wahnsinnig neugierig.«

Erneut lachte Lisa. Ihr schönes Lachen, das so gut zu ihren dunklen Haaren und grünbraunen Augen passte, fand Emmi, weil es ganz viel Wärme und Wohlbehagen ausdrückte. Es gab kaum jemanden, in dessen Gegenwart sich Emmi so wohl und vor allem vollständig fühlte wie in Lisas – was nicht bedeutete, dass sie ihre jüngere Tochter, ihr leibliches Kind, weniger lieben oder schätzen würde.

»Sein Name ist Johannes Falkenstein, und wir haben uns an der Universität kennengelernt. Genauer gesagt, in der Bücherei, wo wir beide nach Fachliteratur gesucht haben und darüber ins Gespräch gekommen sind. Das ist nun schon fast ein halbes Jahr her, und seitdem haben wir uns immer wieder mal getroffen und …«

»Warte«, fiel Emmi ihrer Tochter überrascht ins Wort. »Du kennst ihn schon seit gut einem halben Jahr und hast mir bisher kein einziges Wort erzählt?«

»Mutti, halt, jetzt sei nicht gleich beleidigt.« Lisa ahnte sofort, was in ihrer Mutter vorging. »Wir waren bis vor wenigen Wochen tatsächlich nur Kommilitonen, die sich sehr gut verstanden haben. Doch im Laufe der Zeit hat sich etwas zwischen uns verändert, ohne dass wir es zunächst bemerkt haben. Und als wir uns dann gegenseitig eingestehen mussten, dass wir nicht länger nur Freunde sind, die sich gut verstehen, sondern viel mehr, da waren wir davon so überrascht, dass wir eine Weile gebraucht haben, um uns darauf einlassen zu können. Es hat gedauert, bis wir dazu stehen konnten, dass da auf einmal Liebe im Spiel war … ist …«

»Liebe«, seufzte Emmi verzückt und glaubte ihrer Tochter deren Gefühle ohne Einschränkungen. Wenn Lisa das Wort Liebe verwendete, dann war es auch so. »Ich freue mich von Herzen für dich, mein Schatz. Das sind ganz wunderbare Neuigkeiten.«

»Das beruhigt mich sehr, Mutti. Johannes und ich möchten am Wochenende nämlich nach Hause kommen. Er möchte meine Familie kennenlernen, und ja, ich möchte, dass meine Familie ihn kennenlernt.«

»Was? Wie wunderbar. Ich freue mich, mein Schatz. Wie lange werdet ihr bleiben?«

»Nur übers Wochenende, Mutti, und bitte mach dir unseretwegen bloß keine Umstände.«

»Natürlich werde ich euretwegen Umstände machen«, gab Emmi entschlossen zurück. »Und es wird mir ein Vergnügen sein, ein wahres und echtes Vergnügen.«

»O nein, Mutti, genau das habe ich befürchtet. Also nicht das mit dem Vergnügen, sondern mit den Umständen. Aber weißt du, Johannes wäre das sehr unangenehm. Er … nun ja, also was seine Familie betrifft, so ist da niemand mehr. Johannes' Eltern leben nicht mehr. Bis er zum Studium fortgegangen ist, hat er bei seiner Großmutter in Kassel gelebt, die sich krumm dafür gemacht hat, dass ihr einziger Enkel es mal besser haben wird.

Johannes ist das sehr unangenehm, und er wünscht sich nichts sehnlicher, als ihr bald etwas für ihre Mühen und Opfer, die sie seinetwegen erbracht hat, zurückgeben zu können.«

»Verstehe«, sagte Emmi und wusste genau, wie Johannes Falkenstein sich fühlte. Nicht viel anders war es ihr mit ihrer eigenen Mutter viele Jahre ergangen.

VIER

Schönheit ist überall ein gar willkommener Gast.

JOHANN WOLFGANG VON GOETHE
DEUTSCHER DICHTER
(1749–1832)

Greta Wagner breitete die Arme zur Seite aus. Sie legte den Kopf weit in den Nacken und lachte. Ein herrlich erfrischendes Lachen, das all ihre Fröhlichkeit und große Lebensfreude in sich bündelte und zum Ausdruck brachte, so dass es ansteckend wirkte.

Die Frühlingssonne ließ ihr sowieso schon leuchtendes blondes Haar noch mehr glänzen. Der weit schwingende Rock ihres wadenlangen, großgeblümten Kleides umschmeichelte ihre langen schlanken Beine, gab ihre zierlichen Fesseln frei.

Von Kopf bis Fuß war ihr Anblick ein wahrer Genuss.

»Mein Schwesterherz ist verliebt«, trällerte sie, während sie die Hände nach Lisa austreckte, um sie mit sich im Kreis herumzuwirbeln. »Verliebt, verlobt, verheiratet!«

Lisa tat sich sichtbar schwer damit, die Begeisterung inklusive des Herumwirbelns ihrer jüngeren Schwester ebenso wie diese zum Ausdruck zu bringen. Es war ihr unangenehm. Ganz besonders weil Johannes ihnen dabei zusah und es ihm bei all ihrer Verliebtheit ineinander nicht entgehen konnte, wie grazil und elegant sich Greta bewegte und wie unbeholfen und steif Lisa war.

Vorsichtig versuchte sie sich aus dem Griff ihrer Schwester zu lösen, und als ihr das nicht so einfach gelingen wollte und Greta sich immer noch schneller mit ihr im Kreis herumdrehte, entzog sie sich ihr mit einem entschlossenen Ruck, so dass ihre Schwester ins Straucheln geriet. Hätte Johannes nicht geistesgegenwärtig einen schnellen Schritt nach vorne getan und sie somit aufgefangen, wäre Greta wahrscheinlich zu Boden gestürzt.

So aber landete sie in Johannes' Armen, schmiegte sich für Lisas Empfinden einen kurzen Augenblick zu lang an ihn, bevor sie ihn dankbar anlächelte und säuselte: »Vielen Dank fürs Auffangen, mein Retter.«

Lisa wollte es nicht, nein, sie hatte nicht vor, irgendetwas in die Art und Weise, wie Johannes und Greta diesen kurzen Augenblick Arm in Arm dastanden und sich ansahen, hineinzuinterpretieren. Doch sie kam nicht drumherum, festzustellen, dass die beiden ein sehr attraktives Paar abgaben.

Das gleiche hellblonde Haar, beide sehr grazil und elegant in ihrer Haltung und ihren Bewegungen, wobei Johannes natürlich wesentlich maskuliner als die fast einen Kopf kleinere Greta war.

Lisa kam sich im Vergleich zu den beiden auf einmal schrecklich grob und plump vor. Sie war alles andere als kräftig, aber eben nicht so zart und elegant wie ihre Schwester. Zudem überragte sie Greta deutlich und war damit beinahe auf Augenhöhe mit Johannes. Als Johannes sich jetzt aus der kurzen Umarmung mit Greta löste, zu Lisa schaute und sie liebevoll anlächelte, kam sie sich schlagartig albern und kindisch vor.

»Deine Schwester ist ein wenig … überdreht«, raunte Johannes ihr ins Ohr, während er sie liebevoll an sich gedrückt hielt und ihr anschließend einen zarten Kuss auf die Schläfe hauchte. »Fast schon affektiert.«

»Nein, Johannes, du verkennst sie«, war Lisa sofort bereit, ihre Schwester zu verteidigen. »Sie ist einfach noch sehr jung und unbedarft, aber affektiert, nein, damit tust du ihr Unrecht!«

Johannes lehnte sich mit dem Oberkörper etwas nach hinten, um Lisa direkt in die Augen blicken zu können. Samtaugen, nannte er sie häufig, und jedes Mal überkam Lisa dann eine warme Woge voller Liebe und unendlichen Glücks, dass dieser wunderschöne und so unendlich kluge Mann genau das Gleiche für sie empfand wie sie für ihn.

»Liebling, ich staune. Du kannst ja richtig die Krallen ausfahren. So habe ich dich noch nie erlebt.«

Lisa atmete tief durch. »Sie ist meine Schwester – meine jüngere Schwester. Ich würde niemals zulassen, dass jemand gemein zu ihr ist oder schlecht von ihr redet. So einfach ist das.«

»Liebling, entschuldige bitte, nichts lag mir ferner«, beeilte sich Johannes, ihr zu versichern.

Plötzlich kam Lisa sich ungerecht vor. Sie war Johannes viel zu harsch angegangen. Zumal er nichts Böses oder Falsches über Greta gesagt hatte, sondern nur ausgedrückt hatte, wie sie ihm vorgekommen war – und ehrlicherweise auch Lisa selbst, nämlich auffallend überdreht.

»Hannes, Liebster«, begann Lisa leise. »Es … es tut mir leid. Ich wollte nicht so kratzbürstig sein und …«

Weiter kam sie nicht. Johannes zog sie wieder enger an sich, um sie mit einem leidenschaftlichen Kuss am Weiterreden zu hindern. Und Lisa schmolz in seinen Armen nur so dahin. Die sonst so kühle und stets sehr zurückhaltende junge Frau war wie Wachs in den Armen des Mannes, den sie so unendlich liebte und der gleichzeitig ihr bester Freund und engster Vertrauter war. Niemals hätte Lisa es für möglich gehalten, dass sie zu solch alles beherrschenden Gefühlen fähig wäre. Dass sie sich geradezu schmerzlich nach einem Mann sehnte, sobald er nicht in ihrer Nähe war. Dass sie jede Minute zählte, bis sie sich wiedersahen und sie in seinen Armen liegen konnte. Nein, die immer so um Ernsthaftigkeit bemühte zukünftige Erbin der Zuckerrübenfabrik Wagner hatte nicht geahnt, was für eine Leidenschaft in ihr loderte.

Mit Johannes war alles anders geworden.

Jemand räusperte sich leise neben ihnen. Als Johannes daraufhin ihren Mund freigab, brauchte Lisa einen kurzen Moment, um wieder im Hier und Jetzt anzukommen. Etwas atemlos wandte sie den Kopf nach links. Wo zuvor Greta gestanden hatte, war nun ihre Mutter Emmi und lächelte.

»Ich wollte euch nicht stören«, begann sie mit weicher Stimme. »Nur Bescheid sagen, dass wir gleich zu Mittag essen wollen und ich mich freuen würde, wenn ihr mich später in die Fabrik begleiten würdet.«

»Am Sonntag?«, wunderte sich Lisa. Inzwischen hatte sie sich einigermaßen sortiert und war wieder in der Lage, einen klaren Gedanken zu fassen. »Aber heute wird doch überhaupt nicht produziert.«

Statt ihrer Mutter beantwortete Johannes ihre Frage.

»Deine Mutter und ich haben uns gestern Abend noch ein wenig über die Weiterentwicklung der Verdampfungskristallisatoren unterhalten. Ich habe da so eine gewisse Idee und würde mir deshalb gerne einen Eindruck von den Kochapparaten in der Fabrik verschaffen.« Entschuldigend hob er die Schultern. »Ich wollte dir gestern Abend direkt davon berichten. Aber dann ist es mir entfallen.«

Gestern Abend, kam es Lisa in den Sinn, und die Erinnerung daran, was geschehen war, als Johannes an ihre Tür geklopft hatte, um sich einen letzten Gute-Nacht-Kuss von ihr abzuholen, trieb ihr die Röte ins Gesicht.

Als weder verlobtes noch verheiratetes Paar hatten sie in der Villa ihrer Mutter separate Schlafkammern zugeteilt bekommen. Alles andere hätte sich wahrlich nicht geschickt. Doch aus dem letzten Kuss des Tages war eine leidenschaftliche Nacht geworden, in der sie sich so intensiv und ausdauernd geliebt hatten wie nie zuvor. Vielleicht hatte es daran gelegen, dass sie die ganze Zeit das Gefühl hatten, etwas Verbotenes zu tun. Ja, sicherlich hatte das den ganz besonderen Reiz ausgemacht.

»Ach so, ja, ähm …«, begann Lisa zu stammeln. »Das ist eine gute Idee.«

Aufmerksam musterte Emmi Wagner ihre Tochter. »Ist alles in Ordnung, Lisa?«

Lisa nickte, während sich ihre Wangen in Feuerbälle zu verwandeln schienen. Im nächsten Moment begann sie, sich über ihre eigene Verlegenheit zu ärgern. Sie war eine erwachsene Frau, die eine sehr erwachsene Beziehung zu einem Mann unterhielt, den sie nicht nur liebte, sondern auch bewunderte. Es war kindisch, ja, absolut kindisch, sich dafür zu genieren, dass sie die Nacht in seinen Armen verbracht hatte. Und während sie sich noch über sich selbst ärgerte, über ihre wirklich alberne Verlegenheit, hörte sie eine Stimme sagen, die sich ganz nach ihrer eigenen anhörte, nur mit einem ungewohnt verruchten Hauch angereichert: »Das hast du dann wohl vergessen, Liebster, als ich in deinen Armen lag und wir uns geliebt haben.«

Johannes' blaue Augen weiteten sich verwundert. Niemals, das sah sie ihm an, hätte er ihr so etwas Anzügliches zugetraut. Auch wenn sie sich im Bett mit ihm inzwischen auf Dinge einließ, die sie vorher nicht einmal auszusprechen gewagt hätte, schlummerte tief in ihr noch immer die eher zurückhaltende, ja, vielleicht sogar etwas verklemmte und biedere Fabrikantentochter.

Johannes konnte sich augenscheinlich ein Grinsen nicht verkneifen, während Emmi Wagner die Gesichtszüge kurzzeitig entglitten waren. Es war ihr anzusehen, wie befremdlich die Worte ihrer Tochter auf sie gewirkt hatten.

»Wie auch immer, Berta möchte das Essen auftragen. Seid so freundlich und kommt in den Speisesaal.«

Damit wandte sich Emmi Wagner um und verließ mit sehr geradem Rücken die Bibliothek.

»Wie konnte ich nur«, ärgerte sich Lisa, kaum dass ihre Mutter außer Hörweite war. »Was habe ich mir bitte schön dabei gedacht.«

Johannes wollte sie in den Arm nehmen, doch Lisa wehrte seine Hand ab. »Nein, lass das jetzt bitte. Es ist nicht in Ordnung von mir, mich meiner Mutter gegenüber so aufzuführen. Und es entspricht auch überhaupt gar nicht meiner Art. So bin ich nicht, Johannes, so war ich nie gewesen, und so möchte ich auch nicht sein. Und dass sie uns getrennte Zimmer zugeteilt hat, auch das hat sie aus einem guten Grund getan, und wir hätten es respektieren müssen. Es nicht getan zu haben ist etwas, wofür ich mich schäme. Ja, dafür schäme ich mich. Wir sind das erste Mal hier im Haus meiner Mutter, die es die letzten Jahre bestimmt nicht leicht gehabt hat und auch nicht mit dem goldenen Löffel im Mund geboren worden ist, sondern sich alles schwer erarbeiten musste, und das nach dem Tod meiner Großeltern ganz allein auf sich gestellt. Ihr so wenig Respekt entgegenzubringen, nein, das ist nicht in Ordnung.«

»Aber, Liebling, was haben wir denn Schlimmes getan? Wir lieben uns, verbringen in Berlin seit Wochen jede Nacht im selben Bett. Die Leidenschaft zwischen uns ist etwas ganz

Außergewöhnliches. Es wäre mir falsch vorgekommen, in getrennten Zimmern und getrennten Betten zu schlafen. Doch das Letzte, was ich wollte, ist, dich in Verlegenheit zu bringen. Erst recht nicht im Haus deiner Mutter, nein, das lag und liegt mir fern. Entschuldige bitte, wenn ich es durch mein Verhalten dennoch getan habe.«

Lisa atmete tief durch, während sie damit anfing, vor dem rechten Bücherregal auf und ab zu gehen. Schließlich blieb sie stehen, wandte sich zu Johannes um und schüttelte den Kopf. »Du kannst nichts dafür, Liebster. Du hast nichts Unrechtes getan und musst dich nicht bei mir entschuldigen. Ich bin diejenige, die falsch gehandelt hat, weil ich so nun mal nicht bin.«

»Wie denn, Liebling, wie bist du denn? Ich verstehe nicht, warum du gerade so streng mit dir selbst bist.«

Lisa ging zur Tür, blieb dann aber im Rahmen stehen und wandte sich zu Johannes um. »Ich komme mir gerade ein wenig wie Greta vor, die eine etwas legere Art und Weise hat, was den Umgang mit Männern betrifft. Nun ist es nicht so, dass ich ihr deshalb irgendetwas zum Vorwurf machen würde. Greta ist wie eine Biene, die von Blüte zu Blüte schwirrt, ohne dass sich jemand daran stört. Ich bin genau das Gegenteil, Hannes, ich bin nicht leger, sondern verbindlich und moralisch, vielleicht sogar etwas *zu* moralisch. So kennt meine Mutter mich, so liebt und schätzt sie mich, aber vor allem schätze ich mich so.« Nun drehte Lisa Johannes den Rücken zu, ging aber noch immer nicht über die Schwelle, sondern fuhr mit ihrer

Erklärung fort. »Weißt du, Johannes, ich liebe dich. Aber ich muss ein bisschen aufpassen, dass ich mich nicht dabei verliere. Ich möchte meinen Prinzipien treu bleiben, und ich möchte mich auch nicht verändern.«

»Meinetwegen musst du dich nicht verändern, Lisa«, versicherte Johannes ihr. »Du bist alles, was ich mir jemals vom Leben erhofft habe. Du bist das Beste, was ich mir nur vorstellen konnte, und ich Depp habe dich im Haus deiner Familie in Verlegenheit gebracht.«

Lisa war anderer Meinung, wollte aber nicht mit Johannes darüber diskutieren. Was sie wollte war, sich direkt nach dem Mittagessen bei ihrer Mutter entschuldigen. Es war ihr ein Anliegen, ihr zu erklären, dass sie geradezu berauscht von ihrer Liebe zu Johannes war, hingerissen von diesem schönen Mann und der unglaublichen Tatsache, dass es umgekehrt genauso war. Nur deshalb hatte sie sich gerade eben so aufgeführt, nur darum hatte sie Johannes vergangene Nacht in ihr Zimmer und ihr Bett gelassen.

»Geh doch bitte schon mal ins Speisezimmer vor, Liebling«, sagte Johannes. »Ich möchte noch etwas von oben holen und komme dann direkt nach.«

Lisa wunderte sich zwar etwas, doch sie sagte kein weiteres Wort dazu und durchquerte die feudale Eingangshalle, um anschließend im Speisezimmer nur ihre Großmutter Thea und ihre Schwester Greta an ihren Plätzen vorzufinden.

»Wo sind Mutti und dein schnieker Verehrer?«, wollte Greta in ihrer unnachahmlichen Art und Weise von ihr erfahren.

»Johannes kommt jeden Moment«, gab Lisa so normal wie nur möglich Auskunft. »Und wo Mutter ist, da bin ich überfragt. Ich hatte auch gedacht, sie hier anzutreffen.«

»Ich wundere mich auch schon«, erklärte Thea Engel, »wo sie bleibt. Erst hat sie mich so angetrieben, und jetzt sitzen Gretel und ich schon eine gefühlte Ewigkeit hier. Berta war bereits zweimal hier, um die Suppe aufzutragen. Jedes Mal mussten wir ihr erklären, dass wir noch auf euch warten.«

Berta sollte noch ein drittes Mal ihren Kopf zur Speisezimmertür hereinstecken, um mit zunehmend muffigerer Miene festzustellen, dass die Hausherrin und der Gast, den Lisa mitgebracht hatte, immer noch nicht am Tisch saßen, bevor Emmi Wagner in Begleitung von Johannes Falkenstein schließlich durch die Tür trat.

Emmi nahm sofort Platz. Ihre Miene war verschlossen. Um Himmels willen, schoss es Lisa durch den Kopf, hatten die beiden etwa gestritten?

Inzwischen hatte Johannes ihren Stuhl erreicht. Doch statt weiterzugehen und sich zu setzen, blieb er direkt neben Lisa stehen und sah sie lächelnd an.

»Ist etwas passiert?«, fragte Lisa leise und sichtbar perplex zu ihm.

Johannes lächelte. »Noch nicht …«

»Ich verstehe nicht«, begann Lisa, als er ihre rechte Hand ergriff und neben ihren Stuhl in die Knie ging.

»Meine geliebte Lisa«, begann er feierlich und blickte ihr fest in die Augen. »Ich habe das hier nicht geprobt und bin tatsächlich auch nicht darauf eingestellt gewesen, weshalb mir nun etwas sehr Entscheidendes fehlt, nämlich der Verlobungsring, den ich dir nur zu gern anstecken möchte, nachdem ich dich gefragt habe, ob du meine Ehefrau werden möchtest. Ob du wunderschönes und kluges Geschöpf dir vorstellen kannst, mich nicht annähernd so geistreichen Kerl zu heiraten?«

»Du … du machst mir … mir einen Antrag«, stammelte Lisa fassungslos. »Du willst mich heiraten?«

»Ist das sehr unverschämt?«, fragte Johannes und lächelte unsicher.

Lisas Herz wollte sich überschlagen, so schnell und hart hämmerte es in ihrer Brust. Gleichzeitig wurden ihre Knie weich, so dass sie erleichtert war zu sitzen. Ansonsten hätte sie für nichts garantieren können. Als Nächstes spürte sie heiße Tränen in ihren Augen brennen, und endlich verstand sie, um was Johannes sie da gerade gebeten hatte. Johannes hatte ihr einen Antrag gemacht. Hier im Hause ihrer Mutter, ihrer Familie, ihrem Zuhause. In Gegenwart all der Menschen, die ihr nah und wichtig waren, und tatsächlich sehr spontan, was den fehlenden Ring erklärte.

»Jetzt sag endlich ja«, rief Greta. »Ich war noch nie auf einer Hochzeit und möchte das unbedingt endlich mal miterleben.«

»Greta, ich bitte dich!«, wurde sie prompt von der Mutter ermahnt. »Es geht hier nicht um dich.«

Bevor Greta beleidigt sein konnte, denn scharfe Zurechtweisungen war sie weder gewohnt noch gewillt, sie einfach so hinzunehmen, erhob Lisa sich von ihrem Stuhl und bedeutete

Johannes, es ihr gleichzutun. So standen sie sich gegenüber, Hand in Hand und die Blicke tief ineinander verflochten.

»Ja, ich will«, hauchte Lisa. »Es gibt nichts, Johannes, das ich lieber möchte, als deine Frau zu werden.«

FÜNF

Nichts ist leichter als Selbstbetrug, denn was ein Mensch wahrhaben möchte, hält er auch für wahr.

DEMOSTHENES
GRIECHISCHER REDNER
(384 V. CHR. – 322 V. CHR.)

Ich verstehe nicht, warum Greta nicht wie vereinbart angerufen hat«, sagte Emmi Wagner zu ihrer Mutter Thea.

Sie war gerade aus ihrem Arbeitszimmer gekommen, dass sie sich aus praktischen Gründen hier in der Villa eingerichtet hatte, weil sie sich häufig Unterlagen aus der Fabrik mit nach Hause nahm. Darin hatte sie nun fast eine Stunde damit verbracht, auf den Anruf ihrer Tochter Greta zu warten, die Lisa in Berlin besuchte. Dort war sie allerdings nicht in der kleinen Studentenwohnung ihrer Schwester untergekommen, sondern im vornehmen Hotel Fürstenhof. Sozusagen als Belohnung dafür, dass sie tatsächlich ihr Abitur bestanden hatte. Etwas, womit niemand mehr zu rechnen gewagt hatte, am wenigsten womöglich Greta selbst. Weil Greta natürlich in erster Linie nach Berlin gefahren war, um die Stadt zu erkunden, hielt sie sich kaum in ihrem Hotelzimmer auf. Daher hatten sie eine Uhrzeit vereinbart, zu der Greta daheim anrufen wollte.

Doch der Telefonapparat war still geblieben, und als Emmi das Warten leid gewesen war und selbst im Hotel Fürstenhof angerufen hatte, war ihr von dem Herrn an der Rezeption mitgeteilt worden, dass sich das Fräulein Wagner nicht auf ihrem Zimmer befinde.

»Wahrscheinlich hat sie etwas Besseres zu tun«, nahm Thea Engel an. »Berlin soll sehr aufregend sein, und bestimmt gibt es ganz besonders für unsere wilde Greta dort viel zu sehen und zu erleben. Da ist es doch nur verständlich, wenn sie die Zeit vergessen hat.«

Emmi stimmte ihrer Mutter zu. »Davon gehe ich auch aus.

Dennoch wundert es mich, denn Greta war diejenige, die auf dem Telefonat bestanden hat, weil sie mir etwas ganz Dringendes mitteilen wollte.«

Verwundert zog Thea Engel die Augenbrauen hoch. »So, was kann das denn sein? Und wann hat sie dir das gesagt?«

»Nicht *gesagt*, Mutti, sie hat mir ein Telegramm zukommen lassen. In die Fabrik:

Liebe Mutti, müssen unbedingt telefonieren. Rufe dich morgen um Punkt sechs Uhr abends in der Villa an. Greta.«

»Ich gebe dir recht, das ist schon ungewöhnlich. Aber ich denke, du musst dir keine Sorgen machen. So wie ich Greta kenne, ist sie an einem schicken Modegeschäft vorbeigekommen, und schon hat sie darüber dann das Telefonat mit dir vergessen«, sagte Emmis Mutter und schmunzelte.

»So wird es gewesen sein. Allerdings habe ich es auch mehrfach bei Lisa probiert und sie ebenfalls nicht erreichen können.«

Thea Engel hob kurz die Hände. »Wahrscheinlich sind sie gemeinsam die Stadt erkunden. Und das tut unserer Lisa auch mal gut. Immer nur lernen kann auf Dauer nicht gesund sein.«

Emmi nickte. Dennoch kam ihr das Ganze komisch vor. Warum zum Beispiel machte sich Greta die Mühe, ihr ein Telegramm zu schicken?

Und diese Sache mit dem Fürstenhof! Sicher, dort stiegen die illustresten Damen und Herren ab, viele berühmte Künstler unter ihnen, Schauspieler, Sängerinnen, was gewiss sehr aufregend für Greta war. Doch Emmi hatte mitbekommen, wie sehr sich Greta darauf gefreut hatte, die Tage in Berlin ganz nah bei ihrer Schwester zu verbringen, in Lisas kleiner Studentenwohnung. Emmi wusste, wie arg Greta die ältere Schwester vermisste, seitdem diese die heimische Villa verlassen hatte, um zu studieren. Die beiden Mädchen waren grundverschieden, so wie Anni und sie grundverschieden waren, aber so eng miteinander verbandelt, dass kaum ein Blatt zwischen sie gepasst hätte. Doch dann war auf einmal keine Rede mehr davon gewesen, dass Greta bei Lisa wohnte, und so wie es schien, verbrachten die Schwestern auch nicht annähernd so viel Zeit miteinander, wie Greta es sich erhofft und vermutlich auch erwartet hatte. Je länger Emmi darüber nachdachte, kam es ihr komischer vor, dass sie so eine Unruhe verspürte.

»Deine Sorgen sind sicherlich unbegründet«, war sich ihre Mutter sicher und wechselte dann abrupt das Thema. »Außerdem sollst du dich viel öfter um deine Angelegenheiten kümmern. Deine Töchter sind alt genug. Und wenn sie Streit miteinander haben, dann bist nicht du dafür verantwortlich, dass sie sich wieder vertragen.« Thea Engel neigte den Kopf, bevor sie weitersprach. »Was zum Beispiel hat es mit dem rätselhaften Mann von gestern Abend auf sich? Ich kenne dich zu gut, als dass du mir weismachen könntest, es wäre eine ganz bedeutungslose Begegnung gewesen.«

Emmi winkte ab. »Du siehst Gespenster, Mutti!«

Der Mann, von dem ihre Mutter da gesprochen hatte, war ihr Autohändler Harry Westermann, der sie gestern Abend lediglich deshalb nach Hause gebracht hatte, weil sie zuvor ihr Automobil in der Werkstatt abgegeben hatte, die zu seinem Autohaus gehörte. Ihr Auto musste regelmäßig zur Inspektion. So verhielt sich das nun mal mit Neuwagen. Aber davon verstand ihre Mutter sowieso nichts.

Thea Engel machte einen Schritt auf sie zu und griff nach ihrer Hand. »Du darfst dich nicht auf das Schicksal verlassen, Emmi. Du musst dein Glück selbst in die Hand nehmen.«

»Mutti, bei allem Respekt, du redest Unsinn. Harry Westermann ist bestimmt nicht mein Schicksal und erst recht nicht mein Glück. Der Mann, den ich liebe, den ich immer lieben werde, ist tot und begraben.«

»Ja, Emmi, und das schon seit über zehn Jahren. Meinst du nicht, es ist langsam an der Zeit, nach vorne zu schauen, auszugehen und, ja, auch interessante Männer kennenzulernen? Du bist eine attraktive und gescheite Frau in den besten Jahren.

Es wäre ein Jammer, Emmi, und das meine ich von ganzem Herzen, wenn du bis ans Ende deiner Tage allein bleiben würdest.«

Emmi konnte nur staunen. »Das sagst ausgerechnet du zu mir, Mutti? Wo es für dich nach Vatis Tod nie einen anderen Mann gegeben hat!«

»Aus Mangel an Gelegenheiten, Emmi«, erklärte die Mutter ihr, und nun war Emmi wirklich erstaunt. »Erst war ich zu sehr damit beschäftigt, uns drei durchzubringen, dann war Krieg, und die wenigen halbwegs unversehrten Männer, die dieses Grauen überlebt hatten, waren nicht an einer älteren Witwe wie mir interessiert. Aber bei dir, Emmi, da verhält sich das ganz anders. Du siehst gut aus, du bist gebildet, und du bist vermögend. Es sollte ein Leichtes sein, einen Partner zu finden, der dich auf Händen trägt.«

Vehement schüttelte Emmi den Kopf. »Das steht nicht zur Debatte, Mutti, und jetzt lass uns bitte das Thema wechseln.«

»Wie du willst«, erwiderte Thea Engel. »Aber denk daran, mein Kind, wir haben nur dieses eine Leben, und das sollte möglichst das Beste für uns bereithalten.«

Bis zum nächsten Abend hatte Greta nichts von sich hören lassen, und allmählich begann Emmi, sich um ihre jüngste Tochter zu sorgen. Sie hatte noch drei weitere Versuche unternommen, Greta zu erreichen, jedes Mal ohne Erfolg. Niemand war an den Apparat gegangen, und auch Lisa schien sich nicht in ihrer Wohnung aufzuhalten.

Als nun Berta ins Speisezimmer kam, wo Emmi und ihre Mutter gerade am Tisch Platz genommen hatten und darauf warteten, dass sie ihnen die Suppe servierte, trug sie kein Tablett mit Suppenterrinen aus weißem Porzellan mit sich. Stattdessen sagte sie zu Emmi: »Das Fräulein Greta hat gerade in der Küche angerufen, weil sie Sie auf Ihrem Apparat im Büro nicht erreichen konnte, Frau Wagner.«

Emmi sprang so hastig von ihrem Stuhl auf, dass er umkippte. Das Krachen ließ die Köchin und ihre Mutter zusammenzucken, während Emmi aus dem Speisezimmer eilte.

In der Küche lag der Hörer des schwarzen Telefonapparates auf der Gabel. Emmi nahm ihn dennoch ab und rief hinein: »Greta, hallo, bist du in der Leitung?«

In diesem Moment betrat Berta die Küche.

»Nein, das wollte ich Ihnen doch noch gesagt haben, gnädige Frau. Sie sollen sie zurückrufen, hat Greta mir aufgetragen, Ihnen auszurichten. Jetzt gleich. Im Fürstenhof in Berlin.«

Innerhalb weniger Momente war Emmi von der Küche durch die Halle in ihr kleines Büro geeilt, das sich direkt neben dem Eingang der Villa befand. Mit fahrigen Fingern wählte sie die Nummer, die sie auf einem kleinen Zettel notiert, aber inzwischen so oft gewählt hatte, dass sie sie auswendig kannte. Kurz darauf hatte sie tatsächlich Greta in der Leitung.

»Kind, um Himmels willen, was ist denn bloß los bei euch

in Berlin?«, rief sie aufgeregt in den Hörer. »Weißt du eigentlich, was für …«

»Hör mir bitte einen Moment zu, Mutti«, fiel ihre Tochter ihr ins Wort.

»Ja … in Ordnung.«

»Mit Lisas Verlobten stimmt etwas nicht.«

»Was heißt das? Und wie kommst du darauf?« Emmi war vollkommen perplex.

Greta räusperte sich so geräuschvoll, dass Emmi es am anderen Ende der Leitung deutlich hören konnte. »Ich will jetzt gar nicht so weit ausholen und dir davon erzählen, wie es war, als Lisa ihn das erste Mal mit zu uns nach Hause in die Villa gebracht hat.«

»Lisa, was redest du denn da? Wie war es denn? Ich verstehe ehrlich gesagt kein Wort.«

»Er hat mich angestarrt, ununterbrochen.«

»Greta wirklich, was soll das? Willst du ernsthaft behaupten, dass der Verlobte deiner Schwester, Johannes, an dem Wochenende, als er bei mir dafür geworben hat, dass er deiner Schwester einen Antrag machen darf, dich belästigt hat, oder was soll ich unter *angestarrt* verstehen? Und warum um alles in der Welt erzählst du mir das jetzt am Telefon, wo du gerade in Berlin bei deiner Schwe…« Emmi stockte, weil ihr gerade ein ganz und gar ungeheuerlicher Gedanke kam. So ungeheuerlich, dass sie es sich tatsächlich nicht vorstellen konnte, aber auch nicht fertigbrachte, ihn nicht laut auszusprechen. Ansonsten wäre sie zweifelsohne eine schlechte Mutter gewesen.

»Greta, Kind, bitte sag es mir jetzt ganz ehrlich, ist etwas vorgefallen? Ist Johannes dir zu nah getreten?«

Verächtlich lachte Greta ins Telefon. »Das hätte der ja mal versuchen sollen. Dem hätte ich Bescheid gesagt.«

Erleichtert atmete Emmi auf. »Aber was ist denn sonst passiert, dass du so etwas behauptest?«

»Lisa ist nur am Lernen, so dass ich mich größtenteils selbst beschäftigen muss«, begann Greta, und die Enttäuschung in ihrer Stimme war dabei nicht zu überhören. »Außerdem wohnt Johannes inzwischen bei ihr, und damit war für mich sowieso klar, dass ich mir lieber ein Hotelzimmer nehme.«

»Was sicherlich vernünftig ist, denn die Wohnung ist schon recht klein«, stimmte Emmi ihrer Tochter zu, verstand aber noch immer nicht, worauf Greta hinauswollte.

»Vorgestern habe ich den Nachmittag im Café des Fürstenhofes verbracht, wo es wirklich ausgesprochen interessant zugeht. So viele wichtige Leute, Künstler und sogar eine sehr berühmte Schauspielerin habe ich dort gesehen. Zumindest habe ich angenommen, dass es sich bei der jungen Brünetten um diejenige handelte, die ich so verehre, und da habe ich mir ein Herz genommen, um sie um ein Autogramm zu bitten. Dabei hat sich dann herausgestellt, dass ich sie verwechselt habe. Sie wollte zwar auch unbedingt Schauspielerin werden, aber momentan arbeitet sie noch als Kellnerin in einer Bar. Irgendwie war sie aber ganz nett, und so sind wir ins Gespräch gekommen. Du glaubst nicht, was dabei ans Licht gekommen ist.« Greta legte eine bedeutungsvolle Pause ein, bevor sie erklärte: »Johannes Falkenstein ist ein sehr guter Bekannter von ihr gewesen.«

»Lisas Johannes?«, vergewisserte Emmi sich.

»Ja, genau der, Mutti. Und was diese Rita über Lisas tollen Verlobten zu berichten wusste, hat es in sich gehabt. Er soll demnach ein Frauenheld gewesen sein, der jedem Rock hinterhergestellt hat. Doch vor einer Weile sei es plötzlich still um ihn geworden. Laut dieser Rita hätte er sich aus dem wilden Berliner Nachtleben zurückgezogen …«

»Nun ja, wahrscheinlich, weil er deine Schwester kennen und lieben gelernt hat«, kombinierte Emmi. »Ich bin nicht begeistert, zu hören, was für ein Hallodri der Verlobte deiner Schwester gewesen zu seien scheint, aber wenn er sich von seinen früheren Gewohnheiten verabschiedet hat, wüsste ich nicht, was wir ihm noch vorwerfen könnten.«

»Stimmt. Es sei denn, er ist ein Goldgräber und hat ganz bewusst Ausschau nach jemanden wie Lisa gehalten.«

»Jemanden wie Lisa?« Emmi verstand nicht recht, was ihre Tochter damit meinte. »Wie ist Lisa denn?«

»Sehr reich, sehr schüchtern, sehr gehemmt. Die ideale junge Frau für einen, der darauf aus ist, sich ins gemachte Nest zu setzen.«

Das konnte und wollte Emmi nicht glauben. »Greta, du triffst eine wildfremde Frau im Kaffeehaus des Fürstenhofs, die zufällig Johannes kennt, und zwar so gut, dass sie angeblich über seine niedrigen Beweggründe, deine Schwester zu heiraten, Bescheid weiß?« Emmi schüttelte den Kopf, bevor sie hinzufügte: »Wenn du mich fragst, dann ist hier Eifersucht im Spiel. Vielleicht ist die Gute in ihn verliebt und möchte sich an ihm rächen, weil er Lisa heiraten und mit ihr glücklich werden will. Hast du darüber schon mal nachgedacht?«

»Ja, Mutti, und ich muss leider sagen, dass ich davon ausgehe, dass Johannes Lisa nur aus einem einzigen Grund heiraten möchte, wegen ihres Geldes oder vielmehr das ihrer Familie. Wann kommst du also nach Berlin, damit wir gemeinsam Lisa vor einem großen Fehler bewahren können?«

SECHS

Freundschaft fließt aus vielen Quellen,
am reinsten aus dem Respekt.

DANIEL DEFOE
ENGLISCHER SCHRIFTSTELLER
(1660–1731)

Greta streckte sich in ihrem geblümten Badeanzug genüsslich auf der Decke aus. Die Sonne schien mit ganzer Kraft vom Himmel, kein Lüftchen regte sich, die Vögel zwitscherten, es war ein herrlicher Sommertag Ende August.

Auf der gegenüberliegenden Kanalseite hatte sich vor wenigen Augenblicken eine Gruppe junger Burschen niedergelassen, die die Blicke nicht von ihr abwenden konnten, was Greta durchaus bewusst war. Unter anderen Umständen hätte sie sich womöglich sogar zu ihnen gesellt, sich ein bisschen mit ihnen unterhalten und sich dabei insgeheim darüber amüsiert, wie die Jungen sie anhimmelten und sich alle Mühe gaben, sich ihr von ihrer besten Seite zu präsentieren. Doch Greta wollte ihre Ruhe haben. Darum hatte sie sich zum Sonnen auch diese recht abgelegene Stelle am Kanal ausgesucht.

Der Streit, den sie am frühen Morgen mit ihrer Mutter gehabt hatte, nagte noch immer an ihr, weil ihre Mutter einfach nicht erkennen wollte, was Greta längst bewusst war, dass ihre Schwester Lisa einen großen Fehler beging, wenn sie tatsächlich diesen *Goldgräber* Johannes ehelichte.

»Fängst du schon wieder damit an«, hatte Emmi Wagner kopfschüttelnd gemeint, als Greta beim Frühstück noch einmal auf die Ereignisse zu sprechen kam, die sich während ihres Besuches bei Lisa in Berlin zugetragen hatten. »Greta, wirklich, langsam reicht es. Nur weil dir irgendein fremdes Fräulein von Johannes' angeblich unrühmlicher Vergangenheit erzählt hat, kannst du ihn doch nicht immer wieder infrage stellen. Du bist auch kein Kind von Traurigkeit und wärst sicherlich sehr verärgert, wenn du dich eines Tages doch noch ernsthaft für einen jungen Mann begeistern könntest, und dann käme jemand daher und würde von deiner angeblich unrühmlichen Vergangenheit erzählen. Nein, Gretel, ich vertraue auf Lisas Gespür und darauf, dass sie ihrem Verlobten vertraut.«

Damit war das Gespräch beendet, und nachdem es der zigste Versuch von Greta gewesen war, Lisa davor zu bewahren, offenen Auges in ihr Unglück zu stolpern, hatte sie dann trotzig und auch eine Spur gekränkt beschlossen, es nun auch aufzugeben. Sollte Lisa diesen Windhund doch heiraten, um nach kurzer Zeit festzustellen, dass er weitaus mehr an dem Vermögen ihrer Familie als an ihr als Frau interessiert war und es mit der Treue deshalb auch nicht so genau nahm.

Greta war fest davon überzeugt, dass es so kommen würde, und hatte bei ihrem Besuch in Berlin auch den Versuch unternommen, diesbezüglich mit Lisa zu reden. Doch die hatte kein schlechtes Wort über Johannes hören und zulassen wollen, so dass es am Ende sogar zu einem schlimmen Streit zwischen den Schwestern gekommen war, der zur Folge gehabt hatte, dass Greta die letzten zwei Tage ihres Berlinaufenthalts bei ihrer Schwester nicht mehr willkommen gewesen war.

Auf der anderen Uferseite löste sich nun einer aus der Gruppe, ging die paar Meter bis zur Kanalbrücke und kletterte in einer wagemutigen Aktion auf das Gerüst. Die anderen jungen Herren johlten vor Vergnügen, feuerten ihn an, während Greta hoffte, dass er noch rechtzeitig seinen Verstand wiederfinden würde und nicht tatsächlich von dem Brückengerüst in den Kanal zu springen gedachte. Das Wasser war nicht besonders tief, er lief Gefahr, auf dem Grund aufzuschlagen und sich dabei zu verletzen. Schwer zu verletzen … womöglich lebensgefährlich. Und das alles nur, um ihr zu imponieren, um sie zu beeindrucken. Greta konnte über so viel Dummheit nur den Kopf schütteln.

Doch der wagemutige Jüngling erkannte offenbar kurz vor dem Absprung, dass er wegen der geringen Wassermenge auf dem Grund des Kanals aufschlagen würde und es somit keine gute Idee war, sein Vorhaben in die Tat umzusetzen. Greta sah ihm an, wie er mit sich rang. Sollte er die Schmach hinnehmen, über das Gerüst nach oben auf die Brücke zurückklettern, um von dort aus wieder zu seinen Kameraden zu schleichen, die sich lautstark über ihn lustig machten, oder einfach auf seinen Schutzengel vertrauen?

Lass den Unsinn!, hätte Greta ihm am liebsten zugerufen. Aber sie ahnte, dass er dadurch noch leichtsinniger wäre und vermutlich erst recht springen würde.

So ein Unfug, fluchte sie innerlich, erhob sich und ging etwas näher zu der Kanalbrücke, um dem Leichtsinnigen zuzurufen: »Nun unterlassen Sie doch bitte den Unsinn.«

In diesen Moment sprang er. Es gab einen lauten Klatsch, als seine Füße die Wasseroberfläche durchbrachen, zeitgleich stieß jemand einen spitzen Schrei aus. Der jemand war sie, Greta, die von so viel Unvernunft erschrocken war. Doch der Lebensmüde hatte mehr Glück als Verstand gehabt, denn er schien ausgerechnet eine Stelle erwischt zu haben, wo ihm das Wasser nicht nur bis zur Hüfte reichte.

Unter dem Gejohle seiner Kameraden tauchte er wieder auf, schüttelte sich wie eine Katze das Wasser aus den dunklen Haaren und schwamm die drei Züge rüber ans Ufer, dorthin, wo Greta stand.

»Hallo, Gretel«, sagte er lässig zu ihr. »Lange nicht mehr gesehen.«

Greta schnappte erst empört nach Luft, dann hob sie die Hand und verpasste dem Dunkelhaarigen eine schallende Ohrfeige.

»Aua«, rief der Junge und rieb sich die Wange, während sich seine Kameraden auf der anderen Seite des Kanals lautstark amüsierten. »Wofür war die denn?«

»Für deine Dummheit«, giftete sie ihn an. »Dabei habe ich gedacht, du hättest dich weiterentwickelt und wärest nicht mehr so kindisch wie früher, als du Lisa und mich immer mit Steinchen beworfen hast.« Greta kam ein Gedanke. »Hm, was wohl deine Mutter sagt, wenn sie erfährt, wie ihr Wundersohn seine Zukunft aufs Spiel setzt, in dem er von der Brücke in den Kanal springt, der kaum noch Wasser trägt?«

»Davon wird sie hoffentlich nie etwas erfahren«, gab der Junge grinsend zurück, in dem Greta nun endlich Fritz Dinkler, den Sohn von Elsa erkannt hatte. Er wohnte schon eine Weile nicht mehr mit seiner Mutter und seinem jüngeren Bruder Lutz in dem ehemaligen Gesindehaus auf dem weitläufigen Grundstück der Villa, sondern studierte in Hamburg Medizin, was die überstolze Elsa nicht müde wurde, immer wieder zu erwähnen. Und natürlich auch, dass das alles nicht möglich gewesen wäre, wenn die großherzige Emmi Wagner nicht sie, ihre beiden Söhne samt der inzwischen verstorbenen Schwiegermutter bei sich aufgenommen hätte. Emmi Wagner hatte ihnen ein Zuhause gegeben und ein sicheres Auskommen und darüber hinaus dafür gesorgt, dass die Jungs eine gute Schulausbildung bekamen. Bei Lutz, dem jüngeren der beiden, hatte das zu nicht viel geführt, er war und blieb ein Schlawiner, der nichts davon hielt, sich allzu arg anstrengen zu müssen, so dass er seiner fleißigen Mutter immer noch auf der Tasche lag. Fritz hingegen hatte das Abitur mit Bravur bestanden und dann auch prompt einen Studienplatz in Hamburg bekommen – dafür nahm er jeden Aushilfsjob an, der sich ihm anbot.

Dennoch unterstützte Emmi Wagner sein Studium mit regelmäßigen Sonderzahlungen an seine Mutter, da sie sich den Söhnen ihrer Hausangestellten sehr verbunden fühlte.

Als Kinder und Heranwachsende hatten die vier oft zusammen gespielt, wobei Fritz meistens ziemlich frech gewesen war und keine Gelegenheit ungenutzt gelassen hatte, die Schwestern zu foppen. Dennoch war es eine gute Zeit gewesen, die sie in schweren Zeiten miteinander verlebt hatten.

»Was machst du überhaupt hier?«, herrschte Greta ihren Kindheitsfreund noch immer ziemlich verärgert an. »Musst du nicht studieren?«

Fritz schüttelte den nassen dunklen Schopf. »Die Universität macht gerade Sommerpause, Semesterferien. Normalerweise nutze ich diese Zeit, um allen möglichen Aushilfsjob nachzugehen, aber dieses Mal hat meine Mutter darauf bestanden, dass ich ein paar Tage nach Hause komme.« Er streckte die Arme zur Seite aus und rief: »Voilà, und da bin ich nun. Gestern Abend angekommen und heute gleich mit den alten Kameraden zum Kanal. Und wen treffe ich da, Gretelchen. So vorlaut wie früher, aber …« Er trat einen Schritt zurück, um sie ungeniert von unten nach oben zu mustern. »Respekt, aus dir ist eine richtig fesche junge Dame geworden.«

Auch Greta hatte sich Fritz etwas genauer angesehen, nur längst nicht so unverhohlen, wie es umgekehrt der Fall war, und sie kam nicht umhin, anzuerkennen, dass er gut aussah, mit seinen dunklen Haaren, den blitzblauen Augen, der leicht gebogenen, aber dennoch schönen Nase, den vollen Lippen und den beiden Grübchen, die auf seinen Wangen erschienen, wenn er lächelte.

»Wenn du das sagst«, gab sie schroffer zurück als beabsichtigt.

Fritz grinste breit und sich dabei erkennbar bewusst, dass sie ihn ebenfalls attraktiv fand.

»Aus Kindern werden Leute, sagt man doch, stimmt's, Greta?«

Greta, hm, tatsächlich schien er in ihr die Erwachsene erkannt zu haben, denn solange sie sich entsinnen konnte, hatte er sie stets Gretel oder Gretelchen genannt.

»Und was machst du hier so ganz alleine am Kanal?«, redete er weiter.

»Mich in aller Ruhe sonnen. Also, mach's gut, Fritz.« Demonstrativ hob sie die Hand und winkte ihm zu. »Deine Kameraden warten bestimmt schon sehnsüchtig auf ihren mutigen Helden, der mehr Glück als Verstand hatte, in einen Kanal zu springen, der kaum Wasser trägt.« Damit wandte sie sich von ihm ab, ging zu ihrer Decke zurück und legte sich auf den Rücken. Sie bedeckte mit der dunklen Sonnenbrille, die sie sich ins Haar zurückgeschoben, während sie mit Fritz geredet hatte, ihre Augen und schloss die Lider.

Alles an ihr machte deutlich, dass sie ihre Ruhe haben wollte und kein Interesse daran hatte, sich noch länger mit Fritz zu unterhalten.

Dennoch spürte sie plötzlich, wie sich jemand neben sie auf die Decke setzte.

Abrupt fuhr Greta hoch, schob die Brille erneut zurück in

ihr Haar und blaffte Fritz an: »Ich habe einen kurzen Moment tatsächlich angenommen, du seist erwachsen geworden und hättest so etwas wie Manieren. Doch da habe ich mich wohl getäuscht.«

Fritz mimte den Unschuldigen. »Weil ich so freundlich bin und dir Gesellschaft leiste, findest du, dass es mir an Manieren mangelt? Nun ja, das wundert mich, denn dich einfach so allein hier in der Sonne brutzeln zu lassen, käme mir weitaus unmanierlicher vor.«

Greta schüttelte das hellblonde, kinnlange Haar. »Fritz, was ist daran unhöflich, wenn du meiner Bitte nach Alleinsein nachkommst?«, erwiderte sie.

»Auf den ersten Blick sicherlich nichts. Aber da ich dich sehr lange und sehr gut kenne, ist mir durchaus bewusst, dass du niemals freiwillig allein an einem so schönen Tag am Kanal liegen würdest. Demnach hat dich jemanden versetzt, was ich mir nur schwer vorstellen kann, es sei denn, derjenige ist ein Dummkopf, oder du hast Kummer. Und wenn du dich jetzt fragst, warum ich darauf schließe, dann kommt hier prompt die Antwort: Das hast du als Kind schon so getan. Bei großem Kummer wolltest du allein sein.« Vertraulich tätschelte er ihr die Schulter. »Also sag es schon, Greta, was bedrückt dich?«

Greta wollte nicht antworten. Was sie wollte, das war ihre Ruhe, um, wie er schon sehr richtig gesagt hatte, mit ihrem Kummer allein zu sein. Dennoch musste sie nun lachen, was zur Folge hatte, dass die jungen Herren auf der anderen Seite zu johlen begannen, wohl in der Annahme, Fritz wäre es gelungen, sie zu beeindrucken.

Fritz stand von der Decke auf, trat ganz nah ans Ufer und rief seinen Kameraden zu: »Geht mal besser woanders hin. Wir wollen ungestört sein.«

Das Johlen wurde noch lauter, während Greta nicht glauben wollte, dass Fritz das tatsächlich gerade gesagt hatte.

»Geht es dir nicht gut?«, schimpfte sie. »Wir wollen bestimmt nicht ungestört sein, ich möchte allein sein. Was ist daran bitte nicht zu verstehen?«

Drüben auf der anderen Kanalseite waren die jungen Herren bereits dabei, ihre Sachen zusammenzusuchen und sich in Bewegung zu setzen. Greta konnte es nicht fassen, aber sie nahmen wirklich an, ihr Freund habe eine Blitzeroberung gemacht, und wollten deshalb flugs das Feld räumen.

»Fritz, geh ihnen hinterher«, forderte Greta ihn empört auf. »Hast du verstanden? Du sollst gehen. Jetzt!«

Ungerührt nahm er wieder an ihrer Seite Platz, zeigte sein Grübchenlächeln und sagte: »Lass die doch denken, was sie wollen. Mir ist das egal. Was mir hingegen nicht gleichgültig ist, bist du. Ich sehe dir an, dass es dir nicht gut geht, und werde so lange hier neben dir auf der Decke sitzen bleiben, bis du mir erzählt hast, was dich bedrückt.«

Entgeistert begann Greta den Kopf zu schütteln. »Meine Güte, Fritz, du bist ja noch frecher als früher. Dabei habe ich gedacht, so was würde sich irgendwann mal auswachsen.«

»Und du, Gretelchen, bist noch immer nicht in der Lage, mir

etwas vorzuspielen. Im umgekehrten Fall war ich mir sicher, dass sich das niemals auswachsen wird.«

Greta sah ihn einen Moment lang an, dann begann sie tatsächlich zu erzählen. Sie konnte es selbst nicht fassen, dass sie Fritz von Lisa erzählte und dass ihre Schwester im Begriff war, einen großen Fehler zu begehen, den aber niemand außer ihr erkennen wollte. Nachdem sie geendet hatte, befürchtete sie einen bangen Augenblick lang, dass Fritz genauso wie ihre Schwester und Mutter auf ihren Verdacht reagieren würde und sie für reichlich überspannt, vielleicht sogar eifersüchtig halten würde. Doch sie hatte sich umsonst gesorgt.

Er atmete sehr tief durch, bevor er ihr vorschlug: »Ich könnte mit Lisa reden. Wir sind uns früher immer sehr nahe gewesen.«

Daran musste er sie nicht erst erinnern. Greta wusste noch zu genau, wie oft sie sich über diese Vertrautheit zwischen den beiden geärgert hatte, ja, geradezu eifersüchtig gewesen war. Wenn sie sich beispielsweise über Bücher unterhalten hatten, für die Gretel sich aber nicht begeistern konnte, weil sie einfach nicht gern las. Oder über die Schule, die Fritz wie Lisa voller Wissbegierde und Ehrgeiz besucht hatten, während Greta sich dort meistens nur langweilte.

Lisa und Fritz waren stets die Klugen, Lutz und sie … na ja, eben die beiden anderen.

»Nein, Fritz«, wies Greta seinen Vorschlag konsequent zurück. »Es war dumm von mir, dir überhaupt davon zu erzählen.« Sie blickte ihm fest in die Augen. »Halt dich bitte aus unseren Familienangelegenheiten raus. Und jetzt muss ich los.« In

Windeseile zog sie ihr leichtes Sommerkleid über, schlüpfte in ihre Sandalen und suchte ihre Habseligkeiten zusammen.

»Musst du wirklich schon gehen, oder möchtest du mich nur loswerden?«, fragte Fritz und kam ihr fast ein wenig unglücklich vor.

»Beides!«, gab Greta ungerührt zurück und lief ohne ein weiteres Wort davon.

Fritz blieb eine Woche daheim in der Hildesheimer Börde und unternahm wohl auch einige Versuche, Greta zu treffen. Doch sie ging ihm geschickt aus dem Weg und hörte dann wenig später zufällig, wie Elsa zu ihrer Großmutter sagte: »Heute ist mein Großer wieder zurück nach Hamburg gefahren. Dabei wollte er mindestens zwei Wochen bleiben. Ich bin wirklich stolz darauf, dass er so strebsam und gewissenhaft ist, aber ich hatte mich auf die endlich mal wieder etwas längere gemeinsame Zeit mit ihm gefreut.«

Er war also frühzeitig abgereist. Greta konnte es gleichgültig sein. Nur … genau das war es eben nicht.

SIEBEN

Der beste Lügner ist der, der mit den wenigsten Lügen am längsten auskommt.

SAMUEL BUTLER
ENGLISCHER SCHRIFTSTELLER
(1835–1902)

Zwei Jahre später

»Und es ist dir wirklich recht, Hannes, wenn wir in die Villa ziehen?«, versicherte Lisa sich zum wiederholten Mal bei ihrem Ehemann.

Dementsprechend genervt reagierte Johannes Falkenstein. »Ich habe es dir jetzt mehr als nur einmal beteuert, und wenn du es noch immer nicht glauben magst, dann, Darling, ist das jetzt wirklich dein ganz persönliches Problem und nicht meins.«

Lisa strich sich eine widerspenstige Strähne ihres kinnlangen dunklen Haares aus dem Gesicht, während sie einen Schritt auf ihren Mann zumachte.

Johannes reagierte, wie sie es sich erhofft hatte, er zog sie fest in seine Arme und küsste sie. Es war wohl als ein schneller, aber bestimmt nicht liebloser Kuss gedacht, doch Lisa hatte andere Pläne.

»Ich möchte mit dir schlafen, Liebster«, raunte sie ihm ungehemmt zu. Himmel, was war nur aus ihr geworden!, kam es ihr kurz in den Sinn. Eine durch und durch schamlose Frau. »Ein letztes Mal in unserer kleinen Studentenwohnung in Berlin, wo wir von so vielen Menschen umgeben und dennoch stets ungestört gewesen sind, bevor wir in das Haus meiner Familie umziehen werden.«

»Und dort dann leise und unbedingt anständig sein müssen?«, kombinierte Johannes und lachte leise auf.

Vehement verneinte Lisa. »Wir haben eine eigene Etage. Nur für uns beide, Liebster. Du weißt doch, dass Mutti alles für uns herrichten lassen hat.«

»Trotzdem sind wir dann nicht mehr so ungestört, wie wir es gewohnt sind«, hielt Johannes dagegen.

Lisas Augenbrauen schnellten in die Höhe. »Dann ist es dir also doch nicht recht?«, schlussfolgerte sie aus seiner Anmerkung.

Johannes atmete tief durch. »Darling, bitte nicht noch einmal. Ich ziehe aus voller Überzeugung und natürlich auch aus praktischen Gründen, immerhin ist die Fabrik nicht weit von der Villa entfernt, mit meiner geliebten Frau in das Haus, das wir sowieso eines Tages erben werden.«

»Sag doch bitte so etwas nicht. Mutti ist noch jung, und außerdem ist Greta auch noch …«

Der Rest ihres Satzes blieb ungehört, als Johannes ihr den

Mund mit seinen Lippen verschloss und sie sich anschließend laut und hemmungslos liebten.

Den Höhepunkt erreichten sie gemeinsam und ließen die halbe Straße bei gekipptem Fenster daran teilhaben. Nein, so ungezügelt und ungehemmt würden sie sich in der ruhigen und aufgeräumten Wagnerschen Villa gewiss nicht aufführen können. Aber eigentlich hatten sie in den knapp eineinhalb Jahren ihrer Ehe schon jede Art von Gelüsten ausgelebt und sich diesen ganz und gar hingegeben. Das eine war ihr Interesse an der zukünftigen Arbeit in der Zuckerrübenfabrik, in die sie beide nun nach erfolgreicher Beendigung ihres Studiums einsteigen würden. Emmi Wagner hatte sie darum gebeten, nicht erst bei anderen Unternehmen ihre Erfahrungen zu sammeln, wie zunächst geplant, sondern direkt zurück in die Hildesheimer Börde zu kommen und im Familienbetrieb mitzuwirken. Dr. Bruno Frenzen, eines der Vorstandsmitglieder der Wagnerschen Zuckerrübenfabrik, machte ihr zunehmend das Leben schwer, und so allmählich hatte Emmi das Gefühl, etwas Unterstützung gut gebrauchen zu können.

Die andere Sache, die einfach nur außergewöhnlich zwischen Lisa und Johannes war, war die körperliche Anziehungskraft, die sie gegenseitig aufeinander ausübten. Es gab kaum eine Nacht, in der sie sich nicht liebten. Sie waren verrückt nacheinander, völlig berauscht von dem anderen und noch immer wahnsinnig verliebt ineinander. Es traf zu, dass Lisa sich ein wenig sorgte, dass sich an ihrer ausgesprochen leidenschaftlichen Beziehung etwas ändern würde, wenn sie nun in der

Villa wohnten und in der Zuckerrübenfabrik arbeiteten. Dass sie etwas von ihrer Leichtigkeit und Leidenschaft füreinander verlieren könnten. Dass der Stress und die Verantwortung ihrer Liebe etwas anhaben könnte. Ja, darum sorgte Lisa sich – und gleichzeitig freute sie sich auf die neue Herausforderung und die gemeinsame Arbeit.

Außerdem sehnte sie sich nach ihrer Familie, die sie in den letzten Jahren viel zu selten gesehen hatte. Ganz besonders nach Greta, die inzwischen eine Ausbildung im Modehaus Kaiser angefangen, aber noch nicht beendet hatte. Ans Studieren war nicht zu denken, dafür fehlte ihr einfach der Ehrgeiz und das Durchhaltevermögen.

Jedes Mal, wenn die Schwestern sich in den letzten Jahren gesehen hatten, was nach einer kurzen Irritation und damit verbundenen Funkstille zwischen ihnen nicht so häufig geschehen war, war Greta Lisa immer noch schöner vorgekommen. Eine auffallend attraktive Frau, die es liebte, mit ihren Reizen nicht zu geizen. Darum empfand es Lisa auch nach wie vor so unnötig, dass Greta ihr damals aus lauter Eifersucht die Ehe mit Johannes auszureden versucht hatte. Sie hätte längst auch verheiratet sein können, denn an Verehrern mangelte es ihr gewiss nicht.

Natürlich hatte sie Johannes einige Male nach seiner Meinung zu Greta gefragt, ob er sie genauso atemberaubend fände. Doch Johannes schien entweder blind zu sein oder sie anzulügen, denn er behauptete vehement, dass er in Greta nie die Frau, sondern stets die kleine Schwester seiner Frau sehen würde und ihm deshalb nicht auffalle, ob sie nun besonders schön sei.

Lisa glaubte ihm kein Wort, denn Gretas Schönheit war einfach nicht zu übersehen. Auch nicht von ihrem Schwager. Aber sie rechnete es ihm hoch an, dass er nicht wie die meisten Männer direkt ins Schwärmen verfiel, wenn die grazile und bildschöne Greta auf der Bildfläche erschien.

»Mutti hat eine große Feier zu unseren Ehren geplant«, eröffnete Lisa ihrem Mann, als sie atemlos nebeneinander auf dem Teppich in ihrem kleinen Wohnzimmer lagen, auf dem sie sich Minuten zuvor geliebt hatten. »Ich wollte es dir längst erzählen. Aber …« Sie ließ den Satz unbeendet, so dass Johannes sich wohl aufgefordert fühlte, es für sie zu tun.

»Du wolltest mich nicht verschrecken, weil du weißt, dass ich so etwas eigentlich nicht ausstehen kann.«

Lisa nickte. »Bist du sehr böse mit mir?«

Johannes brummte etwas Unverständliches.

Schnell richtete Lisa sich auf, beugte sich halb über ihn, um ihm direkt ins Gesicht zu blicken. »Du musst mir glauben, Liebster, ich habe wirklich alles versucht, um ihr das wieder auszureden. Doch sie will sich nicht davon abbringen lassen, es gehörig zu feiern, wenn ihre Tochter samt Ehemann nach Jahren in der Ferne als frischgebackene Akademiker nach Hause zurückkehren, um ins Familienunternehmen einzusteigen.«

Ihre nackte Brust streifte Johannes' Oberarm. Er beugte sich vor und umschloss die Spitze mit seinen Lippen.

Einige Zeit später murmelte Johannes zutiefst befriedigt:

»Von mir aus soll sie die Heimkehr ihrer Tochter gebührend feiern. Du hast schon recht, Darling, warum eigentlich nicht …«

Das große Willkommensfest zu Lisas und Johannes' Ehren fand in der imposanten Eingangshalle der Villa statt, die von den Hausangestellten feierlich hergerichtet worden war. In entspannter Atmosphäre stellte Emmi Wagner Lisa und Johannes Falkenstein einigen wichtigen Mitarbeitern und Geschäftspartnern vor sowie Landwirten, denen sie sich eng verbunden fühlte, und schaffte so von vornherein Klarheit, was die Positionen ihrer Tochter und ihres Schwiegersohns in der Zuckerrübenfabrik betraf; die beiden würden eines Tages ihre Nachfolge antreten.

Lisa war erstaunt, was für eine gute Meinung ihre Mutter anscheinend von Johannes hatte, so angetan, wie sie ihren Gästen gegenüber von ihrem Schwiegersohn sprach. Bisher hatte sie angenommen, dass die Mutter nicht besonders begeistert von ihrer Wahl gewesen war und erst recht nicht von der schnellen Vermählung, die ohne die Familie und ohne eine große Feier vonstatten gegangen war. Ihre Großmutter Thea hatte ihr vor gar nicht langer Zeit, als sie zu einem kurzen Besuch nach Hause gekommen war und sie einen ausgedehnten Spaziergang durch den herrlichen Park der Villa unternommen hatten, von den Bedenken Emmis bezüglich Johannes erzählt.

Als Johannes an diesem ersten Wochenende in der Wagnerschen Villa bei Emmi Wagner um die Hand ihrer ältesten Tochter angehalten hatte, hatte sie seinem Vorhaben nur schweren Herzen, zugestimmt. Laut Lisas Großmutter hatte Emmi große Zweifel gehegt, dass ihre älteste Tochter mit Johannes Falkenstein die richtige Wahl getroffen hatte, dass der blondhaarige, gut aussehende Johannes Lisa glücklich machen würde. Sie hatte aber auch Sorge gehabt, dass Lisa, blind vor Liebe, für jedes Argument gegen ihren Liebsten blind und taub war. Wenn sie also keinen Bruch mit ihrer ältesten Tochter riskieren wollte, war ihr letztendlich keine andere Wahlgeblieben, als der Eheschließung zuzustimmen. All das war Lisa mittlerweile bekannt.

»Was ist heute Abend denn wohl in deine Mutter gefahren, Darling?«, raunte Johannes ihr leise zu. »Sie ist beinah euphorisch. So kenne ich sie überhaupt nicht.«

Ich auch nicht, lag es Lisa bereits auf der Zunge zu erwidern. Doch sie verkniff sich den Kommentar, weil in diesem Moment Greta die breite Marmortreppe heruntergeschritten kam. Obwohl sie weder angekündigt wurde oder selbst einen Ton von sich gab, richteten sich auf einmal sämtliche Blicke der Anwesenden in der Eingangshalle auf die grazile junge Frau in einem bodenlangen Traumkleid aus perlmutfarbenen Chiffon.

Lisas Herzschlag beschleunigte sich, so beeindruckt war sie vom Anblick ihrer Schwester, die ihr wie ein amerikanischer Filmstar vorkam.

Als Greta die letzte Stufe erreicht hatte, eilten gleich zwei junge Herren auf sie zu, um ihr ihren Arm anzubieten. Charmant lächelte Greta von einem zum anderen und ließ sich schließlich von ihnen beiden durch die Halle geleiten.

Lisa bekam mit, wie hier und da beeindruckt über Greta geredet wurde. Doch zwischen den bewundernden Kommentaren klangen auch vereinzelte recht skeptische Töne an. Nicht bei jedem Gast schien Gretas filmreifer Auftritt gut anzukommen. Als Lisa kurz zu ihrer Mutter blickte, erkannte sie an deren verkniffenen Gesichtsausdruck, dass sie zu denjenigen gehörte, denen Gretas Auftritt deutlich missfiel.

»Deine Schwester weiß auf jeden Fall, wie man sich staunenswert in Szene setzt«, raunte Johannes Lisa zu.

Lisa nickte.

Inzwischen hatten Greta und ihre beiden Begleiter Emmi Wagner erreicht. Einer der jungen Herren verbeugte sich vor Greta und ging dann zu den anderen Gästen zurück. Der zweite Jüngling deutete einen Handkuss an, bevor er ebenfalls zu seinem ursprünglichen Platz zurückkehrte.

Emmi Wagners Miene war unverändert missbilligend, stellte Lisa fest und nahm sich vor, später mit ihrer Mutter zu reden. Irgendetwas musste zwischen den beiden vorgefallen sein, dass Emmi so ärgerlich auf ihre jüngere Tochter reagierte. Greta hatte es schon immer geliebt, im Mittelpunkt zu stehen und von allen bewundert zu werden, und Emmi hatte es ihrer Jüngsten stets nachgesehen, ja, sich sogar liebevoll über Gretas Hang zum großen Auftritt amüsiert. Sie war es also seit Jahren von Greta so gewohnt und hatte sich nie daran gestört, meinte

Lisa zu wissen. Doch ihr Gesichtsausdruck, ihre angespannte Körperhaltung sprachen eine ganz andere Sprache. Wer Emmi Wagner so gut kannte wie Lisa, der sah ihr an, wie sehr sie sich bemühen musste, Greta nicht vor all den Gästen scharf zurechtzuweisen.

»Wie schön, Greta«, sagte Emmi Wagner nun für jedermann gut hörbar und mit einem Lächeln ohne Wärme, »dass du es auch geschafft hast, dich zu uns zu gesellen. Dann kann ich nun endlich unsere Gäste offiziell begrüßen und willkommen heißen.«

»Ach Muttilein«, säuselte Greta unschuldig, »ich wusste ja nicht, dass du auf mich gewartet hast. Ich dachte, es geht um Lisa und Johannes und deshalb natürlich in erster Linie um die Fabrik.« Emmi Wagner nickte, bevor sie den Arm um Gretas schmale Taille legte und ihr mit unverändertem Lächeln etwas zuraunte. Etwas, das Greta nicht zu schmecken schien. Das Lächeln verschwand von ihrem Gesicht, ihr Rücken versteifte sich.

Erneut nahm sich Lisa vor, sobald sich ihr die Möglichkeit dafür böte, ihre Mutter zur Rede zu stellen. Irgendetwas musste zwischen ihr und Greta vorgefallen sein.

Nachdem Emmi Wagner die Gäste noch einmal offiziell begrüßt und willkommen geheißen hatte, erklärte sie, dass sie überglücklich sei, ihre Tochter Lisa und deren Ehemann Johannes zukünftig in der Fabrik an ihrer Seite zu wissen.

»Es macht mich stolz und glücklich, dass durch den Eintritt Lisas und Johannes' in die Zuckerrübenfabrik gewährleistet ist, dass diese auch weiterhin im Besitz der Familie bleiben wird. So hätte es sich mein verstorbener Ehemann Emil Wagner und natürlich auch ganz besonders mein ebenfalls verstorbener Schwiegervater Hans-Hermann Wagner gewünscht, und ich bin sehr dankbar, ihrem Wunsch nachkommen zu können.«

Es wurde applaudiert, jedoch recht verhalten, stellte Lisa fest. Johannes und sie würden es nicht leichthaben, kam ihr in den Sinn. Sie würden sich ihren Platz und vor allem die Anerkennung in der Fabrik erst noch verdienen müssen. »Darling, ich schätze, wir werden uns auf einiges an Gegenwind einstellen müssen«, sprach Johannes leise Lisas Gedanken aus.

Doch sie wollte sich von der verhaltenen Freude und Begeisterung der Gäste nicht die Motivation und vor allem den Mut nehmen lassen. Mit einem herzlichen Lächeln wandte sie ihren Ehemann das Gesicht zu und sagte für jeder Mann hörbar: »Liebster, ich freue mich auf die Herausforderung. Ich freue mich wirklich sehr.«

»So soll es sein«, erwiderte Emmi Wagner, bevor ihr Schwiegersohn den Mund aufbekam.

Trotz der mäßigen Begeisterung einiger der geladenen Gäste, was Lisas und Johannes' Eintritt in die Fabrik anging, wurde es ein rundum gelungener Abend mit gutem Essen und Champagner, der in Strömen floss, und zu etwas späterer Zeit wurde schließlich auch noch ausgelassen getanzt.

Während Lisa den ganzen Abend mit Johannes tanzte, nur ein einziges Mal pausierte, als Johannes ihre Mutter Emmi aufforderte und sie die kurze Pause nutzte, um durchzuatmen, schwirrte Greta wie ein Schmetterling zwischen all ihren Verehrern hin und her und ließ nicht einen einzigen Tanz aus.

Es war für jeden deutlich erkennbar, dass die jüngere Wagner-Tochter sich keinesfalls festlegen lassen wollte, ob nun in privater und beruflicher Hinsicht. Dem Zauberwesen, wie einer ihrer jungen Verehrer sie mehrfach genannt hatte, stand der Sinn nach Freiheit. Greta gedachte, ein Leben zu führen, dass sie in vollen Zügen genießen konnte und das sie keinesfalls einschränkte. Das schien ihr Plan vom Glück zu sein.

Es hatte immer wieder Augenblicke in Lisas Leben gegeben, in denen sie sich insgeheim ein wenig von Gretas Leichtigkeit, ihrer unbändigen Lebenslust und vor allem ihrer Gedankenlosigkeit gewünscht hatte – nur einen kleinen Hauch, eine Idee davon. Sie war sich manchmal selbst langweilig mit ihrer Zielstrebigkeit und ihrer Verlässlichkeit vorgekommen, ja, es hatte immer wieder diese Momente gegeben, wo sie an sich selbst gezweifelt und Greta insgeheim bewundert hatte. Doch seitdem sie Johannes begegnet und sie unter seinen Händen regelrecht aufgeblüht war, fühlte sie sich zwar immer noch nicht annähernd so bezaubernd wie ihre jüngere Schwester, doch dafür so geliebt und begehrt von ihrem Mann, dass ihr all die Verehrer ihrer Schwester absolut gleichgültig waren und unbedeutend vorkamen. Lisa war glücklich, rundum glücklich, und wenn sie an diesem Abend, als sie schließlich wieder in Johannes' Armen lag und mit ihm den letzten Tanz des Abends tanzte, jemand nach ihrer Zukunft, nach ihren Wünschen und Hoffnungen gefragt hätte, dann wäre ihre Antwort gewesen: Es soll alles so bleiben, wie es jetzt gerade ist!

ACHT

Alles ist Kampf, Ringen. Nur der verdient
die Liebe und das Leben, der täglich sie erobern muss.

JOHANN WOLFGANG VON GOETHE
DEUTSCHER DICHTER
(1749–1832)

Lisa, Lisa, immer nur Lisa, du ahnst nicht, wie mir deine ständigen Lisa-Huldigungen gegen den Strich gehen, Mutter. Und jetzt auch noch Johannes, der maßgeschneiderte Schwiegersohn, von dem ihr euch alle, du wie Lisa, selbst Omili, täuschen lasst.«

Emmi Wagner streckte die Hand nach ihrer Tochter aus, wollte ihr damit beruhigend die Schulter tätscheln.

Außerdem wartete Harry Westermann unten in der Halle auf sie. Emmi hatte ihm versprochen, noch ein letztes Glas mit ihm zu trinken, nur sie und er. Der erfolgreiche Autohändler und sie waren sich in der letzten Zeit etwas nähergekommen, was Emmi zunächst nicht gewollt hatte, weil sie sich ihrem verstorbenen Ehemann Emil verpflichtet fühlte. Doch Harry Westermann war auf seine ganz eigene charmante Art und Weise hartnäckig geblieben und hatte Emmi immer wieder um ein Rendezvous gebeten. Irgendwann hatte sie sich schließlich gedacht, dass im Grunde nichts Verwerfliches daran sei, sich von ihm zum Essen ausführen zu lassen. So ein gemeinsames Abendessen in einem schicken Restaurant hatte keinerlei Bedeutung, immerhin ging sie auch regelmäßig mit Geschäftspartnern zum Essen. Warum dann nicht auch mit Harry Westermann, der als ihr Autohändler ja auch ein Geschäftspartner war?

Doch ihr Selbstbetrug war nicht sehr lange aufrechtzuhalten gewesen. Sie musste sich eingestehen, dass der charmante grauhaarige Endfünfziger mehr als ein Geschäftspartner für sie war. Emmi mochte ihn, sie mochte ihn sogar sehr und fühlte sich ausgesprochen wohl in seiner Gesellschaft.

Den heutigen Abend hatte sie eigentlich in entspannter Atmosphäre dafür nutzen wollen, um den Mann an ihrer Seite, wie sie ihn insgeheim nannte, mit ihren Töchtern bekannt zu machen. Doch kurz bevor die ersten Gäste eingetroffen waren, war es wieder einmal zu einem schlimmen Streit zwischen Greta und ihr gekommen, die noch immer der festen Überzeugung war, dass sie sich allesamt von dem Mann ihrer Schwester Lisa täuschen ließen. Greta war sich sicher, dass Johannes es nur auf das Vermögen seiner Ehefrau abgesehen hatte und mit Eintritt in die Fabrik, und das sogleich in führender Position, Emmi ihm dafür sogar noch den Weg ebnete.

Nach dieser unschönen Auseinandersetzung war Emmi der Meinung, dass sich der Abend doch nicht dafür anbot, um

Harry Westermann der Familie vorzustellen. Harry hatte es wie immer mit großem Verständnis und Geduld akzeptiert, sie aber um ein letztes Glas gebeten. Zuvor hatte sie jedoch noch nach Greta sehen wollen, die sich von einem ihren unzähligen Verehrern hinauf in ihre Räumlichkeiten begleiten lassen hatte und Emmi so vorgekommen war, als hätte sie viel zu viel Champagner getrunken.

»Ich bin auch nur hochgekommen, um mich zu vergewissern, dass es dir gut geht, Gretel. Bestimmt nicht, um wieder mit dir zu streiten«, erklärte Emmi und wollte sich zum Gehen umwenden.

»Du musst dir meinetwegen keine Sorgen machen. Ich bin nicht dumm und leichtfertig, Mutter, auch wenn du fest davon überzeugt bist«, hielt Greta ihr mit verbitterter Miene vor. »Sorg dich lieber um Lisa. Die hat es weitaus nötiger.«

»Ich weiß, dass du nicht dumm bist«, erwiderte Emmi und schüttelte den Kopf. »Und was Lisa betrifft, so mag ich jetzt nicht mehr, Greta. Ich bin dieses Thema leid.«

Emmi wollte nun wirklich gehen. Unten wartete Harry Westermann. Sie war erschöpft. Müde davon, dass Greta nun seit zwei Jahren, seitdem sie damals ihre Schwester in Berlin besucht hatte, immer wieder gegen Johannes wütete. Ihm unterstellte, dass er durchtrieben wäre, ein Goldgräber, der ihnen – an erster Stelle Lisa – allen etwas vorgaukelte. Dass Lisa und er nun mittlerweile seit fast zwei Jahren glücklich verheiratet waren, schien sie bei all ihrem Negativdenken in Richtung Johannes komplett außer Acht zu lassen.

»Wir reden morgen weiter«, murmelte Emmi und wandte sich zur Tür.

Greta war jedoch in Höchstform. Wahrscheinlich war es dem Champagner zu verdanken, dass sie nun auch noch die Firma, alles, was Emmi geleistet hatte, infrage stellen wollte.

»Ja, Muttilein, morgen ist ein neuer Tag in der Fabrik«, rief sie höhnisch. »In der so wichtigen Fabrik, die unser aller Leben bedeutet und die es zu jederzeit am Laufen zu halten gilt. Weil wir, die Familie Wagner, es den Landwirten und all den Arbeitern schuldig sind, uns gefälligst für sie allesamt verantwortlich zu fühlen haben. Schließlich sind sie es gewesen, die ihrer Fabrikantin einst vertraut und sie nach Kräften unterstützt haben, als sie nach Kriegsende vor den Scherben der Wagnerschen Fabrik gestanden und als erste Frau in der Familientradition die Leitung der Rübenfabrik übernommen hat. Und jetzt, o Wunder, folgt der großartigen Fabrikantin die noch viel großartigere Tochter, die studierte, die kluge und strebsame, in die Geschäftsleitung der Fabrik. Und sie kommt nicht allein daher, um noch mehr aus den Rüben herauszuholen, noch größer, einmaliger, konkurrenzloser zu werden, nein, die gescheite Lisa hat den richtigen Mann dafür an ihrer Seite, einen Ingenieur, der die Produktion optimieren wird mit seinen neuesten Erkenntnissen, seinem Elan und Ehrgeiz. Wie wunderbar, wie perfekt! Dumm nur, dass es da noch die jüngere Tochter gibt, eine nutzlose und ausschließlich vergnügungssüchtige Person, die nicht so richtig weiß, was sie mit ihrem Leben anfangen soll, außer vielleicht, auf ihren Schwager zu schimpfen, den Schwiegersohn und treuen Ehemann der strebsamen Lisa, der Lieblingstochter der Frau Fabrikantin.«

Fassungslos starrte Emmi ihre jüngste Tochter an. So viel Wut, so viel Frust, so viel Eifersucht! Emmi hatte nicht geahnt, nein, sie hatte wirklich nicht geahnt, was da so alles in Greta stach und drückte … und schmerzte.

»Gretel … was du da gerade gesagt hast«, hauchte Emmi, »mir vorgeworfen hast … vorwirfst, Kind, das stimmt so nicht. Du bist mir genauso wichtig wie Lisa. Ich liebe dich und bin mir sicher, dass auch du noch deinen Platz im Leben finden wirst und …«

Höhnisch lachend fiel Greta ihrer Mutter ins Wort. »Sicher, Mutter, sicher werde ich das. Aber mit Sicherheit wird das nicht der Platz sein, den du dir wünscht.«

Emmi atmete tief durch. »Ich wünsche mir, dass du glücklich bist.« Und etwas entschlossener fügte sie hinzu: »Und nun bitte ich dich inständig darum, dass wir das Gespräch morgen weiterführen.«

Damit wollte sie nun endgültig Gretas eigenes Reich, bestehend aus einem großzügig geschnittenen Salon, einem Schlafgemach und einem hochmodernen Badezimmer, verlassen.

Doch Greta war noch immer nicht fertig. »Und dann dein Blick, als ich die Treppe heruntergekommen bin. Weißt du eigentlich, wie verletzend es jedes Mal für mich ist, wenn du mir nur dadurch, wie du mich ansiehst, all deine Enttäuschung, die meine Existent für dich bedeutet, spüren lässt?«

Erneut atmete Emmi Wagner tief durch. Es war nicht nur

Harry, der unten auf sie wartete und sich bestimmt schon wunderte, wo sie blieb. Morgen um neun kamen die beiden Herren von der Braunschweiger Zucker AG, um sich mit ihr über die Verbesserung der Transportlogistik auszutauschen. So zumindest lautete das offizielle Gesprächsthema. Der eigentliche Anlass ihres Besuches in der Wagnerschen Zuckerrübenfabrik war jedoch ein ganz anderer. Die Braunschweiger Geschäftsführer wollten mit ihr erneut über die Konzentration auf ausgewählte Standorte diskutieren. Die steigenden Verarbeitungskapazitäten der Rübenfabriken hatte die im Wettbewerb erforderliche Konzentration auf wenige Standorte begünstigt und zur Folge, dass die Wagnersche Fabrik in absehbarer Zeit nahezu konkurrenzlos dastehen würde. Etwas, das die Herren aus Braunschweig natürlich unbedingt verhindern wollten.

Man hatte die Fabrikantin sowieso schon viel zu lange einfach nur machen lassen und hätte sie längst in ihre Schranken weisen müssen, hieß es in der Chefetage der Braunschweiger. Auch das war Emmi bekannt, und sie war festen Willens, den Herren noch einmal zu verdeutlichen, dass sie nicht im Traum daran dachte, ihre gute Position am Markt aufzugeben, sondern diese sogar noch auszubauen und zu verfestigen plante. Lisa und Johannes sollten ihr bei diesem wichtigen, wegweisenden Gespräch mit den Braunschweiger Herren zur Seite stehen, sozusagen als das neue starke Führungstrio. Das war insofern auch von großer Bedeutung, weil ihre Stellung in den letzten Wochen und Monaten ausgerechnet in der eigenen Geschäftsführung immer mehr infrage gestellt worden war, nämlich durch Dr. Bruno Frenzen, der nicht nur lange als ihre rechte Hand gegolten, sondern auch in den letzten Jahren eine nicht ganz unerhebliche Anzahl an Aktien an der Wagnerschen Fabrik erworben hatte.

Emmi war enttäuscht von dem Mann, dem sie so sehr vertraut hatte, würde sich das aber in keiner Sekunde auch nur im Ansatz anmerken lassen. Nein, sie hatte in all den Jahren gelernt, stets über den Dingen zu stehen. Zumindest was den beruflichen Teil ihres Lebens betrat. Nicht aber den privaten. Hier war es leider zunehmend so, dass sie an dem Verhalten ihrer Jüngsten verzweifelte, schlichtweg rat- und hilflos war, weil sie mit jeder ihrer Bemühungen um Greta gegen verschlossene Türen anrannte.

Greta lehnte alles ab, machte sofort dicht, wenn sie mit ihr über ihre Zukunft reden wollte oder ihr gar etwas auszureden gedachte.

»Gute Nacht, Greta«, murmelte Emmi, drückte die Schultern durch und verließ Gretas Salon.

Sie war gerade auf der ersten Treppenstufe nach unten angekommen, als sie eine Tür laut ins Schloss krachen hörte. Im nächsten Moment stürmte Greta an ihr vorbei. Wenn Emmi sich nicht am Geländer festgehalten hätte, wäre sie womöglich die Treppe hinabgestürzt. Einen schrecklichen Augenblick lang überlegte sie, ob Greta das sogar beabsichtigt hatte, ob ihre Tochter so voller Zorn war, dass sie die eigene Mutter …

Nein, das war ein ganz und gar unsinniger Gedanke. Greta war sehr impulsiv, sie hatte eindeutig viel zu viel Champagner getrunken und war deshalb nicht ganz bei Sinnen. Das musste sie ihr nachsehen.

Doch kaum hatte sie den schrecklichen Gedanken als unsinnig abgetan, wurde ihr bewusst, dass Greta nicht grundlos die Treppe derart hinabstürmte.

»Greta, was hast du vor?«, rief sie ihr hinterher. »Bleib bitte stehen.«

Greta war bereits an der zweiten Etage vorbei und nicht gewillt, der Aufforderung ihrer Mutter nachzukommen.

»Weg hier, ich will einfach nur von hier fort!«, schrie sie schrill.

»Um Himmels willen, Greta, jetzt sei doch vernünftig«, bat Emmi sie, und so allmählich bekam sie es wirklich mit der Angst zu tun.

Als Emmi in der ersten Etage angekommen war, öffnete sich die Tür gegenüber der großzügig geschwungenen Treppe, die vom Dachgeschoss bis hinunter in die Halle führte.

Lisas verschlafenes Gesicht kam zum Vorschein. »Mutti, was … was ist hier los? Ist etwas passiert?«

»Greta, sie spielt regelrecht verrückt«, gab Emmi atemlos keuchend zurück und lief weiter die Stufen hinab.

Lisa zögerte keine Sekunde und war gleich darauf an Emmis Seite. Sie stellte keine Fragen, war einfach nur neben ihr und schien innerhalb eines Wimpernschlages die Sorge erkannt haben, die sich ihre Mutter um ihre jüngere Schwester machte.

Sie erreichten die Halle, als der rechte Flügel der Eingangstür gerade krachend hinter Greta ins Schloss fiel. Fast zeitgleich kam Harry Westermann aus der Bibliothek geeilt.

»Emmi, was um alles in der Welt geht hier vor sich?«, rief er besorgt aus.

Lisa sah ihn einen Moment lang konsterniert an. Bestimmt wunderte sie sich, dass ein Gast anwesend war, ahnte Emmi und noch viel mehr, dass er sie mit Vornamen angesprochen hatte. Doch bevor sie irgendetwas sagen oder gar erklären konnte, kam die junge Köchin Anna aus dem hinteren Trakt der Villa angelaufen, in dem sie ein Zimmer hatte. Berta war bereits seit einigen Jahren im Ruhestand, und nun bereitete ihre Enkelin Anna die Mahlzeiten für die Fabrikantenfamilie zu.

»Alles in bester Ordnung, Anna. Bitte legen Sie sich wieder schlafen«, sagte Emmi.

»Aber …«

»Bitte gehen Sie zurück in Ihre Kammer, Anna!«, sagte Emmi noch einmal, nur wesentlich bestimmter.

Die junge Köchin rührte sich dennoch nicht von der Stelle. Die Neugierde war ihr direkt anzusehen und war wohl mächtiger als ihre Folgsamkeit.

Lisa zog die Haustür auf, ließ ihrer Mutter den Vortritt und folgte ihr dann hinaus auf die Veranda.

Harry Westermann kam ihnen nach.

»Sie steigt in ihr Auto«, rief Emmi erschrocken und wandte sich hilfesuchend nach Harry Westermann um. »Um Himmels willen, Harry, du musst etwas unternehmen. Sie darf in diesem Zustand kein Automobil lenken.«

Mit großen Schritten eilte Harry Westermann an ihr und der reichlich verdutzt aussehenden Lisa vorbei, lief die breiten Sandsteinstufen hinab und machte sich dann an der Fahrertür des Sportwagens zu schaffen. Er wollte sie offensichtlich aufziehen, um Greta am Starten des Motors zu hindern, doch seine Bemühungen blieben erfolgslos, Greta gelang es dennoch, den Motor zu starten.

»Greta, bist du denn jetzt vollkommen wahnsinnig geworden!«, rief Lisa.

»Machen Sie bitte den Motor aus, Fräulein Greta«, versuchte Harry Westermann es mit ruhiger, aber bestimmender Stimme. »Seien Sie bitte vernünftig.«

Emmi hielt es nun nicht länger zurück. So schnell ihr langes Kleid und die hohen Absatzschuhe es zuließen, lief sie die Treppe der Veranda hinab auf das Automobil ihrer Tochter zu.

Sie erreichte den Sportwagen ihre Tochter, den sie ihr erst vor wenigen Wochen nach einigem Betteln und Drängen gekauft hatte, als Greta aufs Gaspedal drückte. Aus einem verzweifelten Impuls heraus, Greta unbedingt am Losfahren und einem womöglich großen Unglück bewahren zu wollen, sprang sie ihrer Tochter vor das Auto. Greta schien sie jedoch nicht zu sehen, weil sie nach links zu Harry Westermann sah, der noch immer versuchte, die Fahrertür aufzubekommen. Im Eifer des Gefechtes hatte Greta die Scheinwerfer nicht angeschaltet, der große Platz vor der Villa war zu so später Stunde ohne Beleuchtung. So trat Greta das Gaspedal durch, ohne zu ahnen, dass sie Emmi anfahren würde. Zum Glück aber beschleunigte der Wagen nicht allzu schnell.

Emmi konnte sich mit einem Sprung in Sicherheit bringen. Sie geriet ins Straucheln, rief panisch nach Harry Westermann, der sofort versuchte, ihr zu Hilfe zu eilen.

Doch sein Griff ging in der Dunkelheit ins Leere, so dass Emmi zu Boden fiel. Es war kein übermäßig harter Aufprall, aber ein ausgesprochen unglücklicher, denn Emmi landete auf dem Hinterkopf und verlor augenblicklich das Bewusstsein.

NEUN

Entschlossenheit im Unglück
ist immer der halbe Weg zur Rettung.

JOHANN HEINRICH PESTALOZZI
SCHWEIZER PÄDAGOGE UND PHILOSOPH
(1746–1827)

Wie konnte das nur passieren?«, schluchzte Thea Engel hinter vorgehaltenem weißem Taschentuch. »Ich verstehe nicht, wie es zu diesem schrecklichen Unglück kommen konnte.«

Lisa lief unterdessen den Gang vor dem Operationssaal, in dem die Ärzte gerade um das Leben ihrer Mutter kämpften, auf und ab. Kaum ein Wort war bisher über ihre Lippen gekommen.

»Ich … ich habe das nicht gewollt«, wimmerte Greta. Ihre blauen Augen waren rundherum schwarz verschmiert von der dicken Tusche, mit der sie sich die Wimpern angemalt hatte und die durch ihr Weinen nun verlaufen war. Noch immer trug sie das schöne Chiffonkleid, doch hier auf dem Gang vor dem Operationssaal hatte es an Glanz und Eleganz verloren und wirkte einfach nur noch fehl am Platz. »Ich habe das wirklich nicht gewollt. Das … das müsst ihr mir glauben …«

Mutti, ihre geliebte Mutti, die sie so oft verflucht hatte und so arg angegangen war, weil sie das Gefühl hatte, ihr einfach nichts recht machen zu können. Lisa hingegen schon, denn ihre Schwester war ganz anders als sie. Strebsam und klug, höflich und vor allem genügsam. Und dann hatte sie auch noch Johannes geheiratet, diesen ebenso klugen wie zielstrebigen Mann, der nun gemeinsam mit ihr in die Firma eintreten würde. Und der im Begriff war, sie alle zu täuschen. Greta war sich da absolut sicher, aber es war wie immer, keiner wollte ihr glauben, weil sie eben die unbekümmerte, sich über nichts im Leben ernsthaft Gedanken machende Tochter war. Emmi hatte es nie offen ausgesprochen, dennoch spürte Greta Tag für Tag, was ihrer Mutter von ihr hielt.

Dabei wollte Greta gar nicht so sein, so flatterhaft, rücksichtslos, egoistisch. Nein, im Grunde ihres Herzens wäre sie gerne ein wenig wie Lisa gewesen. Und es war auch gewiss nicht so, dass sie es nicht versucht hätte. Greta hatte sich die größte Mühe in der Schule gegeben und war am Ende auch mit dem Abitur dafür belohnt worden. Wegen ihrer Mutter, wegen Emmi, um sie nicht wieder zu enttäuschen, hatte sie das Abitur gemacht, nicht für sich. Was sollte sie damit anfangen, bestimmt nicht studieren. Ihr fehlte das Interesse, aber vor allem die Beständigkeit. In die Modebranche wäre sie gerne gegangen, ja, das war eine Richtung, die ganz nach ihrem Geschmack war. Doch die Ausbildung, die sie schließlich im Modehaus Kaiser begonnen hatte, hatte in erster Linie so ausgesehen, dass sie unten im Lager Kisten und Kartons stapeln und sortieren musste. Wochenlang hatte sie dort unten zugebracht und sich zu Tode gelangweilt. Als sie eines der anderen Lehrmädchen gefragt hatte, die bereits im zweiten Lehrjahr war, wann es denn wohl mit der richtigen Ausbildung losginge, oben in den schicken Verkaufsräumen, da hatte diese nur gelacht und gemeint, dass sie frühesten im zweiten Lehrjahr hin und wieder einer der Verkäuferinnen zuarbeiten dürfe, und das auch nur, wenn sie großes Glück hatte. Daraufhin war Greta nach Hause gefahren und nie wieder zurück in die weitläufigen Kellerräume des todschicken Modehauses Kaiser gekehrt.

Natürlich hatte es deshalb Streit mit ihrer Mutter gegeben, die gemeint hatte, dass sie doch nicht so schnell hätte aufgeben dürfen, dass Lehrjahre nun einmal keine Herrenjahre seien. Und dann war da auf einmal wieder die Rede von Anni gewesen, ihrer verstorbenen Tante, die ihr angeblich so ähnlich gewesen sei, weil sie sich auch mehr für Mode, schnelle Autos und junge Verehrer interessiert habe, die sie ähnlich umschwärmt hätten, wie es bei Greta der Fall war.

Greta nervte dieser Vergleich. Nicht, weil ihre Mutter oder Großmutter dabei schlecht über Anni sprachen, um Himmels willen, sie redeten von ihr stets mit warmer Stimme und sehr liebevoll. Aber eben auch so wohlwollend und nachsichtig, dass es offensichtlich war, dass Anni zwar sehr, sehr hübsch gewesen sein musste, aber eben auch nicht unbedingt besonders klug. Greta hingegen war klug, sie war sogar blitzgescheit. Nur fehlte ihr der Antrieb, weil sie nicht so recht wusste, was sie mit ihrem Leben anfangen sollte. Im Gegensatz zu Lisa, die sich schon als Kind vorgenommen hatte, später Seite an Seite mit der Mutter zu arbeiten.

Als ganz junge Frau hatte einmal jemand zu ihr gesagt: »Wer so schön wie du bist, Greta, der muss nicht unbedingt klug sein.« Da hatte sie ausgeholt und ihm eine schallende Ohrfeige verpasst.

Normalerweise hätte sie keinen weiteren Gedanken mehr an diesen Dummkopf verschwendet. Doch ausgerechnet bei ihm hatte es sich um den einen gehandelt, den Greta schon als kleines Mädchen heimlich angehimmelt hatte, der junge Mann, mit dem sie sich alles hätte vorstellen können. Sogar ihn später mal zu heiraten und mit ihm eine Familie zu gründen. Vielleicht, so hatte sie damals ernsthaft überlegt, würde sie ihre Mutter stolz machen, wenn sie ihr Enkelkinder schenkte, was bei Lisa bestimmt noch ewig dauern würde, weil ihr der Sinn mehr nach einer beruflichen Karriere stand.

Doch anstatt als Ehefrau und Mutter Emmi Wagner stolz zu machen, war sie nun daran schuld, dass sie hinter einer Milchglastür auf einem Tisch in einem Operationssaal um ihr Leben kämpfen musste.

Ich bin schuld, ich ganz allein, ich, ich, ich!, schrie es in Greta, und ein weiterer Weinkrampf überkam sie, schüttelte sie regelrecht durch, ließ sie laut aufschluchzen und schließlich auf dem Stuhl in sich zusammensacken.

Lisa kam zu ihr, legte den Arm um sie und versuchte, sie zu trösten. »Gräm dich nicht, Gretel, Mutti ist stark. Eine wahre Kämpferin. Sie wird es schaffen. Du weißt doch, Mutti schafft alles. Alles.«

»Glaubst du mir, dass ich das nicht gewollt habe?«, wimmerte Greta und blickte ihre Schwester flehend an.

Lisa zögerte keine Sekunde und nickte. »Ja, das glaube ich dir, Gretel. Und Mutti wird es dir auch nicht nachtragen, wenn sie erst die Operation hinter sich gebracht hat. Das Ganze war ein Unfall, ein tragischer Unfall.«

»Frau Falkenstein«, erklang plötzlich eine ernste Männerstimme und riss die beiden Schwestern aus ihrer innigen Umarmung.

»Wie geht es meiner Mutter?«, rief Greta, während sie von ihrem Stuhl aufsprang und auf den Chirurgen zueilte, der soeben den Operationssaal verlassen hatte.

Dennoch wandte er sich an Lisa. »Vorweg, gnädige Frau Falkenstein, ihre Mutter hat die Operation so weit gut überstanden. Aber ich halte es für besser, wenn wir das Gespräch unter vier Augen fortsetzen«, schlug er Lisa vor. »Begleiten Sie mich dafür doch bitte in mein Dienstzimmer.«

Lisa nickte und wollte dem Mann in Weiß folgen, der bereits eine Tür im Gang aufgezogen hatte und im Begriff war, in den Raum dahinter zu verschwinden.

Doch Greta hielt sie am Arm zurück. »Ich will auf der Stelle erfahren, wie es um meine Mutter steht!«, rief sie mit schriller, sich fast überschlagender Stimme.

»Greta, bitte, du bist viel zu aufgeregt«, gab Lisa einfühlsam zurück, während sie versuchte, Gretas Hand von ihrem Unterarm abzuschütteln.

Doch Greta war nun wieder völlig außer sich und festen Willens, ihre Schwester in den Besprechungsraum des Chirurgen zu begleiten.

»Johannes, kannst du dich bitte kurz um Greta kümmern!«, wandte sich Lisa hilfesuchend an ihren Ehemann, der die Szene bis dahin schweigend verfolgt hatte. Ebenso wie dieser Harry Westermann, der seltsamerweise noch in der Villa gewesen war, als das Unglück passiert war, und auch jetzt darauf bestanden hatte, mit ins Krankenhaus zu kommen. Greta verstand nicht, was der Autohändler ihrer Mutter hier zu suchen hatte, doch da Lisa und auch ihre Großmutter es einfach so hingenommen hatten, tat sie es auch.

Johannes nickte und legte behutsam den Arm um Gretas bebende Schultern. »Sei vernünftig, Greta«, redete er mit ruhiger Stimme auf seine Schwägerin ein. »Lisa wird uns gleich über den Gesundheitszustand deiner Mutter informieren. Aber dazu musst du sie jetzt in das Besprechungszimmer des Professors gehen lassen. Sonst erfahren wir nichts.«

Tatsächlich ließ sich Greta von ihrem Schwager etwas beruhigen und sogar zu dem Stuhl zurückführen, auf dem sie seit Stunden gesessen und um ihre Mutter gebangt hatte. Nicht, weil sie so ein vertrautes Verhältnis zu Johannes hatte, bestimmt nicht, sie traute ihm nach wie vor nicht über den Weg. Es war nur gerade so, dass sie sich so schwach und hilflos fühlte und deshalb dankbar für jede Hand war, die sich tröstend auf ihre Schulter legte, selbst die des verhassten Schwagers.

»Es wird doch alles wieder gut werden?«, sagte sie leise und so hoffnungsvoll wie ein kleines Kind.

»Bestimmt wird es das, Greta, ganz bestimmt …«, antwortete Johannes sehr einfühlsam.

Auch wenn es sich für Greta wie Stunden angefühlt hatte, so war keine Viertelstunde vergangen, als sich die Tür wieder öffnete und eine kalkweiße Lisa auf den Gang hinaustrat. Dicht an ihrer Seite, ihre Großmutter Thea, die sich im Gegensatz zu Greta nicht davon hatte abhalten lassen, ihre Enkelin in das Besprechungszimmer des Chirurgen zu begleiten.

»Was ist mit Mutti?«, rief Greta und stürmte auf Schwester und Großmutter zu.

»Mutti lebt«, konnte Lisa sie und ihren Ehemann Johannes und auch den Autohändler Harry Westermann beruhigen, der daraufhin hörbar erleichtert aufatmete.

»Aber das sind doch gute Nachrichten«, rief Greta. »Wann können wir denn zu ihr?«

Doch ihre Schwester hob die Hand. »Mutti ist nicht bei Bewusstsein.«

»Was?«, schrie Greta. »Aber doch nur vorübergehend, ja? Sie wacht doch wieder auf?«

Lisa nickte. »Ja, ja, Greta, der Professor ist zuversichtlich. Er hat Großmutter und mir erklärt, dass es häufiger vorkommt, dass bei schweren Verletzungen oder auch sogenannten traumatischen Erlebnissen derjenige in eine Art tiefen Schlaf verfällt. Eine Steuerung im Gehirn, wenn ich es richtig verstanden habe. Auf jeden Fall schläft Mutti tief und fest, und das kann unter Umständen noch eine Weile so anhalten. Der Professor hat uns aber versichert, dass er fest davon ausgeht, dass Mutti das Bewusstsein zurückerlangen wird.«

Greta wagte trotzdem nicht, aufzuatmen, denn der Gesichtsausdruck ihrer Schwester verhieß nach wie vor nichts Gutes.

»Lisa, das ist doch nicht alles, was der Professor euch über Muttis Zustand mitgeteilt hat, nicht wahr? Du verschweigst doch noch etwas, ich sehe es dir an.«

Mühsam, als würde es sie übergroße Anstrengung kosten, nickte Lisa schließlich. »Du wirst es ja sowieso erfahren, Gretel. Bei dem Sturz wurde wahrscheinlich Muttis Halswirbelsäule so schwerwiegend verletzt, dass die Möglichkeit besteht, dass die Schädigung irreparabel ist.«

»Irreparabel?«, keuchte Greta fassungslos. »Was bedeutet das?«

»Dass Mutti gelähmt ist.«

»W…was redest du denn da? Das ist doch Unsinn. Das sagst du doch nur, um mir Angst zu machen. Du denkst doch sowieso, dass ich an all dem schuld bin, auch wenn du das Gegenteil behauptest.« Greta hatte sich von Wort zu Wort immer mehr in Rage geredet.

Bevor sie mit ihren Vorwürfen fortfahren konnte, bestimmte Thea Engel: »Schluss jetzt, Greta! Bei allem Verständnis dafür, dass du dich um deine Mutter sorgst und dir auch Vorwürfe machst, was genug ist, das ist genug. Ich halte es in der Tat für sinnvoll, wenn du jetzt zurück in die Villa fährst und dir endlich das Kleid ausziehst. Versuche, noch ein bisschen zu schlafen. Hier kannst du gerade sowieso nichts mehr ausrichten. Wir können nur abwarten und hoffen.« Es kam selten vor, dass Thea Engel so konsequent war. Je älter sie wurde, desto mehr nahm sie sich zurück, ja, sie war geradezu unsichtbar geworden und hielt sich in der Regel aus allem heraus. Die meiste Zeit des Tages verbrachte sie in ihren persönlichen Räumen in der Villa oder mit langen Spaziergängen durch den Park. Sie hatte immer zurückgewollt in ihr Dorf, in ihr Haus, in dem sie einst mit ihrem Ehemann Gustav und ihren Töchtern gelebt hatte. In der Villa mit dem Luxus und den Bediensteten war sie nie wirklich heimisch geworden. Aber nach dem schrecklichen Tod von Emmis Schwiegereltern hatte sie ihre Tochter unmöglich mit den Kindern allein lassen können. Also war sie geblieben. Sie jetzt so konsequent und bestimmend zu erleben, ließ Greta nicht nur staunen, sondern auch gehorchen.

»Ich frage die Krankenschwestern vorne am Empfang, ob sie mir einen Wagen rufen können«, willigte Greta leise ein.

»Nein, Gretel, ich möchte nicht, dass du in diesem Zustand allein nach Hause fährst«, widersprach Lisa ihr und wandte sich dann an den Autohändler.

»Wären Sie so freundlich und würden meine Schwester zurück in die Villa bringen?«

Harry Westermann atmete tief durch. »Bitte verstehen Sie mich nicht falsch, werte Frau Falkenstein, aber ich möchte hier in der Nähe Ihrer Mutter bleiben.«

Irritiert runzelte Lisa die Stirn und war im Begriff, eine unfreundliche Erwiderung zu äußern, da legte Thea Engel ihr die Hand auf den Unterarm. »Lass gut sein, Lisa. Herr Westermann hat das Recht, hier zu sein.«

Lisa schluckte, dann wandte sie sich an ihren Ehemann. »Liebling, könntest du Greta nicht zurück zur Villa fahren?«

Johannes wirkte nicht besonders erbaut über diese Frage. »Ich möchte an deiner Seite bleiben, Lisa. Ich kann dich doch jetzt hier nicht allein lassen.«

Liebevoll lächelte Lisa ihn an. Sie streckte die Hand nach ihm aus und strich ihm mit einer zärtlichen Geste über seine Wange. »Ich bin ja nicht allein, Hannes«, gab sie zurück. »Großmutter ist bei mir.«

Wie zur Bestätigung ihrer Worte nickte Thea Engel.

Johannes schüttelte den Kopf. »Und wie lange gedenkst du hier im Krankenhaus noch zu warten? So wie ich dich verstanden habe, kann es doch dauern, bis deine Mutter das Bewusstsein wiedererlangt. Tage … womöglich noch länger. Ihr könnt doch unmöglich hier so lange ausharren.«

Lisa stimmte ihm zu. »Nein, das können wir nicht und werden wir auch nicht machen. Der Professor hat uns gesagt, dass am Vormittag noch einige weitere Untersuchungen anstehen würden. Die Ergebnisse möchte ich bitte noch abwarten.« Sie sah zu ihrer Großmutter, die ergänzte: »So lange bleiben wir hier.«

»Gut«, willigte Johannes schließlich ein. »Ich fahre Greta in die Villa und bitte die Köchin morgen früh, euch ein Frühstück zuzubereiten. Spätestens am frühen Vormittag bin ich wieder zurück und leiste euch hier im Krankenhaus Gesellschaft.«

Lisa stellte sich auf die Zehenspitzen und gab ihrem Mann einen sanften Kuss »Danke, Liebster«, raunte sie ihm leise ins Ohr. »Danke, dass ich mich immer auf dich verlassen kann.«

Johannes küsste seine Frau auf beide Wangen und wandte sich schließlich Greta zu.

»Bist du so weit?«, fragte er sie.

Greta nickte.

»Dann lass uns gehen.«

ZEHN

Betrügen und betrogen werden,
nichts ist gewöhnlicher auf Erden.

JOHANN GOTTFRIED SEUME
DEUTSCHER SCHRIFTSTELLER UND DICHTER
(1763–1810)

Seite an Seite verließen sie das Krankenhaus. Die wenigen Menschen, die sich hier zu dieser frühen Stunde aufhielten, musterten Greta in ihrem eleganten Chiffonkleid neugierig, aber diese Blicke registrierte sie gar nicht.

Ihre Gedanken waren bei ihrer Mutter, die ihretwegen ohne Bewusstsein war und die ihretwegen wahrscheinlich gelähmt bleiben würde.

Während der Fahrt in Johannes' schwarzen Mercedes-Benz sprachen sie kein Wort miteinander. Ihr Schwager schien sich zu ärgern, dass er ihretwegen seine angeblich so geliebte Ehefrau verlassen hatte.

An der Villa angekommen, lief Greta sofort hinauf in ihre Räume, wo sie sich das Kleid samt der Unterwäsche auszog und sich unter die hochmoderne Dusche stellte.

Sie nahm an, dass ihr Schwager sich darum kümmerte, das Personal über den Gesundheitszustand ihrer Hausherrin in Kenntnis zu setzen. Aber selbst, wenn sie das nicht annehmen würde, wäre sie dennoch nicht bereit, es an seiner Stelle zu tun. Greta tat sich gerade schrecklich leid und war kaum in der Lage, an etwas anderes zu denken als daran, was für eine schwere Last sie da auf sich geladen hatte. Natürlich hatte sie schreckliche Angst um ihre Mutter und hoffte von Herzen, dass sie wieder vollständig genesen würde. Greta wusste nicht, nein, sie hatte wirklich nicht den Hauch einer Ahnung, was sie ohne ihre Mutter anfangen sollte. Das Schlimmste, das sie sich ausmalen konnte, war, zukünftig mit Lisa und ihrem Mann unter einem Dach zu wohnen, die nichts Besseres zu tun hatten, als ihr ständig vorzuschreiben, wie sie ihr Leben zu leben hatte.

O nein, dann würde sie lieber nach Berlin gehen und sich in irgendeinem Modehaus als Aushilfe anstellen lassen. Sie war schön und jung und hatte einen erstklassigen Geschmack – so jemand bekam überall einen Job.

Greta wickelte sich ein großes Badetuch um ihren schlanken Körper, rieb sich mit einem etwas kleineren Frotteehandtuch die blonden Haare halbwegs trocken und kämmte sie sich anschließend streng aus dem Gesicht nach hinten zurück. Als sie in ihren Salon eintrat, klopfte es gerade an der Tür. Greta nahm an, dass es Elsa wäre, die sich nach ihrem Wohlbefinden erkundigen wollte, und rief gleichgültig: »Herein!«

Johannes stand vor ihr und musterte sie von ihren nackten

noch etwas feuchten Zehenspitzen bis hinauf zu ihrem ungeschminkten Gesicht.

»Entschuldigung, ich wusste nicht …« Er stockte, schüttelte wie über sich selbst den Kopf und erklärte dann: »Ich wollte dir nur Bescheid sagen, dass ich die Köchin gebeten habe, auch für dich ein Frühstück zuzubereiten.«

»Vielen Dank«, sagte Greta, und dann erkannte sie in seinen Augen, wie sehr er sie begehrte, der treusorgende Ehemann ihrer Schwester. Der Mustergatte, der keinerlei Interesse an anderen Frauen hatte. »Das ist sehr aufmerksam von dir.«

Er tippte sich an eine imaginäre Hutkrempe und machte Anstalten, das Zimmer zu verlassen, doch Greta hatte eine Bitte … oder anders, einen Plan. Den Beweis dafür, was er für einer war. »Es kommt dir bestimmt etwas komisch vor und womöglich ist es das auch, aber würdest du mir noch einen Augenblick lang Gesellschaft leisten?«

Johannes schluckte, um dann mit belegter Stimme zu fragen: »Warum?«

Greta rieb sich langsam über ihren nackten rechten Oberarm, während sie erwiderte: »Ich mag gerade nicht allein sein. Meine Gedanken, sie … sie rasen, wollen sich nicht beruhigen lassen.«

Ihr Schwager atmete tief durch. »Ich möchte eigentlich schnell zurück ins Krankenhaus, um Lisa beizustehen.«

»Nur ein paar Minuten, Hannes«, bettelte Greta und klimperte dabei mit den langen Wimpern. »Bis die Schlaftablette wirkt, die ich gerade genommen habe. Dann kannst du zu deiner Lisa laufen. Versprochen.« Dass sie eine Schlaftablette genommen hatte, war eine glatte Lüge.

»Wenn es unbedingt sein muss …«, gab er schließlich nach.

Greta schenkte ihm ein dankbares Lächeln und ließ sich dann auf ihr weinrotes Samtkanapee sinken. Sie klopften auf den Platz neben sich und sagte: »Setz dich bitte zu mir, Hannes.«

»Ich bleibe lieber stehen.«

Greta lächelte. »Hast du Angst vor mir?«

Vehement schüttelte er den Kopf. »Warum sollte ich?«

Greta zuckte mit den nackten Schultern. »Keine Ahnung. Ich wundere mich nur, dass du so bewusst auf Abstand zu mir gehst, Schwager.«

Johannes musterte sie mit zusammengezogenen Augen. »Und ich wundere mich, Schwägerin, dass du schon wieder so gut aufgelegt bist, wo du doch vor wenigen Stunden deine eigene Mutter überfahren hast, die noch immer ohne Bewusstsein ist und die womöglich zeit ihres Lebens nicht mehr laufen können wird.«

Seine Worte trafen sie wie heftige Schläge. Auch wenn sie alles unternahm, um sich ihre Sorge, ihr Schuldgefühl, ihren Hass auf sich selbst nicht anmerken zu lassen, so war alles dennoch da und brannte wie ein Feuer in ihr. Tränen stiegen ihr in die Augen, und dann konnte sie sich nicht länger beherrschen, sie kauerte sich wie ein geprügelter Hund auf dem Kanapee zusammen und weinte hemmungslos in das Polster.

»Entschuldige«, hörte sie Johannes sagen. »Das … das habe ich nicht gewollt, Greta. Und auch überhaupt nicht so gemeint, weil ich doch weiß, wie sehr du dich um deine Mutter sorgst …«

Plötzlich spürte sie, wie er sich neben sie setzte und seine Hand sich tröstend auf ihre Schulter legte. »Greta, bitte, ich habe es nicht so gemeint. Wirklich!«

Sie wandte ihm das verweinte Gesicht zu, und als er ihr mit dem Zeigefinger die Tränen von den Wangen tupfen wollte, hob sie die Hand, umfasste blitzschnell seinen Nacken und zog ihn an sich. Der erste Kuss war vorsichtig. Fragend sah sie ihm in die Augen. Sie meinte, seine Antwort darin erkannt zu haben, und schon der zweite Kuss fiel wesentlich leidenschaftlicher aus.

Doch dann schob er sie ein Stück auf Abstand und blickte ihr vorwurfsvoll ins Gesicht. »Bist du jetzt vollkommen wahnsinnig geworden? Ich bin mit Lisa verheiratet, ich liebe Lisa. Wir führen eine gute Ehe, und du hast nichts Besseres zu tun, als mich verführen zu wollen. Ist das wirklich dein Ernst?«

»Du hast meinen Kuss erwidert …«, hielt sie ungerührt dagegen.

Abrupt erhob sich Johannes von dem Kanapee. Mit beiden Händen fuhr er sich durch das dichte blonde Haar, bevor er sie wütend anfunkelte: »Keine Ahnung, warum ich das getan habe, vielleicht aus Mitleid. Doch sei dir sicher, es wird sich nicht wiederholen.«

Langsam erhob sich Greta von dem Samtstoff des Kanapees und kam mit laszivem Blick auf Johannes zu. »Wird es das nicht, Hannes, bist du dir da ganz sicher?«

Johannes nickte. »Natürlich bin ich das! Ich liebe meine Frau, deine Schwester.«

»Hmmm«, machte sie, »und was hält dich noch hier bei mir? Warum bist du nicht längst zu deiner wunderbaren Lisa gelaufen und erzählst ihr, dass ihre böse kleine Schwester dich geküsst hast? Nicht nur einmal, nein, gleich zweimal …«

Ärgerlich funkelte er sie an. »Willst du tatsächlich Lisa davon erzählen? Von einer Belanglosigkeit, die nichts zu bedeuten hatte, von einem Kuss aus Mitleid?«

Greta stellte sich auf die Zehenspitzen und küsste Johannes erneut. Erst vorsichtig, fragend, doch schon bald drängt sie sich an ihn und war höchst verzückt, als sie seine Zunge spürte, die ihre Lippen öffnete.

»Du Biest«, hörte sie ihn leise fluchen, »du weißt genau, dass man dir nicht widerstehen kann …«

Während sie sich küssten, zog Greta ihn wie selbstverständlich aus. Und dann fiel auch das große Handtuch zu Boden. Begierig wanderten Johannes' Hände über ihren nackten Körper.

Wie berauscht von dem Triumpf, dass sie es immer gewusst hatte, schloss sie die Lider, spürte, seine Lippen auf ihrer nackten Brust. Greta stöhnte leise auf, sie konnte es nicht verhindern, hörte auch Johannes stöhnen, wenn auch aus einem anderen Grund. Ihre Hände wanderten über seinen festen Bauch und dann neugierig tastend immer weiter nach unten.

»Miststück«, keuchte Johannes. Er küsste sie wieder. Und wieder. Seine Hände streichelten sanft ihre perfekt großen und straffen Brüste. Greta konnte von seiner Liebkosung nicht genug bekommen und drängte sich ihm entgegen.

Hab ich es doch gewusst, du Schurke!

Im nächsten Moment umfasste Johannes Gretas Oberschenkel und hob sie in die Höhe. Ohne dass seine Lippen sich von ihren lösten, trug er sie zu dem Kanapee zurück.

»Wir dürfen das nicht tun«, flüsterte er mit rauer Stimme.

Greta nickte. »Nein, das dürfen wir nicht. Aber es kann ja unter uns bleiben … Niemand muss etwas erfahren.«

Er legte den Kopf schief und begann, sie erneut zu küssen.

»Noch ist es nicht zu spät. Wir müssen einfach nur aufhören«, hörte sie ihn erneut murmeln.

Greta antwortete, indem sie ihm ihren Kopf fordernd entgegendrückte und ihre Hände in seinem dichten blonden Haar vergrub.

Er lachte bitter auf und senkte dann den Kopf, um seine Lippen um ihre Brustwarzen zu schließen, was Greta ein leises Stöhnen entlockte. Er war offensichtlich sehr geübt in dem, was er da tat.

Mit einer Hand befreite er sich von seiner Unterhose. Mit seinen blauen Augen zog er Greta noch mehr in seinen Bann und begann, sie wieder zu küssen. Seine Lippen wanderten zu ihrem Hals, liebkosten noch einmal abwechselnd ihre Brüste und schließlich ihren Bauch.

Aufstöhnend drängte er sich Greta noch mehr entgegen. »Ich will dich!«, wimmerte er voller schmerzlicher Lust. »Von der ersten Minute an habe ich dich gewollt …«

Im nächsten Augenblick war er zwischen ihren Schenkeln, verharrte einen Moment über ihr, blickte ihr tief in die Augen und drang in sie ein.

Gretas Augen weiteten sich, der Atem stockte ihr, ihr ganzer Körper schien zu vibrieren.

Den Blick fest auf Gretas Gesicht gerichtet, drang er noch tiefer in sie ein und immer fordernder. Er keuchte lustvoll, seine Bewegungen wurden schneller. Mit jeder Faser spürte Greta sein Gewicht, seine enorme Männlichkeit, verlor sich in dem sanften Streicheln seiner weichen Brusthaare auf ihren nackten Brüsten, in den Druck seiner Hände, seinem Geruch, seiner festen Haut, der Tatsache, dass er der Mann ihrer ach so tollen großen Schwester war und der vollkommen verzückt von dem war, was er hier gerade mit seiner Schwägerin trieb …

Wimmernd vor Lust und Triumph schlang sie ihre Arme um ihn, krallte sich an seinem Rücken fest, während er stöhnend sein Gesicht in ihrer Halsbeuge vergrub.

Als er laut aufstöhnend kam, explodierte auch in Greta etwas. Ihr Schwager war ein geübter Liebhaber, der wusste, wie man Frauen wirklich glücklich machte, das musste Greta bei all ihrem Kalkül schon zugeben.

»Lisa darf es nicht erfahren. Schwöre es mir, Greta«, keuchte Johannes, »dass meine Frau niemals etwas erfährt. Sie würde es uns nicht verzeihen, keinem von uns beiden.«

»Ja, ja«, murmelte Greta zutiefst befriedigt davon, dass sie recht gehabt hatte. Dieser Mann war sogar so abgebrüht, dass er sich in dem Haus, in dem er mit seiner angeblich so sehr geliebten Lisa lebte, von seiner Schwägerin verführen ließ. »Ich schweige wie ein Grab, liebster Schwager.«

»Und es wird sich auch nicht wiederholen«, erklärte er entschlossen, während er sich vom Kanapee erhob und in aller Eile seine Kleidung zusammensuchte.

»Wird es nicht«, gab Greta gleichgültig zurück.

Und als er sich schließlich wie ein Dieb aus ihrem Zimmer geschlichen hatte, da streckte Greta sich der Länge und noch immer splitterfasernackt auf ihrem weinroten Kanapee aus und fügte flüsternd hinzu: »Und wenn ich das will, lieber Schwager, wiederholt sich das, was wir gerade miteinander getan haben, immer wieder und wieder. Weil du nämlich genau der Halunke bist, von dem mir deine Geliebte damals im Fürstenhof in Berlin erzählt hat. Ein Mann, der nicht treu sein kann, ein Kerl, der sich nimmt, was er will – ohne Skrupel, ohne Reue.«

Dann rollte sie sich zusammen und fing leise zu weinen an.

ELF

Die Hoffnung ist der Regenbogen
über dem herabstürzenden Bach des Lebens.

FRIEDRICH NIETZSCHE
DEUTSCHER PHILOSOPH UND PHILOLOGE
(1844–1900)

In den nächsten zwei Wochen wechselten sich Lisa und ihre Großmutter Thea Engel am Krankenbett der Mutter ab, auch Harry Westermann kam täglich und blieb auch einige Stunden, was Lisa inzwischen so hinnahm, weil ihre Großmutter es mit den Worten »Er hat ein Recht, hier zu sein« begründet hatte. Mehr zählte im Moment nicht für sie, alles andere würde ihr ihre Mutter später schon noch genau erklären, wenn sie erst einmal aus dem Tiefschlaf aufgewacht war.

Johannes versuchte unterdessen, ohne sie und ohne die Unterstützung seiner Schwiegermutter in der Zuckerrübenfabrik Fuß fassen zu können. Lisa wäre gerne an seiner Seite gewesen, mit ihm als Team, sie in der administrativen Leitung, er als Maschinenbauingenieur in der Werksleitung. Sie war bereit dafür, Verantwortung zu übernehmen und nach und nach den

Platz ihrer Mutter einzunehmen. Doch sofort in die Geschäftsleitung einzusteigen, dafür fühlte sie sich noch nicht bereit.

Also überließ sie vorübergehend den Männern an der Spitze des Unternehmens das Ruder, war sich aber sicher, sobald es ihrer Mutter wieder besser ginge, die Leitung der Fabrik wieder zurückzugewinnen. Sie war schließlich Lisa Falkenstein, geborene Wagner, und die offizielle Nachfolgerin ihrer Mutter.

Jetzt aber galt es erst einmal, dass ihre Mutter wieder gesund wurde. Dazu musste Emmi Wagner nur endlich aus dem Koma erwachen, was einfach nicht geschah und Lisa allmählich den Mut verlieren ließ.

Hinzu kam, dass sie den Eindruck nicht loswurde, dass Johannes ihr aus dem Weg ging. Ihr Ehemann verließ morgens in aller Frühe die Villa und kehrte erst spätabends wieder heim. Dann war er müde und wollte nur schlafen, um sich am nächsten Morgen erneut regelrecht aus dem Schlafzimmer der Eheleute zu schleichen.

Lisa hatte Verständnis dafür, dass er sich mit all seiner Energie in die Arbeit stürzen wollte, und ja, sie rechnete ihm seinen Einsatz auch hoch an, wo sie selbst doch gerade nicht in der Lage war, ihre Frau in der Firma zu stehen. Dennoch kam ihr sein Verhalten sonderbar vor. In all den Jahren, die sie sich nun schon kannten und liebten, war es nie so … lieblos zwischen ihnen zugegangen. Selbst als sie nur Freunde und sich ihrer Gefühle füreinander noch nicht bewusst gewesen waren, hatten sie einen herzlicheren Umgang miteinander gepflegt. Johannes und sie hatten immer und zu jeder Zeit über alles miteinander reden können, was einen großen Teil ihrer Ehe ausmachte. Ihn jetzt so wortkarg und geradezu abweisend zu erleben, stimmte sie zunehmend nachdenklich.

Kummer bereitete ihr auch Greta, die bisher nur ein einziges Mal mit zu der Mutter ins Krankenhaus gekommen war. Ihre Schwester hatte sich von dem Anblick Emmi Wagners überfordert gefühlt und Lisa darum gebeten, sie bitte aus der Verantwortung dieser Besuche zu entlassen.

So blieb es von der familiären Seite aus an Lisa, sich um ihre Mutter zu kümmern und auch an ihrer Seite zu sein, als die behandelnden Ärzte einen Versuch unternehmen wollten, sie ins Leben zurückzuholen. Wie genau sie dabei vorzugehen gedachten, darüber ließen sie Lisa im Ungewissen. Sie baten sie lediglich darum, auf ihre Erfahrungen mit Patienten, die nach einer schweren Operation einfach nicht aufwachen wollten, zu vertrauen.

Harry Westermann wurde von Lisa darüber informiert. Da es sich bei ihm nicht um einen Familienangehörigen handelte, hielten sich die Ärzte ihm gegenüber dementsprechend bedeckt. Als er sich dafür bei ihr bedankte, erkannte sie in seinem Blick, dass er Höllenqualen wegen Emmi Wagner durchlitt. Zum ersten Mal kam sie ernsthaft auf den Gedanken, dass er ihre Mutter liebte. War das umgekehrt ebenfalls der Fall? Lisa hatte keine Ahnung und nahm sich vor, mit ihrem Mann darüber zu sprechen. Daher blieb sie am Abend so lange in der Bibliothek der Wagnerschen Villa in einem der bequemen Ledersessel sitzen und versuchte, sich auf ihr Buch zu konzentrieren, bis ihr Mann endlich aus der Fabrik zurückkehrte. Sie wollte ihn darum bitten, sie am nächsten Morgen ins Krankenhaus zu begleiten. Normalerweise war es geplant gewesen, dass ihre Großmutter mit ihr käme, doch sie fühlte sich seit ein paar Tagen nicht sonderlich gut. Wahrscheinlich hatte die Sorge um ihre Tochter ihr doch mehr zugesetzt, als sie bereit war, zuzugeben. Die Hausdame Elsa hatte Lisa jedoch erst darauf aufmerksam machen müssen, wie es um ihre Großmutter stand.

»Ich musste es Ihrer Großmutter hoch und heilig versprechen, aber ich kann mich nicht länger daran halten, wo es der gnädigen Frau Engel doch von Tag zu Tag schlechter geht«, hatte sie Lisa vorgestern dann endlich gestanden, als diese gerade im Begriff gewesen war, das Haus zu verlassen, um ins Krankenhaus zu ihrer Mutter zu fahren. Die besorgte Elsa hatte ihr erzählt, dass Thea Engel unten in der Halle zusammengeklappt war, und als sie daraufhin unverzüglich den Doktor verständigen wollte, war es ihr strikt untersagt worden.

»Meine Enkelin hat gerade schon genug Kummer«, hatte Thea Engel gemeint und der Hausdame dann das Versprechen abgenommen, ihrer Enkelin kein Wort davon zu erzählen. Natürlich hatte Lisa nach der Eröffnung der Hausdame keinen Moment gezögert und den langjährigen Doktor der Wagners verständigt, der Thea Engel gründlich untersucht und ihr dringende Bettruhe verordnet hatte. Somit war klar, dass sie sie nicht mehr ins Krankenhaus begleiten konnte. Und Greta, nun ja, Greta war wie unsichtbar. Huschte hin und wieder durch die Halle, die Treppe hinauf, schnell in ihre Räumlichkeiten. Wieder die Treppe hinunter in ihr Automobil – alles schnell, unauffällig … fluchtartig.

Um kurz vor dreiundzwanzig Uhr vernahm Lisa dann endlich Schritte in der Eingangshalle. Rasch legte sie ihr Buch zur Seite, in dem sie die letzten Stunden gelesen hatte, ohne dass die Worte darin einen wirklichen Sinn für sie ergeben hatten.

»Johannes?«, rief Lisa. »Bist du das?«

Die Schritte verstummten abrupt, auf ihr Rufen bekam sie jedoch keine Antwort. Lisa erhob sich von ihrem Ledersessel und ging zur Tür, um gerade noch zu sehen, wie sich ihr Ehemann die Treppe hinaufschleichen wollte.

»Johannes?«, rief sie lauter. »Hast du mich nicht gehört? Ich habe nach dir gerufen.«

»Nein … ähm … nein, das habe ich nicht«, behauptete er und wollte direkt weitergehen.

»Johannes!«, rief Lisa nun noch ungläubig aus. »Du kannst mich doch hier nicht einfach so stehen lassen. Was ist denn nur in dich gefahren?«

Endlich blieb ihr Ehemann stehen, wandte sich auf der Treppenstufe langsam zu ihr um und hob schließlich entschuldigend sie Hände.

»Darling, verzeih mir bitte, ich bin mit meinen Gedanken noch in der Fabrik. Es geht um die Funktionalität der neuen Presse und … na ja, ich will dich jetzt nicht mit den Details langweilen, dir nur erklären, warum ich gerade nicht so reagiert habe, wie es sich gehört. Zudem bin ich todmüde und muss dringend ins Bett. Lass uns bitte später reden.« Erneut wollte er weitergehen, doch Lisa ließ ihn nicht.

»Diese fünf Minuten wirst du dir jetzt aber bitte noch für mich nehmen«, verlangte sie. »Es ist mir wichtig, Hannes.«

Täuschte sie sich, oder war es tatsächlich so, dass ihm jäh die Gesichtszüge entglitten?

»Worum geht es?«, brummte er misstrauisch.

»Können wir uns bitte einen Moment in die Bibliothek setzen?«, bat Lisa. »Ich mag das hier nicht auf der Treppe mit dir bereden.«

»Um was geht es denn?« Johannes wurde regelrecht ungehalten. Lisa holte tief Luft. Johannes benahm sich eigenartig, das war Fakt, und darüber würde sie auch alsbald mit ihm reden wollen, unmöglich konnte die Belastung in der Fabrik allein dafür verantwortlich sein. Doch jetzt ging es um ihre Mutter. Also verkniff sie sich ihre Worte bezüglich seines sonderbaren Verhaltens der letzten Wochen und sagte: »Morgen im Laufe des Vormittags gedenken die Ärzte, einen Versuch zu unternehmen, Mutti aus dem Koma aufzuwecken. Sie haben mir nicht genau gesagt, wie sie es anstellen, und wahrscheinlich hätte ich es eh nicht verstanden, ich möchte nur gerne da sein, wenn es den Ärzten gelingen sollte. Da es meiner Großmutter nicht gut geht und der Doktor ihr absolute Bettruhe verordnet hat, wollte ich dich darum bitten, mich morgen Vormittag ins Krankenhaus zu begleiten.«

Einen Moment lang schien es Lisa so, als würde ihr Ehemann erleichtert aufatmen, und das Misstrauen in ihr wuchs wieder an, dann aber schüttelte er vehement den Kopf und erklärte: »So gern wie ich dir beistehen möchte, Darling, aber ich muss morgen in die Fabrik. Wir befinden uns gerade an einem äußerst empfindlichen Punkt unseres Probedurchlaufs, dem ich unter keinen Umständen fernbleiben kann und den wir aber auch nicht verschieben können, weil …«

»Schon gut«, fiel Lisa ihm ins Wort. »Wenn du in der Fabrik unabkömmlich bist, dann fahre ich allein zu Mutti. Herr Westermann wird mit Sicherheit dort sein.«

Alles in Lisa hoffte, dass er nun zu ihr kommen und sie in den Arm nehmen würde, doch Johannes rang sich lediglich ein Lächeln ab und murmelte: »Danke für dein Verständnis, Darling.« Dann lief er mit großen Schritten die Treppe hinauf.

Lisa stand unten in der Halle und blickte ihm hinterher.

Am späten Nachmittag mussten Emmi Wagners Ärzte einsehen, dass ihre Bemühungen umsonst gewesen waren.

»Wir bleiben dennoch optimistisch, Frau Falkenstein«, erklärte der Professor und lächelte sie dabei aufbauend an. »Sorgen Sie sich nicht, Ihre Mutter ist zum Glück in einer guten körperlichen Verfassung. Wir werden es ein anderes Mal erneut versuchen.«

Was für ein Hohn!, dachte Lisa. Wie sollte sie sich bitte schön nicht zu sehr sorgen, wenn ihre Mutter einfach nicht aufwachte? Und wenn sie dann tatsächlich das Bewusstsein zurückerlangte, erfahren zu müssen, dass sie höchstwahrscheinlich gelähmt bleiben würde. Für den Rest ihres Lebens.

Gerade heute war Harry Westermann nicht ins Krankenhaus gekommen, was Lisa tatsächlich wunderte, denn sie war fest davon ausgegangen, dass er mit ihr auf dem Gang sitzen und warten würde. Sie kannte ihn nicht näher, denn obwohl er sich häufig zur selben Zeit mit ihr im Krankenhaus aufhielt, sprachen sie nicht wirklich miteinander. Sie begrüßten sich höflich, dann war jeder von ihnen beiden mit seinen eigenen Gedanken beschäftigt.

Jetzt, überlegte Lisa, jetzt würde ich ausführlicher mit ihm reden und erzählen, was die Ärzte gesagt haben und darauf hoffen, dass ihm irgendetwas einfiele, was ihr Mut machte.

Lisa schien wohl auf ihr Umfeld einen derart mitgenommenen Eindruck zu machen, dass eine der Krankenschwestern ihr die Hand auf den Unterarm legte und sie fragte, ob sie vielleicht jemanden verständigen solle, der sie abholen könne. Es sei besser, wenn sich Lisa in ihrem sichtbar aufgewühlten Zustand nicht hinter das Lenkrad ihres Autos setzen würde.

Lisa wollte ablehnen. Natürlich war sie in der Lage, ihr Auto zu steuern. Doch dann kamen ihr die Bedenken der netten Krankenschwester wie ein Wink des Schicksals vor. Es entsprach nicht Lisas Art, die schwache verletzliche Frau zu mimen, nur um vielleicht Mitleid zu erregen. Doch manchmal sollte man dem Schicksal auch mal seinen Lauf lassen.

»Wie liebenswert von Ihnen, Schwester«, sagte Lisa. »Ich fühle mich tatsächlich etwas schwach. Wären Sie so freundlich und verständigen meinen Ehemann?« Sie öffnete ihre Handtasche, holte ein kleines Kärtchen daraus hervor, auf dem die Adresse und Rufnummer der Zuckerrübenfabrik standen, und reichte es der Krankenschwester. »Bitte verlangen Sie, Johannes Falkenstein zu sprechen.«

»Wird sofort erledigt«, versprach die nette Krankenschwester und lief mit der Karte in den Händen zum Empfangstresen des Krankenhauses.

Es dauerte nicht allzu lange, da kam sie zu Lisa zurück und sagte: »Ihr Mann wird jeden Augenblick hier eintreffen, Frau Falkenstein.«

Und weil ihr wohl der leise Anflug von Erstaunen in Lisas Mimik nicht entgangen war, fügte sie mit einem Lächeln hinzu: »Ich habe mir erlaubt, was Ihre Verfassung angeht, ein kleines bisschen zu übertreiben. Ich hoffe, Sie sehen es mir nach?«

Lisa nickte, wollte dann aber wissen: »Mein Mann war wohl gerade sehr beschäftigt?«

Die nette Krankenschwester zwinkerte, während sie zurückgab: »Sind sie das nicht immer, die Herren?«

Als Lisa wenig später Johannes mit langen Schritten den Krankenhausgang heruntergeeilt kommen sah, stand ihm die Sorge sichtbar ins Gesicht geschrieben.

Sie erhob sich von dem weißen Stuhl, auf dem sie gesessen hatte, und lächelte ihn zaghaft an.

»Ich wollte nicht, dass man dich verständigt, aber die Krankenschwester hat sich nicht davon abbringen lassen«, unternahm sie den Versuch einer nicht ganz wahrheitsgetreuen Erklärung.

Johannes erwiderte nichts. Stattdessen zog er sie mit einem Ruck in seine Arme und presste sie so fest an sich, dass sie kaum noch Luft bekam.

»Darling«, raunte er ganz nah an ihrem Ohr. »Es tut mir leid. So sehr leid. Ich hätte dich begleiten müssen, so wie du es dir von mir gewünscht hattest. Stattdessen habe ich dich allein gelassen, bin nicht an deiner Seite gewesen, wie es sich für einen guten Ehemann gehört. Und das, Lisa, ist es, was ich für dich sein will, ein guter Ehemann.«

»Aber das bist du doch, Hannes. Du bist der Beste«, versicherte Lisa ihm.

Johannes löste seine Umarmung etwas, machte einen halben Schritt zurück, um ihr Gesicht mit seinen Händen zu umfassen. Er blickte ihr tief in die Augen und sagte: »Egal, was passiert, bitte vergiss niemals, dass ich dich liebe.«

Als Lisa nickte, küsst er sie mitten auf dem Gang des Krankenhauses so leidenschaftlich, dass es ihr fast den Atem raubte.

An diesem Abend kam Johannes Falkenstein frühzeitig aus der Fabrik zurück in die Villa. Gemeinsam aßen sie zu Abend, waren froh über die Zweisamkeit: Greta hatte mittags die Villa verlassen, ohne jemanden zu sagen, wohin und wann sie wiederkommen zu gedachte, Thea Engel bekam ihr Essen wegen der verordneten Bettruhe von der Köchin aufs Zimmer gebracht.

Lisa unternahm mit ihrem Mann noch einen kurzen Spaziergang, bevor die beiden sich in ihre privaten Räume zurückzogen, wo sie dann schnell den Weg in ihr Ehebett fanden.

»Ich habe dich vermisst«, hauchte Lisa glückselig in Johannes' Armen, nachdem sie sich geliebt hatten.

»Ich dich auch, Darling, du ahnst überhaupt nicht, wie sehr.«

»Aber warum warst du in den letzten Tagen so …«

Er verschloss ihr den Mund mit seinen Lippen, so dass Lisa ihre Frage nicht zu Ende bringen konnte, und sie verloren sich in einen weiteren leidenschaftlichen Kuss.

»Keine Fragen mehr, Darling«, bat er sie anschließend. »Lass uns nach vorne blicken und hoffen, dass am Ende alles gut wird.

»Das wird es«, war Lisa sich sicher. »Wenn wir beide nur immer fest zusammenhalten, dann kann nur alles gut werden.«

ZWÖLF

Was für ein herrliches Leben hatte ich!
Ich wünschte nur, ich hätte es früher bemerkt.

COLETTE
FRANZÖSISCHE SCHRIFTSTELLERIN
UND VARIETÉKÜNSTLERIN
(1873–1954)

Zu der Zeit, als Lisa und Johannes eng umschlungen in ihrem Ehebett lagen, erwachte Emmi Wagner aus ihrem Tiefschlaf, der fast drei Wochen angedauert hatte. Sie fühlte sich schlapp, war im ersten Moment auch etwas orientierungslos, doch als sie begriff, wo sie sich befand, da erreichte sie innerhalb von wenigen Augenblicken das volle Bewusstsein zurück. Ihr Erinnerungsvermögen war in keiner Weise beeinträchtigt. Emmi Wagner konnte sich an jedes noch so kleine Detail vor ihrem verheerenden Sturz erinnern, an jedes hässliche Wort, das ihre jüngste Tochter Greta ihr entgegengeschleudert hatte. Und auch daran, dass Harry Westermann noch versucht hatte, sie festzuhalten. Die Geschehnisse liefen wie ein Film auf der Leinwand von Anfang bis zum Ende vor ihrem inneren Auge ab. Greta, wie sie in ihren Sportwagen gesprungen war, Harry, der versucht hatte, ihre Tochter am Wegfahren zu hindern, Lisa, die oben auf der Treppe gestanden und geschrien hatte, und sie selbst, wie sie sich aus einem Impuls heraus direkt vor das Auto ihrer Tochter gestellt hatte. Es war stockdunkel gewesen, und Greta hatte in der Aufregung wohl vergessen, die Scheinwerfer einzuschalten, so dass ihre Tochter sie gar nicht hatte sehen können.

Als der Professor darüber informiert wurde, dass seine Patientin aus dem Koma erwacht war, kam er sofort zu ihr geeilt. Er berichtete ihr von den Folgen ihres Sturzes, der so unglücklich gewesen sei, dass sie sich dabei ein schweres Schädel-Hirn-Trauma zugezogen hatte. Da ihm Emmi Wagner, obwohl sie selbst nicht sprechen konnte, aufnahmefähig vorkam und er sie privat kannte und wusste, dass sie vollständig über ihren Gesundheitszustand aufgeklärt werden wollte, hielt er sich mit seinen Worten nicht zurück. Wenn auch mit schonender Stimme und zuversichtlichen Blick teilte er ihr die schreckliche Wahrheit mit.

»Die Aussichten nach einer Schädel-Hirn-Verletzung hängen von vielen Faktoren ab. Je schwerer die Hirnschädigung, je länger der Betroffene bewusstlos und je älter er ist, desto schlechter ist die Prognose. Ein nicht unerheblicher Teil an Schädel-Hirn-Patienten verstirbt, ähnlich viele bleiben schwerbehindert, und der geringste Anteil der Patienten erholt sich wieder davon, teilweise sogar vollständig.«

Emmi konnte sich zwar weder bewegen noch sprechen,

doch sie stellte für sich bemerkenswert sachlich fest, dass sie wohl zeit ihres Lebens schwerbehindert bleiben würde.

»Werte Frau Wagner, ich weiß, all das hört sich gerade schlimm für Sie an. Doch ich bitte Sie, auf sich selbst zu vertrauen und darauf, dass Sie glücklicherweise in der Lage sein werden, sich den besten Rehabilitationsbehandlungen zu unterziehen. In der Nachbarschaft der Sprachzentren befinden sich motorische und sensible Regionen, die für die Bewegungssteuerung und die Körperwahrnehmung der jeweils gegenüberliegenden Körperseite zuständig sind. Lähmungen sind wie Sprachstörungen ein häufiges Symptom nach Schädel-Hirn-Verletzungen, aber sie sind durchaus behandelbar. Ja, wir Mediziner erleben immer wieder, dass ein zunächst hoffnungslos erscheinender Patient sich durch gezielte Therapiemaßnahmen nahezu vollständig erholt.«

Emmi hätte gerne etwas erwidert, doch ihr Sprachzentrum war nun einmal gelähmt, und vielleicht war das auch gerade ganz gut so, dachte sie im nächsten Moment. Was sie dem zuversichtlich lächelnden Professor liebend gern gesagt hätte, hätte ihm unter Garantie nicht besonders gut gefallen. Geh zum Teufel, du Quacksalber!

Am nächsten Morgen kam Lisa zu ihrer Mutter ins Krankenhaus geeilt. Kurz zuvor hatte sie erfahren, dass der Professor ihrer Mutter die schlimme Nachricht über ihren Gesundheitszustand mitgeteilt hatte, ohne dass jemand anwesend gewesen war, der ihr nahestand und ihr Trost und Zuversicht spenden konnte. Was sie nicht ahnen konnte, Harry Westermann hatte auf dem Gang gesessen und war nicht zu ihr vorgelassen worden, weil er kein Familienmitglied war. Aber wenn Emmi sich dessen bewusst gewesen wäre, dann hätte sie den Ärzten versucht, klarzumachen, dass sie keinesfalls wollte, dass Herr Westermann zu ihr ins Krankenzimmer gelassen wurde. So … nein, so sollte er sie nicht sehen. Niemals …

Die sonst so beherrschte Lisa verlor jegliche Contenance und vergaß zudem ihre gute Erziehung, auf die Emmi stets großen Wert gelegt hatte. Sie warf dem Professor ein unverantwortliches Verhalten vor, woraufhin dieser nur abwinkte und zu einer anderen Patientin eilte. So zumindest schilderte Lisa es ihrer Mutter, als sie vor ihrem Bett stand. Lisa empörte sich aufs Äußerste über den Professor, sie schimpfte und fluchte, und Emmi ahnte, dass sie mit Wut im Bauch am ehesten in der Lage war, ihre Tränen zurückzuhalten.

Lisa wollte Zuversicht ausstrahlen. Sie wollte mit jedem Wort, jeder Regung, jeder Geste nicht den Hauch eines Zweifels daran aufkommen lassen, dass sie fest davon überzeugt war, dass Emmi Wagner wieder vollständig genesen würde. Dafür war Emmi ihr dankbar und versuchte, ihr das mit Blicken zu sagen. Sie hier und jetzt an ihrer Seite zu haben, war etwas, was ihr die Welt bedeutete.

»Muttilein«, sagte Lisa mit belegter Stimme und streichelte Emmis Oberarm, »du bist stark, du bist eine Kämpferin. Und darum wirst du auch wieder ganz gesund werden. Du schaffst das, wir schaffen das gemeinsam. Und dann ist da ja auch noch der nette Herr Westermann.« Wissend zwinkerte Lisa, während Emmi innerlich zusammenzuckte. Harry, er war also hier im Krankenhaus gewesen. Er hatte sie so gesehen … hilflos daliegend, zu keiner Regung, zu keinem Wort mehr fähig. War das die Strafe dafür, dass sie ernsthaft mit dem Gedanken gespielt hatte, ihrem Emil die Treue zu brechen, die sie ihm einst an seinem Grab geschworen hatte?

»Greta war auch ganz oft hier und hat für dich gebetet, Mutti«, redete Lisa weiter. »Sie weiß noch gar nicht, dass du endlich wieder aufgewacht bist, ich bin heute ganz früh aus dem Haus und wollte sie nicht wecken. Sonst wäre sie mit ins Krankenhaus zu dir gekommen. Und Großmutter muss ein paar Tage das Bett hüten. Aber sorg dich bitte nicht, Mutti, der Doktor meinte, sie ist bald wieder auf den Beinen.«

Kurz darauf musste sich Lisa dann aber schon wieder verabschieden, weil die Krankenschwester sie freundlich, aber bestimmt zum Gehen aufforderte.

»Ihre Mutter benötigt noch sehr viel Ruhe«, erklärte sie, und Lisa kam der Aufforderung der Krankenschwester auch augenblicklich nach.

»Bis Morgen, Muttilein, und hör auf das, was die nette Schwester dir rät.« Lisa beugte sich über sie und gab ihr einen Kuss auf die Stirn. »Morgen bringe ich auch Greta mit. Versprochen. Und vielleicht darf ja auch der nette Herr Westermann zu dir. Ich frage mal die Ärzte.«

Nein, bitte nur das nicht, wollte Emmi ihrer Tochter zurufen. Ich will nicht, dass Harry mich so sieht. Ich will, dass er wieder sein Leben lebt und nicht auf die Idee kommt, sich mir in irgendeiner Art noch verpflichtet zu fühlen. Aber sie bekam keinen Laut über die Lippen, es funktionierte einfach nicht. Nichts gehorchte ihr nicht mehr. Nur noch ihre Augenlider.

Nachdem Lisa gegangen war, machte die Schwester sich daran, Emmi vorsichtig von rechts nach links zu drehen und wieder zurück, so dass sie ihr das Kopfkissen neu herrichten und anschließend auch die Bettdecke aufschütteln konnte.

»Mit Ihrer Tochter haben Sie wirklich großes Glück, Frau Wagner«, sagte sie, und ihr Lächeln wurde noch eine Spur herzlicher. »Sie hat Tag für Tag hier an Ihrem Bett gesessen, Ihre Hand gehalten und Ihnen gut zugeredet. Und draußen auf dem Gang hat der freundliche Herr Westermann darauf gewartet, irgendetwas von Ihnen zu hören. Leider durften wir ihn nicht zu Ihnen vorlassen, weil er kein Familienangehöriger ist und niemand sagen konnte, ob Ihnen das überhaupt recht wäre. Trotzdem war er jeden Tag hier.«

Das mit Lisa weiß ich, dachte Emmi, ich weiß sehr genau, dass ich mich zu jeder Zeit auf sie verlassen kann. Und dass man Harry nicht zu ihr vorgelassen hatte, beruhigte sie ungemein. Der Gedanke, dass er sie so gesehen haben könnte, nein, Harry sollte sich besser wieder um sein Leben kümmern und aus ihrem verabschieden. Es war besser für sie, aber vor allem für ihn.

Den Namen ihrer jüngeren Tochter und dass diese ebenfalls an ihrem Krankenbett auf ihr Erwachen gehofft hatte, erwähnte die freundliche Schwester nicht. Doch das bedeutete keine Enttäuschung für Emmi, denn sie hatte nicht damit gerechnet, dass Greta den Mut und die Kraft dafür aufgebracht hatte. Dennoch nahm sie ihr ihr Fernbleiben nicht übel. Ebenso wenig wie den Unfall, den Greta zwar verursacht, aber nicht gewollt hatte. Niemals hätte sie ihr etwas verübeln oder gar nachtragen können, denn Greta war ihre Tochter, ihre und die ihres geliebten Ehemannes Emil Wagner, den sie kurzzeitig vergessen hatte, weil sie daran geglaubt hatte, noch einmal mit einem anderen Mann glücklich werden zu können.

So ein Trugschluss, solch ein Unsinn!

Es dauerte zwei Tage, bis Greta schließlich den Mut aufbrachte und zaghaft das Krankenzimmer betrat. Sie kam Emmi Wagner wie ein kleines verschüchtertes Vögelchen vor, das jederzeit bereit war, davon zu flattern. Und als sie nach ihrer Hand griff, sie fest mit ihren zierlichen Händen umfasste, fühlten diese sich ganz kalt und feucht an – Angstschweiß. Greta hatte Angst davor, dass sie, Emmi, mit ihr brechen würde. Für alle Zeiten.

»Muttilein, ich … ich …«, begann sie leiser Stimme zu stammeln, »… wollte das nicht. Das musst du mir bitte glauben.«

Emmi hätte ihr gerne erklärt, dass ihr das sehr bewusst war

und sie ihr wirklich nichts nachtrug, doch sie war nicht einmal dazu in der Lage, den Händedruck ihrer Tochter zu erwidern. Was Emmi ein wenig kontrollieren konnte, das war ihre Mimik, und so lächelte sie ihre jüngste Tochter an und sah ihr dabei bedeutungsvoll in die tränengefüllten himmelblauen Augen.

Greta schien zu verstehen und atmete durch. »Danke, Mutti«, wisperte sie, beugte sich über Emmis Hand und drehte sie vorsichtig, so dass sie ihre Wange hineinschmiegen konnte.

Eine lange Weile verharrte Greta in dieser Position und sprach kein Wort. Emmi meinte, zu ahnen, was in ihr vorging, lange, bevor Greta stockend zu erzählen anfing, was sie zutiefst bewegte.

»Ich will überhaupt nicht so sein, Mutti, so … so oberflächlich und herzlos, so rücksichtslos und selbstverliebt, nein, Muttilein, das musst du mir bitte glauben. Es ist nur so, dass Lisa nie Fehler gemacht hat, immer auf dem rechten Weg war und alles im Handumdrehen bewältigt hat. Jeder bewundert sie, wirklich jeder. Sogar die schreckliche Witwe von Onkel Friedhelm, Tante Gundula, die sonst für jeden nur abfällige Bemerkungen übrig hat. Und das ist kein Wunder, denn Lisa ist einfach nur wunderbar. Sie ist strebsam, hat das Abitur mit Leichtigkeit bewältigt, genauso wie ihr Studium, und ich liebe sie von ganzem Herzen. Das Letzte, was ich möchte, ist, dass ihr jemand wehtut, sie verletzt, ihr schadet. Das hat sie einfach nicht verdient, und außerdem ist sie doch meine Schwester. Und ja, ich gebe es zu, ich bin in den letzten Jahren immer mal wieder eifersüchtig auf sie gewesen, weil sie eben so … so …

wunderbar war und ist. Und dann heiratet sie ausgerechnet diesen Kerl, diesen Schuft, und keiner von euch will mir glauben, dass er nichts anderes im Schilde führt, als Lisa unglücklich zu machen. Ihr denkt alle, die beiden werden die Fabrik wunderbar leiten, nebenbei zwei entzückende Kinder bekommen, und alles ist schön. Aber so wird es nicht sein, denn irgendwann wird Lisa dahinterkommen, was er treibt, und daran zerbrechen, weil sie ihn so sehr liebt und vertraut und …«

Greta brachte ihren Satz nicht zu Ende, denn in diesem Moment steckte die nette Krankenschwester den Kopf zur Tür herein und erklärte, dass die Besuchszeit nun zu Ende sei. Sie sprach freundlich wie immer, aber nicht annähernd so warm und mitfühlend wie zu Lisa.

Bereitwillig folgte Greta der Aufforderung der Schwester. Emmi kam es sogar so vor, als wäre sie dieser für ihr Auftauchen dankbar, denn sie hätte ihr vielleicht etwas gestanden, was sie später bereuen würde. Aber das konnte sie sich auch einbilden.

»Ich komme dich morgen wieder besuchen, Muttilein«, versprach sie Emmi und verließ dann eilig das Krankenzimmer.

Und während die freundliche Krankenschwester wie ein jedes Mal, wenn sie an Emmi Wagners Bett erschien, das Kissen richtete, das Deckbett aufschüttelte, sich dabei freundlich mit ihr unterhielt, wurde Emmi bewusst, schmerzlich bewusst, dass Greta mit vielem, was sie gesagt hatte, recht hatte.

Auch sie traute Johannes nicht. Aber das war das eine; was weitaus schlimmer war, war die Erkenntnis, dass Greta bei ihr nie eine Chance gegen Lisa gehabt hatte. Obwohl Greta ihre leibliche Tochter war und Lisa die ihrer verstorbenen Schwester Anni, hatte sie sich stets mehr um Lisa bemüht, sie keinesfalls spüren lassen wollen, dass sie nicht ihre wahre Mutter war. Emmi war es so wichtig gewesen, es Lisa zu keinem Zeitpunkt spüren zu lassen, dass sie dabei ihr Gretelchen oftmals einfach vernachlässigt hatte. Gretas Bedürfnisse, ihre Gedanken, Wünsche, Hoffnungen und Träume hatten bei ihr meistens an zweiter Stelle gestanden, in der übergroßen Bemühung, Lisa nicht zu benachteiligen. All ihre Allüren, ihre Männergeschichten, ihre schulischen und beruflichen Probleme und auch ihr Versagen und Rebellieren waren nichts anderes gewesen als ein Schrei nach Beachtung, Anerkennung … hier bin ich, Mutti. Jawohl, du hast auch noch eine zweite Tochter, nämlich mich. Und was Johannes betraf, Emmi spürte, dass Greta hier weitaus mehr wusste, als sie ihr eben gestanden hatte.

»Liebe Frau Wagner«, rief die Krankenschwester aus. »Wenn die Besuche Ihrer jüngeren Tochter Sie derart aufregen, dann sollte ich wohl besser den Professor darüber informieren.«

Emmi verstand im ersten Augenblick nicht, wie die Krankenschwester das annehmen konnte, bis sie die Tränen spürte, die ihr von den Wangen in das blütenweiße, frisch aufgeschüttelte Bettkissen tropften. Doch viel mehr sorgte die Schwester wohl das, was auf den Geräten zu sehen war, an denen sie mit zahlreichen Kabeln und dünnen Schläuchen angeschlossen war. Die Maschinen blinkten und piepten, als stünde Emmi kurz vor einem erneuten Kollaps.

»Der Professor wird unverzüglich mit Ihrer Tochter reden, das verspreche ich Ihnen, liebe Frau Wagner, so dass sie Ihrem Krankenbett erst einmal fernbleibt. Sie können sich auf mich verlassen.«

Nein!, wollte Emmi ausrufen. Nein, so ist es nicht. Doch sie bekam natürlich keinen Ton über die Lippen, nur ein sonderbares Gurgeln gelang ihr, das die Schwester jedoch als Zustimmung auffasste.

Wenig später verließ sie Emmis Krankenzimmer wieder, ohne auch nur im Ansatz zu ahnen, was sie durch ihre falsche Annahme gerade in Emmi in Bewegung gesetzt hatte: die große Sorge, dass der Professor tatsächlich ihrer Jüngsten die Besuche bei ihr untersagen könnte, aber vor allem, wie schlimm, wie erschütternd und enttäuschend diese Botschaft für Greta sein würde, wo sie ihr doch gerade etwas von ihrem tiefsten Seelenleid offenbart hatte.

Es blieb Emmi nur ein Ausweg, eine einzige Möglichkeit, ihr jahrelanges Versäumnis nachzuholen, Greta zu sagen, dass sie ihr größtes Glück war und in keiner Art und Weise bei ihr hinter Lisa anstand. Und ja, dass sie ihr in Hinblick auf Johannes glaubte.

Sie musste kämpfen, sich ins Leben zurückkämpfen, um es ihrer Tochter von Angesicht zu Angesicht und mit ihren eigenen laut ausgesprochenen Worten mitteilen zu können.

DREIZEHN

Missverständnisse und Trägheit machen
vielleicht mehr Irrungen in der Welt als List und Bosheit.

JOHANN WOLFGANG VON GOETHE
DEUTSCHER DICHTER
(1749–1832)

Greta wurde am nächsten Tag unten in der Halle von ihrer Schwester Lisa abgefangen, als sie gerade im Begriff war, die Villa zu verlassen.

»Greta, warte doch bitte einen Moment«, bat Lisa sie.

Augenblicklich kam Greta die Sache mit Johannes in den Sinn, dass sie ihre Schwester betrogen hatten – mit einem gewissen Gefühl des Triumphes. *Ich wusste doch genau, dass ich mich nicht getäuscht habe.* Der *perfekte* Ehemann ihrer *perfekten* Schwester war genau das, was sie immer schon gewusst hatte, ein habgieriger Betrüger. Und alles in Greta brannte geradezu darauf, Lisa den Beweis dafür zu erbringen, indem sie ihr erzählte, was zwischen ihr und Johannes vorgefallen war.

Johannes, da war sich Greta sicher, betrog Lisa, wann immer sich ihm eine Gelegenheit dafür bot. Sie hätte es Lisa so gern bewiesen, wusste aber, wenn ihre Schwester davon erfahren würde, dann würde das Band, das sie trotz der vielen Streitereien noch immer zusammenhielt, für alle Zeiten durchtrennt werden.

»Was gibt es denn so Wichtiges?«, gab Greta etwas mulmig zurück. »Ich habe Mutti versprochen, sie am Vormittag zu besuchen, und möchte sie nun nicht unnötig lange warten lassen.«

Lisa räusperte sich. »Das ist es, worüber ich mit dir reden möchte, Greta«, erklärte sie mit belegter Stimme.

»Über meinen Krankenhausbesuch bei Mutti? Was gibt es denn darüber zu reden?«, wunderte Greta sich.

Lisa räusperte sich. »Der Professor hat sich gestern gegen Abend telefonisch bei mir gemeldet …«

Greta blieb das Herz stehen. »Um Himmels willen, ist etwas mit Mutti? Hat sich ihr Zustand verschlechtert, oder ist sie …«

Lisa beeilte sich abzuwinken. »Nein, es geht ihr unverändert ganz gut.«

Greta atmete auf. »Und warum sagst du dann so etwas? Was soll das, Lisa? Willst du dich mal wieder aufspielen?«

Von Gretas scharfen Worten getroffen zuckte Lisa zusammen, bevor sie mit nahezu sachlicher Stimme sagte: »Der Professor hat deinetwegen angerufen. Dein Besuch gestern bei Mutter scheint sie sehr mitgenommen zu haben, so dass man im Krankenhaus zu dem Entschluss gekommen ist, uns nahezulegen, dass du dich bis auf Weiteres besser von Mutters Krankenbett fernhalten möchtest.« Lisa atmete tief durch und fügte dann etwas versöhnlicher hinzu: »Ich hätte es dir gerne schonender mitgeteilt, aber letztendlich ändert es ja auch nichts daran, dass du Mutter gerade nicht guttust, Greta.«

Greta hatte das Gefühl, jemand würde ihr eine eiskalte Klinge mitten ins Herz rammen. Gleichzeitig legte sich eine unerbittliche Hand um ihren Hals und schnürte ihr die Luft ab. Daher bekam sie keinen Ton heraus, nur ein Röcheln, bevor sie mit größter Anstrengung auf dem Absatz kehrtmachte und zurück in ihre persönlichen Räume lief.

In ihrem Salon ließ sie sich auf das weinrote Kanapee sinken, auf dem sie es mit ihrem Schwager getrieben hatte, und wollte in ihrem Schmerz wieder aufstehen, zu ihrer Schwester zurückeilen, um ihr brühwarm entgegenzuschleudern, was sie und ihr Ehemann neulich so miteinander veranstaltet hatten. Ja, Greta wollte sehen, wie Lisas feine Gesichtszüge entglitten und ihr die Luft wegblieb, weil der Schmerz so übergroß war, dass sie endlich mal ihre verdammte Contenance verlor. Sie war bereits an der Tür, als sie es sich doch anders überlegte. Der Schock, die Verletzung musste für Lisa noch viel größer und zerstörender sein. Sie musste so bildhaft und andauernd in Lisas Erinnerung verankert sein, dass da für lange Zeit kein Platz für bessere Bilder sein würde. Lisa musste ihren wunderbaren und treusorgenden Ehemann mit ihrer Schwester, die unbedingt dem Krankenbett der Mutter fernbleiben sollte, in flagranti erwischen.

Also öffnete Greta langsam die krampfhaft geballten Hände, wandte sich von der Tür ab und ging in ihr luxuriöses Badezimmer, wo sie sich vor den großen Spiegel mit dem wunderbar geschwungenen Metallrahmen stellte und sich eine Weile lang darin betrachtete.

»Wer bist du?«, fragte sie ihr Spiegelbild, und als sie darauf keine Antwort bekam, ballte sie erneut die rechte Hand zur Faust und schlug mit aller Kraft dagegen. Der Spiegel brach, während sich ein schlimmer Schmerz in ihrer Hand ausbreitete. Blut quoll aus mehreren Schnittwunden, die sie von ihrem Zeigefinger bis zum kleinen Finger hinzogen.

Greta spürte den Schmerz, aber nicht in ihrer noch immer geballten Hand, sondern nur und ausschließlich in ihrem Herzen.

Das Blut tropfte auf die Waschschüssel aus weißem Porzellan. Noch immer stand Greta einfach nur da und betrachte ihr verzerrtes Gesicht in den zersprungenen Resten im schön geschwungenen Metallrahmen. Wahrscheinlich hätte sie noch eine halbe Ewigkeit so dagestanden, wenn nicht Elsa, ihre ehemalige Kinderfrau, Gretas Räumlichkeiten betreten hätte.

»Lotte?«, rief sie nach dem neuen Zimmermädchen. »Bist du im Badezimmer?«

Greta räusperte sich. »Nein, ich bin es, Elsa.«

»O, Verzeihung. Ich war der Meinung, du hättest das Haus verlassen, Greta. Ich wollte nachsehen, ob Lotte auch ordentlich sauber gemacht hat«, begann sie sich zu erklären. »Sie ist leider noch etwas nachlässig, so dass ich ihr auf die Finger sehen …«

»Alles bestens«, fiel Greta ihr ins Wort. Sie griff nach einem der blütenweißen Handtücher, um es sich um die blutende Hand zu wickeln. Die Bewegung verursachte einen schlimmen Schmerz. Ein leises Aufstöhnen entwich es ihr, was Elsa sofort aufhorchen ließ.

»Da stimmt doch etwas nicht«, rief Elsa, und bevor Greta widersprechen konnte, war sie zu ihr ins Badezimmer geeilt gekommen. Solch eine Vertrautheit ziemte sich natürlich nicht für eine Hausangestellte, doch Elsa war so lange Gretas Amme gewesen, dass sie sich erlauben konnte, auf gewisse Anstandsregeln zu verzichten.

»Herrgott im Himmel!«, rief Elsa erschrocken aus, als sie Gretas blutüberströmte rechte Hand sah. In Windeseile war sie an Gretas Seite, und das keine Sekunde zu früh, denn so allmählich hatte Greta erfasst, was geschehen war, und beim Anblick des vielen Blutes wurden ihr die Knie weich. Wenn Elsa sie nicht am Ellbogen gehalten hätte, wäre Greta zu Boden gegangen. So aber bekam sie Greta gerade noch rechtzeitig am Ellbogen zu fassen und führte sie hinüber zu dem hellen Korbsessel, der sich gegenüber der großen Badewanne befand. Nachdem Greta Platz genommen hatte, lief Elsa aus dem Badezimmer, um wenig später mit Verbandsutensilien zurückzukehren. Gefolgt von Lisa, die wohl in aller Eile von Elsa verständigt worden war.

»Greta, was ist geschehen?«, rief Lisa erschrocken und war auch schon an ihrer Seite. Während Elsa sich bemühte, einen Druckverband anzulegen, strich Lisa ihrer Schwester sanft über die Schulter. Dabei sah sie wirklich besorgt aus und klang auch so, als sie noch mal von ihr erfahren wollte: »Wie konnte das nur geschehen?«

Greta überlegte, sie war trotz des Schmerzes, den sie nun immer intensiver in ihrer Hand verspürte, in der Lage abzuwägen, was wohl schlimmer in diesem Augenblick für ihre große Schwester sein könnte. Die Wahrheit oder eine Notlüge?

Sie beschloss, dass sie bei der Wahrheit bleiben musste. »Ich habe gegen den Spiegel geboxt und mir dabei die Hand aufgeschnitten. Nun fragst du dich, warum ich so etwas Dummes getan habe. Auch das beantworte ich dir gerne, Schwesterherz, weil ich dank deiner Eröffnung, dass meine Gegenwart Gift für Mutters Genesung sei, mich selbst nicht mehr ertragen konnte.«

»Aber … aber …«, begann Lisa sichtbar verzweifelt zu stammeln, »so war das doch überhaupt nicht gemeint. Der Professor hat angeru…«

»Spar dir deine Worte«, schnitt Greta ihr gehässig das Wort ab. »Es kommt am Ende doch sowieso immer wieder dasselbe dabei heraus, du hast alles richtig gemacht, ich natürlich nicht. Und jetzt sei so gut, und verschwinde aus meinem Badezimmer.«

Als Lisa sich dennoch nicht rührte, brüllte Greta: »Hast du es nicht verstanden, du sollst verschwinden!«

Aufschluchzend verließ Lisa das Badezimmer, während Elsa Greta kopfschüttelnd ansah und sagte: »Warum seid ihr nur so grob miteinander, Gretelchen? Früher hat kein Blatt zwischen euch gepasst, und jetzt bringt ihr einander zum Weinen. Wie kann das nur sein?«

Bockig wie ein kleines Kind zuckte Greta mit den Schultern. »Dafür gibt es Gründe. Und außerdem bist du nicht mehr unsere Amme, Elsa, was du anscheinend vergessen hast. Kümmere dich lieber um deine Söhne, die können es gebrauchen.«

Tief durchatmend erhob sich Elsa. »Nun gut, ich kann dich nicht zwingen, dich zu benehmen. Das liegt längst nicht mehr in meiner Hand, da hast du recht. Aber ich kann feststellen, dass du jetzt dringend zum Doktor musst. Ich gehe davon aus, dass die Schnitte genäht werden müssen. Fritz ist gerade zu Besuch hier. Ich werde ihn bitten, dich zu Doktor Albrecht zu fahren.«

Im ersten Moment wollte Greta widersprechen, sie brauche keinen Doktor, auch nicht den langjährigen Hausarzt der Wagners, die Wunden würden auch so verheilen. Doch dann erkannte sie, dass der notdürftige Verband, den ihr Elsa angelegt hatte, sich allmählich rot verfärbte und somit die Blutung nicht gestoppt war.

»Ruf mir bitte ein Taxi, ich möchte deinen Sohn nicht bemühen.«

»Das ist keine Mühe, Greta, sondern eine Selbstverständlichkeit«, wies die Hausdame ihren Einwand jedoch entschlossen zurück. »Fritz fährt dich!«

Keine zehn Minuten später saß Greta auf dem Beifahrersitz des recht schlichten Kleinwagens, in dem Elsas ältester Sohn Fritz angefahren gekommen war. Greta hatte ihn das letzte Mal vor knapp zwei Jahre gesehen, als er gemeint hatte, sie mit einem wagemutigen Sprung in den Kanal beeindrucken zu können. Seitdem war er immer nur kurz daheim gewesen, so dass sie ihn nie zu Gesicht bekommen hatte. Warum auch, sie verband nichts mit ihm, außer ein paar schönen Kindheitserinnerungen. Und einer schallenden Backpfeife, die sie ihm vor geraumer Zeit einmal verpasst hatte.

»Wie hast du das denn bloß wieder angestellt, Gretel?«, wollte Fritz in der altbekannten Vertrautheit von ihr wissen, nachdem er den Motor gestartet hatte.

»Was interessiert es dich!«, gab sie patzig zurück.

Fritz lachte auf. »Ich merke schon, du bist noch immer dieselbe Kratzbürste. Ich dachte, in den letzten zwei Jahren hätte sich das vielleicht geändert.«

»Wenn du es sagst«, murmelte Greta und starrte demonstrativ aus dem Fenster in der Beifahrertür hinaus.

Bis sie Doktor Albrechts Arztpraxis erreicht hatten, sprachen sie kein Wort mehr miteinander. Greta war viel zu sehr mit ihren wild durcheinanderlaufenden Gedanken beschäftigt, die immer wieder in der schmerzlichen Tatsache mündeten, dass ihr Anblick für die Genesung ihrer Mutter nicht gut war, ihr vielleicht sogar schadete.

Was Fritz dachte, interessierte Greta nicht mehr ansatzweise, so wie seine gesamte Person. Das war vorbei. Lange vorbei. Daher erklärte sie, er solle nach Hause fahren, nachdem er seinen Wagen vor Doktor Albrechts Praxis gelenkt und angehalten hatte.

»Ich warte hier auf dich!«, gab er jedoch entschlossen zurück.

»Das ist nicht notwendig. Ich nehme mir ein Taxi für den Rückweg.«

Fritz blieb dabei. »Was vollkommen überflüssig ist und dazu Geldverschwendung, denn ich bin ja bereits hier. Außerdem habe ich es meiner Mutter versprochen.«

Greta sah ein, dass es sinnlos war, mit Fritz zu diskutieren. »Wenn es dir so wichtig ist und du sonst nichts Gescheites mit deiner Zeit anzufangen weißt, bitte schön«, erklärte sie und beschloss, später den Seiteneingang zu nehmen und dann zum Bahnhof zu laufen, wo sich ein Taxistand befand. Sollte der besserwisserische Fritz doch hier in seinem schrecklichen Auto auf sie warten, bis es dunkel wurde und er endlich begreifen würde, dass sie keinen Wert mehr auf seine Gesellschaft legte.

Gretas Hand musste mit mehreren Stichen genäht werden. Obendrein bekam sie einen unförmigen Schienenverband vom Doktor angelegt, der sich sicher war, dass nur so gewährleistet wurde, dass sie die Hand auch gefälligst stillhielt.

»Ich möchte überhaupt nicht wissen, Greta, wie du das angestellt hast, was ich mich jedoch frage, ist, ob du nicht allmählich mal erwachsen wirst und deiner Schwester in dieser schweren Zeit zur Seite stehst, statt ihr noch mehr Kummer zu bereiten.«

Mit diesen Worten entließ der Doktor Greta. Sie fühlte sich so klein und wertlos, dass sie nicht einmal die Kraft aufbrachte, sich wie vorhin geplant, aus der Seitentür zu schleichen, und zum Taxistand am Bahnhof zu laufen. So ließ sie sich auf den schmalen Beifahrersitz sinken, nickte Fritz zu, als er sie fragte, ob es ihr gut ginge, und schwieg, bis sie die Villa erreicht hatten und sie mit steifen Schritten hinauf in ihre Räumlichkeiten lief.

»Sehr gerne geschehen, Gretel«, rief Fritz ihr hinterher. Nicht spöttisch, eher … fürsorglich. Ach was, das musste sie sich eingebildet haben, bestimmt waren seine Worte vorwurfsvoll gemeint.

VIERZEHN

Nichts ist leichter als Selbstbetrug, denn was ein Mensch wahr haben möchte, hält er auch für wahr.

DEMOSTHENES
GRIECHISCHER REDNER
(384 V. CHR.- 322 V. CHR.)

Fünf Monate später

Schwungvoll drückte Lisa die Vorzimmertür auf. Sie lächelte ihre Sekretärin an und bat sie: »Können Sie mir bitte noch ein paar Minuten herausschinden, Krämerchen?«

Krämerchen, eigentlich Fräulein Ilse Krämer, seufzte übertrieben kummervoll, bevor sie erklärte: »Ich werde es versuchen, Frau Falkenstein. Aber Sie wissen ja, wie sehr der Konradis auf Pünktlichkeit besteht.«

Lisa nickte. »Das weiß ich. Genauso wie ich weiß, dass es nur eine Einzige hier in der Fabrik gibt, die ihn vertrösten kann, nämlich Sie, liebes Krämerchen.«

»Hach«, machte Ilse Krämer und winkte ab. »Sie nun wieder.«

»Dann erwarte ich den Konradis in einer guten halben Stunde in meinem Büro. Danke sehr, Krämerchen.«

Bevor die Mittfünfzigerin, die bereits Emmi Wagner fest zur Seite gestanden hatte und nun auch Lisa nach Kräften unterstützte, etwas erwidern konnte, war Lisa bereits in ihrem Büro verschwunden. Dort eilte sie zu dem imposanten Schreibtisch, an dem schon ihr Urgroßvater, der einst die Fabrik gegründet hatte, gesessen hatte, und ließ sich tief durchatmend in den cognacfarbenen Lederstuhl sinken.

Sie nahm den Hörer vom Telefonapparat und bat ihre Sekretärin, sie zunächst mit ihrem Mann zu verbinden und im Anschuss daran mit dem Kaiser-Bad-Sanatorium in Bad Pyrmont. Harry Westermann hatte sich stark dafür gemacht, dass Emmi Wagner dorthin verlegt worden war, nachdem man im Krankenhaus nichts mehr für ihre weitere Genesung hatte tun können. Er kümmerte sich rührend um Emmi Wagner, fuhr, so oft es seine Zeit zuließ, zu ihr in das erstklassige Sanatorium und hielt die Familie daheim in der Villa auf dem aktuellen Stand. Es war verrückt, aber er gehörte inzwischen schon beinahe zur Familie, auch wenn er stets auf Abstand blieb und niemand von ihnen so genau wusste, wie Emmi zu ihm stand. Sie hatte es schlichtweg nicht ausdrücken können, niemandem sagen können.

»Wird erledigt«, gab Krämerchen zurück. »Und den Konradis konnte ich auch um eine halbe Stunde vertrösten.«

»Ich habe nichts anderes angenommen, Krämerchen«, gab Lisa zufrieden zurück.

Kurz darauf hatte sie dann ihren Mann Johannes in der Leitung.

»Guten Morgen, Liebster«, begrüßte sie ihn mit sanfter Stimme. »Ich habe dich beim Frühstücken vermisst.«

Johannes lachte leise in den Hörer, und Lisa überkam ein wohliger Schauer. Wie sehr sie sein Lachen doch liebte, wie sehr sie diesen Mann liebte und ihm uneingeschränkt vertraute.

»Darling, ich habe dir gestern Abend doch gesagt, dass ich noch vor sieben Uhr in der Fabrik sein möchte. Du weißt doch, wir haben heute in der Früh wieder einen Probedurchlauf durchgeführt«, verteidigte Johannes sich.

»Stimmt«, räumte Lisa ein. Und jetzt fiel ihr auch wieder ein, wann genau ihr Mann ihr von dem erneuten Probelauf der verbesserten Maschine zur effektiveren Sirup-Gewinnung erzählt hatte, zwischen zwei leidenschaftlichen Küssen, während sie eng umschlungen in ihrem Ehebett gelegen hatten.

»Hmmm … denkst du gerade an dasselbe wie ich, Darling?«, hörte Lisa ihn bedeutungsvoll in den Hörer raunen.

»Ja, Hannes, das tue ich«, gestand sie ihm.

»Vielleicht können wir beide ja die Mittagspause zusammen in deinem Büro verbringen«, schlug er ihr vor. »Lust hätte ich wohl …« Das Wort »Lust« betonte er.

Lisa wurde so warm zumute, dass sie den oberen Knopf ihrer hellblauen Bluse, die sie unter ihrem eleganten Kostüm aus feinster dunkelblauer Schurwolle trug, öffnen musste.

»Johannes«, ermahnte sie ihn nicht ganz ernst gemeint. »Was haben wir uns fest vorgenommen?«

»Berufliches von Privatem zu trennen. Ausnahmslos«, gab

ihr Ehemann zurück. »Was sicherlich richtig ist, aber es kann ja wohl immer mal zu gewissen Ausnahmen kommen, nämlich dann, wenn die Sehnsucht nach meiner wunderschönen Frau so groß ist, dass ich es keinesfalls bis zum Abend aushalten kann und sie deshalb in ihrem Büro …«

»Johannes«, fiel Lisa ihm lachend ins Wort. »Jetzt lass das bitte. Ich habe gleich einen Termin mit Doktor Konradis. Da muss ich meine Sinne beieinanderhaben.«

»Wie bedauerlich«, erwiderte Johannes. Doch dann wurde auch er geschäftlich. »Wenn du den Konradis sowieso bei dir oben hast, dann kannst du doch gleich einmal wegen der Fördermittel bei ihm vorfühlen und …«

»Nein, Johannes«, ließ Lisa ihren Mann erneut nicht weiterreden. »Ich habe dir schon mehrfach gesagt, dass das bitte deine Angelegenheit ist und auch bleiben muss. Wenn ich ihn darauf anspreche, glaubt er sofort wieder an Vetternwirtschaft und sagt mir das auch unumwunden mitten ins Gesicht. Darauf habe ich weder Lust noch die Nerven, denn er kann in solchen Fällen sehr unbequem werden, was nicht besonders hilfreich ist für das Thema, das ich mit ihm zu besprechen habe.«

»Schade«, gab Johannes leichthin zurück. »Aber einen Versuch war es jedenfalls wert.«

Lisa hörte trotz seines lockeren Tonfalls genau heraus, wie enttäuscht er von ihr war, weil sie sich seiner Meinung nach nicht ausreichend für die Weiterentwicklung und Optimierung des Maschinenparks der Zuckerrübenfabrik interessierte. Deswegen war es tatsächlich bereits einige Mal zwischen ihnen zu längeren Diskussionen gekommen. Johannes erwartete von ihr mehr Unterstützung, wo er ihr doch die ersten Wochen und Monate nach dem Unfall seiner Schwiegermutter mit aller Kraft und Energie in der Fabrik den Rücken freigehalten hatte. Doch Lisa bestand konsequent darauf, dass es zu keinerlei Vermischungen ihrer Zuständigkeiten kommen sollte. Wann immer sie mit ihrer Mutter zu früheren Zeiten über bestimmte Abläufe in der Fabrik gesprochen hatte, hatte deren Rat so gelautet: klare Trennungen und vor allem keine Vetternwirtschaft! Gerade Frauen sagte man schnell so etwas nach. Und Doktor Friedhelm Konradis war sowieso fest davon überzeugt, dass Lisa den Platz ihrer Mutter nur vorübergehend einnähme. Spätestens wenn unwiderruflich feststand, dass Emmi Wagner nicht in die Fabrik zurückkehren würde, weil sich ihr Gesundheitszustand nicht verbessert hatte, wovon hier allerdings längst jeder ausging, würde er nichts unversucht lassen, Lisa alsbald vom Thron zu drängen.

»Wie auch immer«, fuhr Lisa nun fort, »ich wollte mich nur noch mal vergewissern, dass dir neunzehn Uhr passt, bevor ich in der Klinik anrufe und den Termin mit dem Oberarzt bestätige. Er macht unseretwegen eine Ausnahme, indem er uns außerhalb der Sprechstunde empfängt, also möchte ich auch unbedingt pünktlich sein.«

Einen kurzen Augenblick lang herrschte Stille am anderen Ende der Leitung. Lisa nahm bereits an, das Telefonat sei unterbrochen worden, da hörte sie Johannes mit bedauernder Stimme sagen: »Darling, das tut mir jetzt wirklich leid, aber ich kann dich nicht nach Bad Pyrmont begleiten. Ich habe gerade mit Thomsen und Finke besprochen, dass wir um achtzehn Uhr einen weiteren Probelauf starten. Diesen Termin kann ich unmöglich verschieben, denn wir haben die Maschine bereits vorbereitet und den Zeitplan festgelegt.«

Für den Hauch eines Augenblicks dachte Lisa: Er lügt, Johannes lügt mich an. Doch genauso schnell war der Zweifel an seiner Aufrichtigkeit auch wieder verflogen. Dennoch konnte sie es sich nicht verkneifen, ihm hörbar verschnupft vorzuhalten: »Du hast doch gewusst, dass wir heute zu Mutti fahren werden, und auch von dem Gespräch mit dem Oberarzt habe ich dir mehrfach erzählt und dich gebeten, dabei zu sein.«

»Darling, ja, natürlich hast du in allen Punkten recht«, gab Johannes zu. »Doch als wir vorhin so fabelhafte Ergebnisse erzielt haben und Finke meinte, jetzt müssten wir direkt am Ball bleiben, da ist mir der Termin tatsächlich nicht gegenwärtig gewesen, so dass ich zugestimmt habe. Selbstverständlich könnten Thomsen und Finke den Lauf auch ohne mich durchführen und mir später davon berichten, doch du weißt, dass ich mich nach wie vor behaupten muss, um als der führende Maschinenbauingenieur von den anderen Herren akzeptiert zu werden. Du kennst das doch zur Genüge, wenn du gleich mit dem Konradis in den Ring steigen musst und ahnst, dass er nur darauf lauert, dir dein eigenes Unvermögen vor Augen zu führen.«

Lisa atmete tief durch. Johannes hatte recht. Leider war es ganz genauso so, wie er es sagte, ihr Ehemann, und sie galten immer noch bei einigen wichtigen Herren in der Fabrik als die beiden Königskinder, die Positionen bekleideten, die ihnen vielleicht aus familiären Gründen zustanden, denen sie jedoch nicht gewachsen waren.

»Nun ja«, erklärte Lisa in einem versöhnlichen Tonfall, »dann ist es jetzt so und nicht mehr zu ändern. Ich werde Großmutter fragen, ob sie sich stark genug fühlt, um mich nach Bad Pyrmont zu begleiten. Wir werden dann wohl übernachten müssen. Zwei so lange Fahrten im Auto an einem Tag, das kann Großmutter nicht mehr durchhalten. Ich könnte zur Not aber auch Harry Westermann fragen, nur tut er schon so unendlich viel für Mutti und uns, da mag ich ihn nicht schon wieder um etwas bitten.«

»Vielleicht ist es gar nicht mal so eine schlechte Idee, Darling, also dort zu übernachten«, fand Johannes. »Besucht deine Mutter, und anschließend geht ihr beiden richtig schick essen. Und was die Hotelbuchung betrifft, das hat Krämerchen doch im Handumdrehen für dich erledigt. Ach so, und über diesen Herrn Westermann müssen wir nicht sprechen, du kennst meine Meinung ihn betreffend.«

Lisa überging seine Anmerkung, denn auf diese erneute Diskussion hatte sie wirklich keine Lust und erst recht keine Zeit. Johannes hielt nicht viel von dem erfolgreichen Autohändler, was daran lag, dass er ihm unaufrichtige Absichten unterstellte. Er konnte sich einfach nicht denken, dass Harry Westermann, dem es weder an Vermögen noch gutem Aussehen mangelte, sich einer Frau verbunden fühlte, die weder sprechen noch sich bewegen konnte. Er war der Meinung, dass so etwas von jeglicher Pflicht befreite, zumal die beiden ja auch überhaupt keine offizielle Beziehung miteinander geführt hatten. Jedenfalls nicht mit Wissen der Familie.

Darum antwortet Lisa auch nur: »Ja, vielleicht sollte ich das tatsächlich so machen. Ich erkundige mich direkt nach dem Termin mit dem Konradis bei meiner Großmutter, was sie davon hält und dann …« Lisa hielt kurz inne, aber nur um sich zu korrigieren. »Ich fahre, ob nun mit oder ohne Großmutter! Zur Not gehe ich eben allein essen und übernachte anschließend in einem guten Hotel. Dann kann ich morgen in der Frühe noch mal bei Mutti vorbeischauen, bevor ich zurück nach Hause fahre.«

Plötzlich war Lisa geradezu euphorisch. Seit einer gefühlten Ewigkeit hatte sie sich so eine kurze Auszeit nicht gestattet. Außerdem freute sie sich sehr darauf, endlich ihre Mutter wiederzusehen, der letzte Besuch bei ihr in Bad Pyrmont war fast einen Monat her. Und auch dem Gespräch mit Emmi Wagners behandelndem Rehabilitationsarzt blickte sie zuversichtlich entgegen, weil dieser am Telefon einige sehr hoffnungsvoll klingende Andeutungen gemacht hatte. So gelang es Lisa, ihre positiven Gedanken und Erwartungen mit in den Geschäftstermin mit dem von ihr gefürchteten Doktor Friedhelm Konradis, einem der wichtigsten Hauptaktionäre der Wagner-Werke, der sie zu einer Kooperation mit der mächtigen Zucker AG drängen wollte, hineinzutragen. Konradis hatte den Ruf eines nicht besonders fairen Geschäftspartners. Wer sich ihm entgegenstellte, der musste stets auf der Hut sein und vor allem wortgewandt und von schneller Auffassungsgabe. Lisa wusste von ihrer Mutter, dass Konradis ein ureigenes Interesse an der Fusion mit der mächtigen Zucker AG hatte, aber Emmi Wagner sich bisher erfolgreich dagegen verwehrt hatte. Nun wollte er allem Anschein nach die krankheitsbedingte Abwesenheit der Fabrikantin ausnutzen, um bei ihrer Tochter endlich an sein Ziel zu gelangen.

Doch Lisa war keinesfalls gewillt, sich von Konradis verunsichern oder gar vor seinen eigenen Karren spannen zu lassen. Sehr sachlich, dabei aber zu jeder Zeit ausgesprochen eloquent und bestens mit der Materie vertraut, stellte sie ihm zwar in Aussicht, die Fusion zu überdenken, doch unterm Strich gesehen war er bei ihr ebenso wenig an sein Ziel gekommen wie bei all seinen Versuchen zuvor bei ihrer Mutter. Dass Lisa ihm so entschlossen die Stirn geboten hatte, schien den sonst so unfreundlichen Konradis wohl imponiert zu haben, so dass er nach der fast zweistündigen Unterredung bei der Verabschiedung im wahrsten Sinne des Wortes den Hut vor ihr zog.

»Ich muss Ihnen gestehen, werte Frau Falkenstein, ich habe Sie aufgrund Ihres doch noch recht jungen Alters ein wenig unterschätzt. Aber die letzten zwei Stunde mit Ihnen haben mich eines Besseren belehrt, so dass ich nun sehr positiv gestimmt auf unsere Zusammenarbeit blicke.«

»Fein«, gab Lisa gelassen zurück, obwohl sie sich über den guten Verlauf des Gespräches und das Lob Konradis' sehr freute. Aber auch das war etwas, was sie von ihrer Mutter gelernt hatte: Lass dein geschäftliches Gegenüber niemals etwas von deinen echten Gedanken und Emotionen spüren. Bleib freundlich, formell und, wenn nötig, auch unverbindlich.

Sie konnte es kaum erwarten, ihrer Mutter, wenn sie erst bei ihr in Bad Pyrmont sein würde, von dem Gespräch und vor allem dem Lob Konradis' zu berichten.

FÜNFZEHN

Die Sprache ist die Kleidung der Gedanken.

SAMUEL JOHNSON
ENGLISCHER GELEHRTER UND SCHRIFTSTELLER
(1709–1784)

Den Ärzten und Schwestern, allen voran dem Krankengymnast Hans-Günther Meinhard, in dem Bad Pyrmonter Kaiser-Bad-Sanatorium war tatsächlich ein kleines Wunder geglückt. Zumindest kam es Emmi Wagner so vor, denn dass sie irgendwann wieder aufrecht sitzen könnte, ihren Kopf, den Hals, die Arme und Hände bewegen, wenn auch noch sehr langsam und mit großer Anstrengung, darauf hatte sie wirklich nicht zu hoffen gewagt. Genauso wenig hatte sie erwartet, dass Harry nicht einen einzigen Moment daran gedacht hatte, in dieser schweren Zeit nicht an ihrer Seite zu sein.

Dabei hatte sie anfangs nicht einmal hierher gewollt. Emmi hatte sich aufgegeben, jawohl, sie musste es sich selbst eingestehen, sie hatte tatsächlich einfach nur noch sterben wollen. Zu Emil in den Himmel hatte sie gewollt. Auf das Wiedersehen mit ihrer Schwester Anni und ihren Vater Gustav hatte sie sich gefreut und auf die langen Gespräche mit ihrem Schwiegervater Hans-Hermann, ja, sogar auf ihre Schwiegermutter Gerlinde. Der Gedanke an ein Wiedersehen mit all ihren Lieben war ihr weitaus verlockender vorgekommen, als ein Leben mit derart schweren Einschränkungen zu führen. Und Harry hatte sie nicht sehen wollen – oder nein, sie hatte von ihm so nicht gesehen werden wollen.

Zunächst hatte sich Emmis Zustand dann auch nicht wesentlich verbessert. Alle möglichen Therapien wurden bei ihr angewandt, und die Ärzte, Masseure, Krankengymnasten und Schwestern gaben sich redlich Mühe mit ihrer Patientin. Ganz besonders Hans-Günther Meinhard hatte sich immer wieder neue Therapiemaßnahmen einfallen lassen und war auch keinen Moment müde geworden, seiner stummen Patientin Mut und Zuversicht zuzusprechen. Er meinte auch, Erfolge zu sehen, wie er sagte.

»Sie schaffen das, Emmi, Sie sind stark und robust, Sie sind eine Kämpferin«, hatte er mehrfach zu ihr gesagt, und Emmi hatte gedacht, woher er sein Wissen über sie herhatte. Er kannte sie doch gar nicht, die starke Fabrikantin Emmi Wagner, die in ihrem Leben schon mit vielen schlimmen Schicksalsschlägen fertiggeworden war, doch an diesem hier nun ernsthaft zu zerbrechen drohte. Diesem jungen und agilen Mann war nur die reglos daliegende Emmi bekannt, die nicht mehr sprechen konnte und sogar Probleme hatte, ihren eigenen Speichel heruntergeschluckt zu bekommen, so dass er ihr seitlich aus den Mundwinkeln lief.

Woher nahm er also den Mut für eine derartig kühne Behauptung?

War Harry derjenige gewesen, der sie den anderen als die stolze und bemerkenswerte Frau beschrieben hatte, die sie einst gewesen war? Es musste wohl so gewesen sein.

Doch nach und nach hatte Emmi dann tatsächlich kleine Veränderungen wahrgenommen – sie hatte gespürt, dass sie wieder ihren eigenen Körper wahrnehmen konnte. Zunächst nur bestimmte Regionen und auch oftmals nur für einige Sekunden. Kaum der Rede wert, hatte Emmi anfangs gedacht. Ein Kribbeln in den Fingerspitzen, das Schlucken gelang ihr selbstständiger und nahezu zuverlässig, so dass ihr nicht ständig jemand den Speichel wegtupfen musste. Kleine Erfolge, der Hauch einer Verbesserung, dennoch keine Entwicklung, die ihr nun wesentlich lebenswerter erschien. Ihr Krankengymnast Hans-Günther und ganz besonders Harry, der jedes Wochenende zu ihr nach Bad Pyrmont gefahren kam, waren jedoch voller Euphorie gewesen und hatten ihr prophezeit, dass diese geringfügigen Verbesserungen nur der Anfang ihrer Genesung bedeuteten. Hans-Günther Meinhard hatte ihr immer wieder von einer Behandlungsmethode erzählt, die ihn sehr begeisterte und mit der er sich gerade intensiv vertraut machte, weil er davon überzeugt war, dass er damit bei Emmi großartige Erfolge erzielen könnte.

Und dann, an einem trüben Vormittag, den Emmi damit verbracht hatte, aus dem Fenster zu starren, nachdem Schwester Hiltrud so aufmerksam gewesen war, ihr Bett direkt an die bodentiefe Scheibe zu schieben, hatte ihr Krankengymnast dann plötzlich in ihrem Zimmer gestanden, um sie zu einer Behandlung abzuholen. Emmi hatte sich gewundert, und auch wenn ihr Körper ihr nicht gehorchen wollte, ihre Gedanken funktionierten erstklassig, so dass ihr sehr wohl bewusst war, dass er außer der Reihe mit ihr arbeiten wollte. Hans-Günther Meinhards Zeiten waren am frühen Nachmittag und an zwei Tagen in der Woche kurz vor dem Abendessen, wenn er mit ihr in die kleine Schwimmhalle der Klinik ging, um sie in der Schwerelosigkeit des Wassers zu therapieren.

Er hatte sie in den Rollstuhl gesetzt, sie entsprechend fixiert, damit sie darin aufrecht sitzen blieb, und war in einen Behandlungsraum mit ihr gefahren, der etwas abseits gelegen und in dem sie bisher noch nie mit ihm gewesen war. Dort hatte er sich dann einen der kleinen weißen Hocker genommen, ihn so platziert, dass er direkt vor ihr saß, ihre beiden Hände ergreifen und ihr fest in die Augen blicken konnte.

»Emmi, ich muss Ihnen etwas gestehen«, begann er, und Emmi wurde tatsächlich etwas mulmig zumute. »Es ist mir wichtig, dass Sie genau verstehen, was ich vorhabe, denn dafür braucht es Ihre uneingeschränkte Mitarbeit.«

Mitarbeit? Emmi hatte sich immer mehr gewundert, denn dass sie gerade dazu nicht in der Lage war, das sollte ihm ja wohl bekannt sein.

»Ich habe Ihnen schon einige Male von einer neuen Methode erzählt, für die ich mich sehr interessiere«, redete Hans-Günther Meinhard weiter. »Allerdings ist man hier in der

Klinik von so etwas … na ja, unkonventionellen Ansätzen nicht angetan, so dass ich dafür keinerlei Erlaubnis habe. Doch ich bin von der Wirkung überzeugt, Emmi, und mir ganz sicher, dass diese Art von Behandlung sich in Ihrem Fall geradezu anbietet. Dabei geht es um nichts Riskantes oder gar Verwerfliches, es sind nur einfache Bewegungen, die es allerdings in sich haben. Man nennt sie Überkreuzbewegungen, die salopp ausgedrückt, dabei helfen, das Gehirn wieder in Schwung zu bringen. Wie Ihnen ja sicherlich bekannt ist, besteht das Großhirn aus zwei Hälften. Während die linke Hälfte als die analytische bezeichnet wird, spricht man bei der rechten von der ganzheitlichen, kreativen Gehirnhälfte. Jede der beiden Hälften hat unterschiedliche Aufgaben: Die linke analytische Hälfte ist zuständig für Einzelheiten, Zahlen, Buchstaben, Strukturen, Planung, Unterschiede, folgerichtiges Denken, Analyse, Buchstaben- und Satzkonstruktionen. Die rechte ganzheitliche ist für Überblick, Bilder, Gefühle, Spontaneität, Ähnlichkeiten, gleichzeitiges Handeln und Denken, Intuition, Rhythmus und Dialekt verantwortlich. Grundsätzlich werden immer beide Gehirnhälften benutzt, eine der beiden ist jedoch die bevorzugte Seite, die vor allem bei spontanen Handlungen entscheidet, wie eine Information aufgenommen wird. Können Sie mir bis dahin folgen, Emmi?«

Habe ich ihm folgen können?, fragte Emmi sich. Obwohl sie sich nicht sicher war, blinzelte sie, was einer Absprache folgend, die sie vor einiger Zeit getroffen hatten, ein Ja bedeutete.

»Es ist ein Versuch, Emmi, aber ich bin mir sehr sicher, damit bei Ihnen etwas Entscheidendes in Gang zu setzen! Ich habe Ihrem Freund Harry Westermann davon erzählt, und er hat gemeint, ich sollte es unbedingt probieren, aber natürlich nur, wenn Sie auch selbst wollen.« Hans-Günther Meinhard wirkte nun geradezu euphorisch. »Durch das schwere Trauma, das bei Ihnen als Folge des Sturzes entstanden ist, arbeiten Ihre beiden Gehirnhälften nicht mehr richtig zusammen. Doch wie ich Ihnen gerade erzählt habe, braucht es das, um zum Beispiel sprechen zu können. Die linke Gehirnhälfte hat die notwendigen Buchstaben, die rechte den Klang, Rhythmus, das Gefühl. Nicht anders ist es mit den körperlichen Bewegungen, sie glücken nur, wenn beide Gehirnhälften zusammenarbeiten. Und hier setzt nun die Therapie an, von der ich gehört habe und die mich wirklich begeistert, weil sie so logisch wie simpel ist. Indem wir immer wieder die Körpermittellinie überkreuzen, entstehen unzählige neue Verbindungen, je mehr Verbindungen zwischen den beiden Gehirnhälften, desto leichter wird Ihnen das Reden fallen und natürlich auch die körperlichen Bewegungen. Professor Doktor Heuer sollte davon jedoch nicht erfahren, denn er hält derartige Ansätze für abwegig. Darf ich Sie also um Ihr Einverständnis bitten, Emmi?«

Ohne zu zögern, blinzelte Emmi wieder. Sie hatte ja ohnehin nichts mehr zu verlieren. Außerdem hatte sie keinen Grund, Hans-Günther Meinhard nicht vertrauen zu können. Egal, was für verrückte Anwendungen und Behandlungen er mit ihr zu veranstalten gedachte.

»Danke, Emmi, ich danke Ihnen für Ihr Vertrauen und werde Sie nicht enttäuschen.«

Dann legte er ihre Hände zurück in ihren Schoß, erhob seinen Zeigefinger und hielt ihn in Höhe ihres Nasenflügel.

»Ich zeichne eine auf der Seite liegende Acht in die Luft«, erklärte er ihr. »Indem Sie mit Ihren Augen meinem Zeigfinger folgen, überkreuzen Ihre Augen immer wieder die Körpermittellinie, was zur Stimulation der beiden Gehirnhälften beziehungsweise der Synapsen führt.«

Hans-Günther Meinhard musste ihr verwunderter Blick aufgefallen sein, denn er fügte hinzu: »Ja, das ist tatsächlich zunächst alles, was Sie zu tun haben, liebe Emmi. Aber nach und nach werden auch Sie aktiv werden, indem Sie die von mir geführten Überkreuzbewegungen selbst durchführen werden.«

Emmi war sich sicher, dass es so weit gar nicht kommen würde, denn dazu musste sie sich schließlich bewegen können … eigenständig, was ihr Krankengymnast ihr erneut angesehen hatte.

»Keine Sorge, Emmi, die Übungen sind kein Hexenwerk, und auch auf die Gefahr hin, dass es mehr als anmaßend ist, Ihnen dieses Versprechen zu machen, aber ich bin sehr davon überzeugt, dass Sie in absehbarer Zeit die Überkreuzbewegungen selbstständig ausführen werden. Und nun sind Sie dran, liebe Emmi, folgen Sie meinem Finger, folgen Sie mit den Augen dem Muster der liegenden Acht …«

Es war für Emmi noch immer ein Wunder, aber Hans-Günther Meinhard hatte ihr tatsächlich keine falschen Hoffnungen gemacht. Während die *normalen*, also die von der Klinikleitung verordneten und erlaubten Therapiemaßnahmen unverändert so weiter durchgeführt und angewandt worden waren, arbeiteten Emmi und Hans-Günther heimlich mit den Überkreuzbewegungen weiter, bis Emmi dann eines Tages tatsächlich wieder so etwas wie die Kontrolle über ihren Oberkörper zurückgewonnen und sich zeitgleich diese schreckliche Schwere in ihrem Sprachzentrum aufzulösen begonnen hatte. Seitdem hatte sich ihr Zustand stetig verbessert.

Dennoch hatte Emmi den Ärzten und auch Harry untersagt, ihrer Familie von ihren Fortschritten zu berichten. Sie hatte anfangs ihrem eigenen Körper noch nicht so recht vertraut, und erst als sie aufrecht im Rollstuhl sitzen konnte, ohne dass ihr Oberkörper dafür an dem Rückenteil fixiert werden musste, hatte sie darum gebeten, daheim Bescheid zu geben, dass die Therapie tatsächlich Wirkung zeigte. Emmi hätte nicht beschwören können, ob sie diese unglaubliche Verbesserung, Meinhards unkonventioneller Behandlung verdankte oder es ein Zusammenspiel aus verschiedenen Anwendungen und Behandlungen war, aber eigentlich zählte am Ende nur das Ergebnis, was fraglos so unglaublich wie kolossal war.

❦

Lisa war allein zu ihr nach Bad Pyrmont gekommen. Johannes ließ sich entschuldigen, weil er in der Fabrik gerade unabkömmlich sei, erklärte ihre älteste Tochter.

»Großmutter wäre zu gern mitgekommen, Mutti, ich soll dich ganz herzlich von ihr grüßen. Aber so ganz auf den Beinen ist sie leider immer noch nicht wieder und hat sich darum auch die recht lange Autofahrt nicht zugetraut.«

Emmi nickte verständnisvoll. Dann aber versuchte sie auszusprechen, was sie zutiefst bewegte, seit Wochen … Monaten beschäftigte; ihre Tochter Greta, die sie seit dem Tag, an dem sie aus dem Koma erwacht war, nicht mehr gesehen hatte. Damals war Greta bei ihr im Krankenhaus gewesen, ein einziges Mal, danach nie wieder. Die Ungewissheit, ob es Greta gut ging, warum sie den Kontakt zu ihr abgebrochen hatte, all das trieb sie um und ließ sie keine Ruhe finden.

»U…und Greeeta?«, brachte sie hervor.

Statt zu antworten, beugte Lisa sich über sie, um sie zu umarmen und vor lauter Freude und Erleichterung in Tränen auszubrechen. Minutenlang verharrten Mutter und Tochter in ihrer innigen Umarmung, bis Emmi ihre Tochter behutsam von sich schob, ihr fest in die Augen blickte und ihre Frage wiederholte: »W…was iiist miiit Gr…Greta?«

»Ach Mutti, weißt du, ich bin gerade so glücklich, dich hier aufrecht sitzen zu sehen, mich mit dir unterhalten zu können und kann es kaum erwarten, daheim den anderen davon zu erzählen«, wich Lisa ihrer Frage erneut aus. »Und dass Harry nichts gesagt hat, rein gar nichts … Aber jetzt versteh ich, warum er immer gemeint hat, ich sollte dich besser nicht besuchen, weil ich so viel zu tun hätte und er sowieso jedes Wochenende in Bad Pyrmont sei. Ach, Mutti, es ist ein Wunder … und was Harry betrifft, ich weiß nicht, wann das mit euch angefangen hat und wie du wirklich zu ihm stehst, aber meinen Segen hast du. Er ist ein wunderbarer Mann.«

Doch Emmi wollte nur über eine Sache mit ihr reden. »Gr… Greta?«

Lisa machte eine wegwerfende Handbewegung. »Du kennst sie ja. Sie ist viel unterwegs, ich … wir bekommen sie kaum zu Gesicht.« Sie machte eine kurze Pause und fügte dann mit bedrückter Stimme hinzu: »Es ist nicht ganz so einfach mit ihr, weil sie und Johannes sich nicht ausstehen können. Ich schätze, dass sie noch immer eifersüchtig ist, dass ich so glücklich verheiratet bin. Du erinnerst dich sicher noch daran, als sie bei mir in Berlin war und kein gutes Haar an Johannes gelassen hat. Angeblich hätte er andere Frauen neben mir gehabt und all das schlimmere Gerede.«

»Geh…t eee…s ihh…r ggut?«

Wieder zuckte Lisa nur die Schultern. »Wir vermuten, dass sie jemanden hat. Er scheint weiter weg zu wohnen, denn sie ist häufiger übers Wochenende fort. Aber ob es wirklich so ist, das kann ich dir nicht sagen. Sie erzählt nichts. Manchmal kommt sie mir sehr glücklich vor, aber sehr häufig scheinen sie und dieser unbekannte Mann sich nicht zu sehen. Neulich hat sie dann gemeint, sie überlegt, in der Fabrik zu arbeiten …« Lisa verzog das Gesicht. »Dieser Mann, wenn es ihn denn wirklich geben sollte, scheint sehr bodenständig zu sein, nicht so ein Luftikus wie ihre vorherigen Liebschaften. Greta ist auf jeden Fall um Bodenständigkeit bemüht, sonst würde sie wohl kaum auf den Gedanken kommen, in der Fabrik arbeiten zu wollen.« Erneut veränderte sich Lisas Mimik, während sie erklärte: »Aber weißt du, Mutti, sie stellt sich das mal wieder so einfach vor, hat von mir verlangt, dass sie Einblicke in die Geschäftsführung bekommt. Dabei versteht sie doch überhaupt nichts davon. Und so wie sie sich ausgedrückt hat, geht sie auch davon aus, dass ihre Tätigkeit in der Fabrik im geschäftsführenden Bereich liegt. Dabei hat sie nicht einmal einen abgeschlossene Ausbi…« Mitten im Wort verstummte Lisa, schüttelte dann wie über sich selbst den Kopf und sagte: »Bitte, Mutti, entschuldige. All das ist jetzt bestimmt nicht das richtige Thema für uns. Ich möchte dich damit auch wirklich nicht behelligen. Wir bekommen das schon hin, und um auf deine ursprüngliche Frage zurückzukommen: Ja, es geht Greta gut. Du musst dir ihretwegen keine Sorgen machen.«

»G…g…gut«, stammelte Emmi und spürte gleichzeitig, dass nichts gut war.

Doch dann war da auf einmal die Stimme ihres Krankengymnasten Hans-Günther Meinhard in ihrem Kopf, der ihr sagte, dass sie sich nicht mit Problemen belasten dürfte, dass sie die beruflichen und auch heimischen Sorgen beiseite schieben musste, damit diese sie nicht in ihrem Genesungsprozess einschränkten, den Fluss, wie er es oftmals nannte, blockierten. Greta hatte anscheinend einen jungen Mann gefunden, der ihr guttat. Und dass sie nicht zu ihr nach Bad Pyrmont gekommen war, hatte bestimmt damit zu tun, dass die Schwestern sich der langen gemeinsamen Autofahrt nicht hatten aussetzen wollen, wo es momentan anscheinend wegen der Fabrik zwischen den beiden zu Streitigkeiten gekommen war.

Lisa legte die Hand auf Emmis Schulter. »Mutti, wenn du schon unbedingt etwas über die Fabrik hören möchtest, dann erzähle ich dir von meinem Treffen mit dem knurrigen Doktor Konradis.«

Und das tat Lisa dann auch, und Emmi freute sich tatsächlich darüber, wie souverän ihre Tochter den ausgesprochen schwierigen Konradis gebändigt hatte.

Erst als Lisa gegangen war und Emmi wieder in ihrem Bett lag, ziemlich erschöpft von dem Nachmittag mit ihrer Tochter, aber gleichzeitig auch glücklich und dankbar über die gemeinsame Zeit, die sie miteinander verbracht hatten, verirrten sich ihre Gedanken wieder zu Greta. Sie konnte ihre Sorge und das ungute Gefühl, das sie ihretwegen hatte, einfach nicht gänzlich ablegen, so dass es sie bis in ihre Träume hineinverfolgte.

Hans-Günther Meinhard sah ihr sofort an, dass sie etwas bedrückte, als er sie am nächsten Morgen zur Behandlung abholen wollte.

»Aber, liebe Emmi, war denn nicht gestern Ihre Familie zu Besuch? Ich hatte erwartet, Sie über das ganze Gesicht strahlend vorzufinden, und nun erlebe ich Sie so bedrückt und mutlos wie seit einer halben Ewigkeit nicht mehr.«

Mühsam erzählte Emmi ihm von Lisas Besuch, und was ihre Tochter ihr von der Fabrik zu berichten gehabt hatte. Dass ihr Mann Johannes und sie die Fabrik gut im Griff zu haben schienen. Erst dann kam sie auf ihre jüngere Tochter Greta zu sprechen.

»I…ch scheine… ne n…icht mmmmehr füüür sie … sie zu ex…existieren …«

Doch Hans-Günther Meinhard, ihr Lebensretter, wie Emmi ihn insgeheim nannte, hatte dafür sofort eine plausible Erklärung. »Ihre Tochter wird sich wegen des Unfalls große Vorwürfe machen und es deshalb nicht fertigbringen, Sie hier in der Klinik zu besuchen, Emmi.«

Denselben Gedanken hatte Emmi auch bereits gehabt, nur machte es das Ganze für sie deshalb nicht besser. Am liebsten hätte sie Harry darum gebeten, sich mit Greta in Verbindung zu setzen, damit ihre Tochter sich vielleicht sogar einmal mit Hans-Günther Meinhard unterhalten würde und er ihr auf seine so einfühlsame Art und Weise klarmachte, dass sie sich nichts vorzuwerfen hatte, dass Emmi ihr nichts nachtrug. Doch sie schwieg, weil sie ihren Krankengymnasten schon viel zu oft mit ihren familiären Dingen behelligt hatte. Und Harry sowieso.

»Soll ich vielleicht mal mit Ihrer Tochter Greta sprechen, Emmi?«, schlug Hans-Günther Meinhard da von sich aus vor, als wüsste er ganz genau, was sie gerade dachte. »Vielleicht könnte Harry den Kontakt herstellen?«

Emmi schüttelte den Kopf. »S…Sie haben sch…schon so… so v…iel f…für mmmi…ch gggetan.«

Hans-Günther Meinhard winkte ab. »Darüber machen Sie sich bloß keine Gedanken. Es ist mir ein echtes Anliegen, Sie glücklich zu erleben.« Er nahm ihre Hand und drückte sie voller Wärme. »Sie sind mir wichtig, Emmi. Sie und Harry, denn ich finde, Sie beide haben das Recht auf eine gemeinsame Zukunft.«

Emmi sah ihn an und spürte, wie ihr die Tränen in die Augen stiegen.

»Dan…danke. Es…es t…tut g…gut, dass S…Sie das s…sagen.«

SECHZEHN

Ironie ist die letzte Phase der Enttäuschung.

ANATOLE FRANCE
FRANZÖSISCHER SCHRIFTSTELLER
(1844–1924)

Kühle Luft schlug Greta entgegen. Es hatte bereits zu dämmern begonnen, als sie das Kaffeehaus verließ. Unbehaglich zog sie die Schultern hoch und sah sich auf der Straße, direkt an der Hamburger Außenalster gelegen, um. Von Fritz war keine Spur zu entdecken. Sie entfernte sich ein paar Meter vom Eingang, blieb dann aber wieder stehen, weil sie meinte, in dem großen schlanken Mann, der den Kragen seines dunkelblauen Mantels bis zur Hutkrempe hochgeschlagen hatte, Fritz erkannt zu haben. Doch als der sich schließlich zu ihr umwandte, stellte sie fest, dass sie sich geirrt hatte. Tief durchatmend setzte sie sich in Bewegung, während die Wut und die Enttäuschung in ihr zu brodeln begannen.

Wie konnte Fritz es wagen, sie warten zu lassen? Woher nahm er bitte schön die Dreistigkeit, sich mit ihr in dem eleganten Kaffeehaus zu verabreden und dann einfach fortzubleiben? Greta konnte nicht fassen, dass ihr so etwas passierte. Greta Wagner, bildschön, charmant, eloquent, die an jedem Finger mindestens fünf Verehrer haben konnte, wenn sie nur wollte.

Doch dann war Fritz vor einigen Monaten wieder in ihr Leben getreten, und seitdem hatte sie keinerlei Spaß mehr daran, sich immer wieder von neuen Verehrern den Hof machen zu lassen. Was Greta nie für möglich gehalten hatte, war tatsächlich eingetreten, sie hatte sich in den Mann verliebt, für den sie schon als kleines Mädchen geschwärmt hatte.

Natürlich hatte sie sich zunächst gegen ihre immer stärker werdenden Gefühle für Fritz gewehrt, die Verbindung zu ihm war alles andere als standesgemäß, fand Greta. Doch Fritz hatte sich einen Teufel darum gekümmert und nicht aufgehört, sie zu umgarnen, bis sie sich schließlich ihren Gefühlen für ihn hingegeben hatte. Außerdem studierte er Medizin, und wenn sein Studium erst einmal abgeschlossen war, würde seine recht einfache Herkunft keine Rolle mehr spielen. Doch wie Greta sich eingestand, war es ihr im Grunde gar nicht wichtig, ob Fritz nun irgendwann Arzt oder einfacher Arbeiter sein würde. Sie liebte ihn von ganzem Herzen, und das ausschließlich seiner selbst willen. Greta war so vernarrt in Fritz, dass sie seinetwegen so ziemlich jedes Risiko eingegangen wäre, sogar, auf ihren gewohnten Wohlstand und Luxus zu verzichten.

Umso mehr traf es sie, dass sie seinetwegen wieder nach Hamburg gereist war, wo er studierte, und nun vergeblich auf ihn wartete. Auch gestern Abend hatte er sie versetzt, obwohl er ihr versprochen hatte, sie vom Zug abzuholen und dann den Abend gemeinsam mit ihr zu verbringen. Fritz war in Hamburg bei einer älteren Witwe zur Untermiete untergekommen, die ihm in seiner recht schlichten und vor allem kleinen Kammer jeglichen Damenbesuch untersagt hatte. Darum verbrachten sie die gemeinsame Zeit auch immer in ihrem exquisiten Hotelzimmer im Luxushotels Vier Jahreszeiten am Neuen Jungfernstieg, eine der feinsten Adressen der Stadt. Sieben Stufen, mit dezentem Schwung ging es durch die Drehtür hinein. Weißer Marmor, edle Teppiche, feines Holz, Luxus und Komfort, wohin man nur schaute – wovon Fritz sich ein jedes Mal rundherum überfordert fühlte.

»Das bin ich nicht, Gretel und wenn du ehrlich zu dir selbst bist, dann bist auch du das nicht«, hatte er ihr bei ihrem letzten Treffen vorgehalten und dann nur den Kopf geschüttelt, als sie ihm euphorisch widersprochen hatte.

»Natürlich bin ich das, denn ich bin eine Wagner. Und du wirst in nicht allzu ferner Zukunft Arzt sein. Warum sollen wir uns also mit einer schlechteren Unterkunft zufriedengeben?«

Sie hatten diskutiert, Fritz wollte ihr weismachen, dass sie sich viel zu viel aus Äußerlichkeiten machte, bis Greta schließlich beleidigt gemeint hatte, dass sie dann wohl doch nicht so gut zusammenpassten, wenn er sie für verwöhnt und oberflächlich hielt. Fritz hatte schließlich eingelenkt, und als sie am nächsten Morgen zurück nach Hildesheim gefahren war, war es zwischen ihnen wieder so wunderbar wie seit Beginn ihrer Liebe gewesen.

Und jetzt war sie erneut nach Hamburg gekommen, weil feststand, dass Fritz es in absehbarer Zeit nicht in die Hildesheimer Börde schaffen würde, und ihr Liebster hatte nichts Besseres zu tun, als sie zu versetzen.

»Wo bist du bloß, du Schuft«, schimpfte sie leise vor sich hin und sah sich erneut suchend nach allen Seiten um. Von Fritz keine Spur.

Daher blieb ihr nichts anderes übrig, als erneut bei der Witwe anzurufen, bei der Fritz die kleine bescheidene Kammer bewohnte. An der nächsten Kreuzung befand sich eines der leuchtgelben Telefonhäuschen, das Greta betrat. Sie kramte den Zettel aus ihrer Handtasche her, auf dem sie sich die Rufnummer der Frau notiert hatte.

»Hier bei Witwe Hansen!«, erklang am anderen Ende der Leitung die unfreundliche Stimme der Vermieterin.

»Guten Tag, Frau Hansen, hier spricht Greta Wagner. Wären Sie bitte so freundlich und würden mir den Herrn Fritz Dinkler an den Apparat holen?«, sprach Greta so freundlich wie nur möglich.

Kurze Pause, dann blaffte die Witwe Hansen sie an: »Sind Sie dieselbe *Person*, die bereits gestern Abend hier angerufen hat?«

»Ja, die bin ich. Und es tut mir auch wirklich leid, dass ich Sie noch mal belästigen muss, aber …«

»Der Herr Fritz ist nicht in seiner Kammer. Er ist in der Universität. Das habe ich Ihnen gestern schon gesagt, und jetzt geben Sie gefälligst Ruhe, Sie … Sie aufdringliche *Person*, und lenken den Herrn Fritz mal nicht vom Lernen ab.« Bevor

Greta sich empören konnte, hatte die Witwe den Hörer bereits aufgelegt. Das Gespräch war beendet.

Einen Augenblick lang stand Greta in dem engen Telefonhäuschen, hielt den Hörer noch immer in der Hand und wollte nicht glauben, was ihr gerade widerfahren war. Dann stieß sie einen leisen Fluch aus, knallte den Hörer mit Wucht zurück in die Gabel, um anschließend wutentbrannt das Häuschen zu verlassen.

Sie wusste nicht, über wen sie sich mehr echauffieren sollte, über diese unverschämte Witwe oder über Fritz, der sie erst nach Hamburg bestellte und sich dann nicht blicken ließ. Ohne Erklärung. Ohne Entschuldigung. War es ein Fehler gewesen, Fritz so nah an sich heranzulassen, so dass er ihr Herz gewinnen konnte? Oder hatte er ihr am Ende vielleicht seine Gefühle nur vorgespielt?

Nein, der Gedanke war vollkommen abwegig. Was sie in den letzten Wochen miteinander erlebt hatten, hatte etwas mit echten Gefühlen zu tun. So etwas konnte man einem anderen gar nicht vorspielen. Und außerdem gab es auch nicht den geringsten Anlass dafür. Warum sollte Fritz ihr das antun wollen? Nein, es musste eine wahrscheinlich ganz und gar banale Erklärung für sein Fortbleiben geben, war sich Greta immer sicherer. Aus diesem Impuls heraus beschloss sie, dorthin zu gehen, wo Fritz laut seiner grantigen Vermieterin anzutreffen sein würde: zur Universität.

Suchend blickte sie sich nach einem Taxi um und hatte das Glück, dass gerade eines angefahren kam. Sie hob die Hand, der Chauffeur hielt sein Automobil direkt neben ihr an, und nachdem sie auf der Rückbank Platz genommen hatte, fragte er sie, wohin er sie fahren solle.

»Ich möchte bitte zu der Universität von Hamburg.«

»Sind Sie eine Studentin?«, erwiderte der Mann, während er sie im Rückspiegel seines Taxis interessiert musterte. »Oder nein, dafür sind Sie viel zu elegant. Bestimmt sind Sie eine Professorin, richtig?«

Auch wenn ihr nicht wirklich danach zumute war, so musste Greta dennoch kurz auflachen.

»Gewiss nicht«, gab sie zurück, wandte dann aber den Blick demonstrativ zum Fenster, um dem Fahrer deutlich verstehen zu geben, dass sie kein Interesse daran hatte, das Gespräch mit ihm fortzuführen.

Der Fahrer chauffierte sie kreuz und quer durch Hamburg, unternahm dabei zwei weitere Versuche, sie in ein Gespräch zu verwickeln, was Greta konsequent durch beharrliches Schweigen im Keim zu ersticken wusste. Irgendwann hatten sie endlich die Universität erreicht, und Greta spürte, wie die Aufregung sich langsam in ihr ausbreitete. Keinesfalls wollte sie wie eine liebeskranke Gans vor Fritz treten. Nein, sie würde ihm kühl und beherrscht gegenübertreten und ihn spüren lassen, dass er – egal aus welchem Grund – so nicht mit ihr umgehen durfte. All das nahm Greta sich vor, während sie zur Seitenscheibe hinausblickte. Auf dem Bürgersteig nahm sie einen großen schlanken Mann wahr, der seinen rechten Arm um die schmalen Schultern eines jungen Fräuleins gelegt hatte, das wiederum seinen Kopf an die Brust des Herrn geschmiegt hielt. Die beiden wirkten sehr innig miteinander, ein Liebespaar. Sicherlich waren sie das, so eng wie sie beieinanderstanden. Das Taxi war schon einige Meter an dem jungen Paar vorbeigefahren, als die Erkenntnis Greta wie ein Blitzschlag traf. Bei dem Mann hatte es sich eindeutig um keinen anderen als Fritz gehandelt.

»Fahrer«, sagte sie mit mühsam beherrschter Stimme. »Meine Pläne haben sich gerade geändert. Bitte bringen Sie mich zum Hotel Vier Jahreszeiten.«

»Ach herrje, ich hoffe doch, es gibt keinen unerfreulichen Grund für Ihre geänderten Pläne?«

»Keinen«, gab Greta schroff zurück, »der Sie etwas anginge!«

Wenig später durchschritt sie mit gradem Rücken und erhobenem Kinn die elegante Halle, ließ sich auch dem Liftboy gegenüber nichts von ihrer schlimmen Verfassung anmerken und schaffte es sogar, den Gruß eines Zimmermädchens zu erwidern, das ihr auf dem mit dickem weinrotem Teppich ausgelegten Hotelflur entgegenkam. Erst als sie die Tür ihrer Suite hinter sich geschlossen hatte, war es mit ihrer Fassung vorbei. Laut schluchzend warf sie sich auf das breite Hotelbett und weinte bittere Tränen in das blütenweiße Kissen. Nie wieder würde sie jemanden so nah an sich heranlassen, ihm einen Platz in ihren Herzen einräumen, wie sie es für Fritz getan hatte, schwor sie sich. Nie wieder …

Am darauffolgenden Tag traf Greta gegen Nachmittag in der heimischen Villa in der Hildesheimer Börde ein. Hinter ihr lag eine schlaflose Nacht, in der sie unzählige Tränen vergossen hatte, während sie nichts daran ändern konnte, insgeheim darauf zu hoffen, dass Fritz vor ihrer Hotelzimmertür auftauchen und sich alles als ein großes Missverständnis herausstellen würde.

Doch es klopfte nicht an ihrer Tür, so sehr sie auch auf jedes Geräusch, das draußen auf dem Flur laut wurde, lauschte.

Als sie nun die Villa betrat, konnte man ihrem Gesicht ablesen, in was für einer schlechten Verfassung sie war. Ausgerechnet Elsa kam ihr in der Halle entgegen und begrüßte sie freundlich – ohne zu ahnen, dass ihr einstiges Ammenkind und ihr ältester Sohn, auf den sie so unsagbar stolz war, seit geraumer Zeit ein Liebespaar waren. Fritz hatte gemeint, sie sollten sich mit dieser Eröffnung noch etwas Zeit lassen, nichts überstürzen und einfach erst einmal von allen anderen unbehelligt ihre Liebe genießen.

Pah, dachte Greta bitter, während sie sich an den Augenblick erinnerte, als Fritz meinte, es sei besser, ihre Liebe erst noch geheim zu halten, der elende Mistkerl hatte ihr diesen Vorschlag wohl nicht ganz grundlos gemacht. Wenn sein stolzes Muttilein nämlich erfuhr, was für ein Fiesling ihr fabelhafter Fritz doch war, würde sie womöglich der Schlag treffen. Er war wie Johannes, o mein Gott, sie war tatsächlich auf einen ähnlich schlechten Mann hereingefallen, schoss es ihr durch den Kopf. Aber womöglich war es auch so, dass alle Männer sich so verhielten, dass man keinem von ihrer Spezies trauen konnte.

»Alles in Ordnung, Gretel?«, erkundigte Elsa sich, während sie Greta eindringlich musterte. »Du bist schrecklich blass. Fühlst du dich nicht gut?«

Greta lachte auf, bevor sie Elsa gehässig anfuhr: »Falls du es noch immer nicht verstanden haben solltest, Elsa, ich bin erwachsen und brauche keine Amme mehr. Sorge dich lieber um deinen Sohn, den zukünftigen Gehirnchirurg oder was auch immer Kolossales aus ihm mal werden wird. Auf jeden Fall kein Ehrenmann, das steht fest.«

»Fritz? Redest du von Fritz?« Elsa war sichtbar verdattert.

»O ja«, rief Greta und nickte dabei übertrieben. »Von dem rede ich, Elsa, von deinem ganzen Stolz. Aber weißt du, in Wirklichkeit …«

Die Haustür flog auf, und Lisa erschien im Rahmen. Sie strahlte übers ganze Gesicht, so dass Greta ihren Satz nicht zu Ende brachte.

»Es ist etwas Wunderbares geschehen, etwas ganz und gar Unglaubliches«, rief sie. »Mutti, sie … sie kann wieder sprechen, und sie sitzt im Rollstuhl, weil die Menschen in der Klinik wahre Wunder bei ihr vollbracht haben. Mutti kann ihren Oberkörper wieder bewegen, und ja, sie spricht. Noch etwas undeutlich und auch noch keine längeren zusammenhängenden Sätze, aber das wird sie nach und nach alles wieder lernen, haben mir ihre Ärzte versichert.«

Und als weder Greta noch die Hausangestellte darauf etwas

erwiderten, schüttete Lisa perplex den Kopf und fragte: »Habt ihr nicht verstanden, was ich gerade gesagt habe? Oder warum freut ihr euch nicht?«

»Doch, doch, Schwesterherz, ich habe sehr wohl verstanden«, versicherte Greta ihrer Schwester. »Und wenn ich ein bisschen geschlafen habe, dann bin ich sicherlich auch in der Lage, deine Freude zu teilen.« Damit wandte sie Lisa und Elsa den Rücken zu und stolzierte zur Treppe. Während sie so aufrecht wie nur möglich Stufe für Stufe erklomm, war ihr sehr wohl bewusst, dass die beiden Frauen ihr völlig verständnislos hinterhersahen.

SIEBZEHN

Wir suchen die Wahrheit,
finden wollen wir sie aber nur dort, wo es uns beliebt.

MARIE VON EBNER-ESCHENBACH
MÄHRISCH-ÖSTERREICHISCHE SCHRIFTSTELLERIN
(1830–1916)

Mit eisigem Blick wurde Lisa von ihrer Schwester Greta gemustert, während sie ihren kurz zuvor ausgesprochenen Wunsch wiederholte. »Ich möchte in alle Vorgänge der Fabrik eingearbeitet werden. Ja, das ist mein voller Ernst, den ich gerne auch noch ein drittes, viertes Mal so äußern kann, wenn du es noch immer nicht verstanden haben solltest, Schwesterherz.«

Perplex schüttelte Lisa den Kopf. »Aber … aber, wie stellst du dir das vor? All das hier sind komplexe Abläufe, Unterlagen, Vereinbarungen, Verträge, in die man sich nicht einfach mal so einlesen kann. Zumal du nicht die geringste Ahnung vom Geschäftlichen hast, da du über keinerlei Ausbildung in dieser Richtung verfügst.«

»Wer sagt das?«

Lisa schnappte nach Luft. »Wer das sagt? Ich natürlich. Oder wer sitzt sonst hier vor dir?«

»Und wie kommt es, dass du so etwas behauptest?«, gab Greta ungerührt zurück.

Lisa verlor zunehmend die Geduld, obwohl sie sich innerlich selbst den Rat gab, ihrer Schwester so gelassen wie möglich entgegenzutreten. Gretas Forderung war der blanke Hohn, denn ihr fehlte jegliche Ausbildung und Kenntnis dafür. Anmaßend ihr Wunsch, so mir nichts, dir nichts, gleichberechtigt mit ihr, Lisa, die über ein abgeschlossenes wirtschaftliches Studium verfügte, in die Geschäftsleitung der Zuckerfabrik einsteigen zu wollen.

»Greta, nun sei vernünftig, oder muss ich dich wirklich daran erinnern, dass du weder studiert noch eine kaufmännische Ausbildung absolviert hast?«

Greta lächelte süffisant. »Umso besser, dass du, große Schwester, auf all das verweisen kannst. So sollte es dir doch ein Leichtes sein, mich schnell in die Geschäftsleitung einzuarbeiten.«

»Mutter wird das aber nicht recht sein!«, war tatsächlich das einzige Argument, das Lisa nun noch in den Sinn kam, um ihrer Schwester Einhalt zu gebieten.

»Ach so, du meinst, wie es damals Mutters Ärzten auch nicht recht war, dass ich sie im Krankenhaus besuche, weil allein meine Gegenwart eine schlechte Wirkung auf sie hat.«

Lisa schloss für einen Moment die Augen. Sie ermahnte sich selbst zur Ruhe. Bloß nicht aus der Haut zu fahren, damit das Gespräch mit Greta nicht noch mehr eskalierte.

»Greta, nun lass uns ganz in Ruhe miteinander reden«, begann sie schließlich aufs Neue, ihrer Schwester die komplett absurde Idee auszureden.

Doch Greta beharrte darauf: »Hat sich Mutter dir gegenüber jemals so geäußert, dass ich in ihrer Firma unerwünscht wäre? Oder war es nicht sogar so, dass sie es nur zu gern gesehen hätte, dass ich mich in unserem Familienunternehmen mit einbringe?«

»Sie hat sich gewünscht, dass du eine Ausbildung in der Zuckerfabrik machst, Greta, als Sekretärin, ja, das stimmt wohl. Aber dass du einfach aus einer Laune heraus mal eben in die Geschäftsleitung einsteigst, das liegt sicherlich nicht in Mutters Interesse.«

Greta schnippte sich einen Fusel von ihrer todschicken altrosafarbenen Kostümjacke, bevor sie Lisa fest ins Gesicht blickte. »Gut, dann werde ich Mutter in Bad Pyrmont aufsuchen und sie zu ihrer Meinung dazu befragen.«

»Nein, Greta, Mutter soll sich erholen und nicht mit Problemen belastet werden, die …«

Entschlossen hob Greta die rechte Hand, die in einem eleganten, ebenfalls altrosafarbenen Handschuh aus feinem Nappaleder steckte. »Ach, wie dumm von mir, zu vergessen, dass meine Gegenwart Gift für Mutter ist.«

Lisa schüttelte den Kopf. »So haben es weder die Ärzte damals im Krankenhaus noch ich gemeint, Greta, und das weißt du auch. Es war nur so …«

»Spar dir deine weiteren Erklärungen«, fiel Greta ihr erneut ins Wort, »ich werde Mutter besuchen, ob es dir passt oder nicht!« Damit wandte sie sich um und schritt zur Bürotür ihrer älteren Schwester. Bevor Lisa noch etwas sagen konnte, war sie gegangen.

Zwei, drei Atemzüge später steckte ihre Sekretärin den Kopf zur Tür herein.

»Alles in Ordnung, Frau Falkenstein?«, erkundigte Ilse Krämer sich bei ihr.

Lisa holte tief Luft. »Ja, das ist es.«

Doch so ganz wollte Ilse Krämer ihr das nicht glauben, denn sie kam zu ihrer Chefin an den Schreibtisch, lächelte sie aufbauend an und meinte: »Ich bin mir sicher, dass Ihre Schwester es nicht so gemeint hat.«

Befremdet musterte Lisa sie. »Haben Sie etwa gelauscht?«

Die gewissenhafte Sekretärin griff sich mit einer theatralischen Geste ans Herz. »Herr im Himmel, im Leben würde ich so etwas nicht tun«, versicherte sie Lisa. »Nur so laut, wie Sie beide gerade gesprochen haben, war es leider nicht zu überhören.«

»Schon gut, Krämerchen, ich wollte Ihnen gewiss nichts unterstellen«, lenkte Lisa ein, der es bereits leidtat, so etwas von ihrer Sekretärin vermutet zu haben.

Doch Ilse Krämer blieb verstimmt. Mit säuerlicher Miene sprach sie noch einige anstehenden Termine mit Lisa ab, bevor sie das Büro ihrer Chefin wieder verließ.

Lisa saß an ihrem imposanten Schreibtisch und dachte über Greta und sich nach. Sie fragte sich, wann das eigentlich angefangen hatte, dass sie nur noch miteinander stritten, sich gegenseitig Vorwürfe machten, und wohin nur ihre tiefe Verbundenheit verschwunden war, die früher zwischen ihnen bestanden hatte. Greta war schon immer ein Wirbelwind gewesen und Lisa die ruhige und besonnene, dennoch oder vielleicht gerade deshalb hatten sie sich ganz wunderbar ergänzt.

Ihre Großmutter Thea hatte nicht nur einmal gemeint, wie sehr die beiden sie an ihre Töchter Anni und Emmi erinnerten, die ebenfalls grundverschieden und dennoch ganz eng miteinander verbunden gewesen waren.

Was war bloß passiert, dass nun kaum noch etwas von dieser Verbundenheit übrig geblieben war, dass sie sich meistens nur noch angifteten oder sich aus dem Weg gingen? Lisa versuchte, sich zu erinnern, ob es außer Gretas Abneigung Johannes gegenüber einen bestimmten Anlass dafür gegeben hatte, ob vielleicht irgendetwas zwischen ihnen vorgefallen war, das ihr nicht wirklich bewusst war. Fraglos hatte sich ihr inniges Verhältnis verändert, als Lisa zum Studieren nach Berlin gegangen war und Greta sich weder für die Schule noch irgendeine Ausbildung hatte begeistern können. Und wenn Lisa ganz ehrlich war, dann traf es wohl zu, dass ihre Mutter stets ihr etwas zugewandter gewesen war, was zweifelsohne daran lag, dass sie sich so ähnlich waren.

Dennoch war es Lisa nie so vorgekommen, als würde ihre Mutter eine weniger lieben als die andere, nein, das war gewiss nicht der Fall.

Aber konnte es denn möglich sein, dass Greta ihr die gute

Ehe, die sie mit Johannes führte, noch immer so neidete, dass sie ihr manchmal beinahe wie eine Feindin vorkam?

Seufzend erhob sich Lisa von ihrem Stuhl, durchquerte ihr geräumiges Büro, das Greta zukünftig mit ihr zu teilen beabsichtigte, und ging in das Vorzimmer, wo sie das Krämerchen am Schreibtisch sitzend vorzufinden gedachte. Sie wollte sie um eine Tasse Tee bitten und sich bei der Gelegenheit noch einmal aufrichtig bei ihr entschuldigen, dass sie sie des Lauschens verdächtigt hatte.

Doch der Platz hinter dem Schreibtisch war leer, Ilse Krämer war anscheinend gerade irgendwo im Verwaltungstrakt der Fabrik unterwegs. Lisa beschloss, in die Werkskantine zu gehen und sich dort in der kleinen Küche selbst einen Tee zuzubereiten.

Die Tür war nur angelehnt. Lisa vernahm die Stimme ihrer Sekretärin, die sich wohl gerade mit jemandem im Gespräch befand. Sie wollte die Tür ganz aufschieben und eintreten, als sie mitten in der Bewegung erstarrte.

»Es ist ungeheuerlich, wie sich das junge Fräulein Wagner mal wieder aufgeführt hat«, ärgerte sich Ilse Krämer mit gedämpfter Stimme. »Wenn ich es nicht besser wüsste, würde ich sagen, dass es genau umgekehrt ist, nämlich dass Greta das Kind der verstorbenen Frau Anni Wagner ist und nicht Lisa.«

Was für einen Unsinn gab Ilse Krämer denn da von sich?, begann Lisa sich zu ärgern und wollte, einem ersten Impuls folgend, in die kleine Kantinenküche eintreten, um ihre Sekretärin zur Rede zu stellen. Doch dann überlegte sie es sich anders. Ihr war nicht bekannt, wer sich noch in der Küche aufhielt und sie hatte kein Interesse an einer unschönen Szene vor gleich mehreren Angestellten. Lisa nahm sich vor, Ilse Krämer einen Zettel auf den Schreibtisch zu legen, auf dem sie ihr mitteilte, dass sie sie sprechen wolle. Unverzüglich.

Es dauerte dann tatsächlich nicht allzu lange, bis es an ihrer Tür klopfte. Ilse Krämer trat ein.

»Sie wollten mich sprechen, Frau Falkenstein?«

Lisa nickte und bat ihre Sekretärin, Platz zu nehmen.

»Ich habe nicht gelauscht …«, begann Ilse Krämer, sich direkt wieder zu verteidigen.

Doch Lisa hob beide Hände, um sie zum Schweigen zu bringen.

»Das ist mir sehr wohl bewusst, Frau Krämer, und darum bin ich auch gerade eben zur Werkskantinenküche gegangen, um mir meinen Tee selbst zuzubereiten. Doch als ich an der Tür stand, da habe ich gehört, wie Sie sich mit jemanden unterhalten haben. Ich weiß nicht, wer es war, und das spielt jetzt auch keine Rolle. Es ist vielmehr so, dass Sie etwas behauptet haben, Frau Krämer, dass mich … gewundert hat.«

Schlagartig stieg Ilse Krämer das Blut ins Gesicht, während sich ihre Augen erschrocken weiteten. »Es tut mir aufrichtig leid, Frau Falkenstein, das müssen Sie mir bitte glauben. Sie kennen mich doch und wissen sehr genau, dass ich loyal und verschwiegen bin und Ihnen stets zur Seite stehe wie zuvor all die Jahre Ihrer Mutter. Es war nur so, dass ich mich furchtbar über das junge Fräulein Wagner geärgert habe, weil sie sich Ihnen gegenüber so ungehörig verhalten hat. Da ist es mir dann einfach so herausgerutscht, dass ich Ihre Schwester unerträglich finde. Ich weiß, es steht mir nicht zu, irgendein Urteil über das junge Fräulein Wagner zu fällen. Darum werde ich mich auch bei nächster Gelegenheit aufrichtig dafür bei Ihrer Schwester entschuldigen und …«

»Das ist es nicht, worüber ich mit Ihnen reden möchte, Frau Krämer«, fiel Lisa ihr ins Wort. »Sie haben etwas gesagt, was meine verstorbene Tante Anni betrifft, nämlich, dass sie fänden, Greta hätte eher ihr Kind sein können statt meiner. Was wollten Sie damit andeuten?«

Ilse Krämer schlug sich die rechte Hand auf den Mund und stöhnte wie unter großen Schmerzen leidend auf. Lisa konnte ihr ansehen, dass sie nichts lieber getan hätte, als fluchtartig das Büro zu verlassen.

»Frau Krämer, nun reden Sie schon!«, forderte Lisa sie ungerührt auf. »Erklären Sie mir, was Sie damit gemeint haben.«

»I…ich möchte wirklich nichts mehr dazu sagen, nur so viel, dass es mir schrecklich leidtut …«

»Und ich möchte es jetzt nur noch dringender erfahren! Also sagen Sie endlich, was Ihre Äußerungen zu bedeuten hatten!«

Noch einmal atmete Ilse Krämer tief durch, bevor sie wie ein kleines Schulmädchen den Blick auf ihre Schuhspitzen sinken ließ.

»Es ist ja so etwas wie ein offenes Geheimnis hier in der Fabrik. Ich bin mir auch nicht wirklich darüber im Klaren, inwieweit Sie, Frau Falkenstein, und Ihre Schwester Greta davon wissen.«

»Jetzt kommen Sie endlich auf den Punkt, Frau Kramer!«

»Das Sie nicht das leibliche Kind von Frau Wagner, von Frau Emmi Wagner sind, sondern das ihrer verstorbenen Schwester Anni«, presste Ilse Krämer wie unter großen Schmerzen hervor. »Ihre Mutter ist noch im Wochenbett verstorben. Sie soll, im Sterben liegend, ihrer Schwester Emmi das Versprechen abgenommen haben, sich um ihre kleine Tochter zu kümmern. Einige Zeit später haben dann Ihr Vater, Emil Wagner, und Ihre Tante geheiratet und noch eine gemeinsame Tochter bekommen, Greta.«

Lisa entglitten die Gesichtszüge, während sich eine eisige Hand um ihr Herz legte.

»Unsinn!«, fuhr sie ihre Sekretärin aufgebracht an. »Was reden Sie bloß für ein Unsinn, Krämerchen!«

»Aber … aber, das ist kein Unsinn, sondern die Wahrheit«, verteidigte Ilse Krämer sich.

Unvermittelt sprang Lisa von ihrem Stuhl auf, streckte die Hand Richtung Tür aus und schrie ihre Sekretärin an: »Hinaus! Auf der Stelle verlassen Sie mein Büro. Und wagen Sie es ja nicht, wiederzukommen. Sie sind entlassen, fristlos entlassen!«

Während Ilse Krämer weinend ihrer Aufforderung nachkam, zog sich Lisa in aller Eile ihren Mantel über, nahm ihre Handtasche und verließ ebenfalls das Büro.

Im ersten Moment beschloss sie, sich hinter das Lenkrad ihres Automobils zu setzen und direkt nach Bad Pyrmont zu fahren, um ihre Mutter zur Rede zu stellen. Doch dann kamen ihr Bedenken. Emmi Wagner konnte keine Aufregung vertragen, das hatten ihr die Ärzte und ganz besonders Harry Westermann ausdrücklich mitgeteilt. Es gab aber noch jemanden, der sehr genau wissen musste, was an diesen Gerüchten dran war.

Zuhause in der Villa angekommen, lief sie auf direktem Weg zu ihrer Großmutter Thea, die in ihrem Salon saß und in einem Bildband blätterte.

»Lisa!«, rief sie überrascht aus, als sie plötzlich ihre Enkelin vor sich hatte. »Was machst du denn um diese Uhrzeit schon daheim?«

Lisa ging vor ihrer Großmutter in die Hocke, ergriff ihre Hände, suchte ihren Blick und fragte dann: »Stimmt es, dass deine Tochter Anni in Wahrheit meine Mutter ist? Trifft es zu, dass deine andere Tochter, Emmi, sich nach dem Tod ihrer Schwester deren Kind angenommen hat … sich meiner angenommen hat? Und ist es die Wahrheit, dass dann später mein leiblicher Vater seine Schwägerin geheiratet hat und die beiden noch eine gemeinsame Tochter, nämlich Greta, bekommen haben?«

Ihre Großmutter sah sie einen Augenblick lang schweigend an, dann lächelte sie gütig und nickte.

»Emmi hätte es euch längst sagen müssen, Greta und dir. Doch irgendwie hat sie nie den richtigen Augenblick dafür gefunden. Zumal es zu keinem Zeitpunkt eine Rolle gespielt hat, denn für Emmi bist du stets wie ihr leibliches Kind gewesen. Sie hat dich von der Sekunde deiner Geburt an geliebt und sich liebevoll und aufopfernd um dich gekümmert. Ich glaube, sie hat es irgendwann einfach vergessen, weil es für sie nie eine Rolle gespielt hat.«

Lisa musste schlucken, weil da auf einmal ein dicker Kloß in ihrer Kehle steckte, der sie am Reden hindern wollte. So war es letztendlich nur ein Krächzen, das sie zustande brachte. »Emmi Wagner ist nicht meine Mutter, sondern meine Tante. Das ist die Wahrheit?«

Thea Engel nickte. »Das ist die Wahrheit, Lisa. Aber eine Wahrheit, die für niemanden eine Rolle spielt.«

Einen kurzen Moment sahen die beiden Frauen sich fest in die Augen.

»Du täuscht dich, Großmutter«, erklärte Lisa schließlich mit leiser, aber fester Stimme. »Für mich spielt es sehr wohl eine Rolle.«

ACHTZEHN

Einer neuen Wahrheit ist nichts schädlicher als ein alter Irrtum.

JOHANN WOLFGANG VON GOETHE
DEUTSCHER DICHTER UND SCHRIFTSTELLER
(1749–1832)

Lisa stand am Grab ihrer Mutter und starrte auf die Buchstaben, die zusammengefügt Anni Wagner, geborene Engel ergaben.

Sie stand nun schon eine Weile hier und versuchte, ihre Gedanken zu ordnen. Dass Emmi Wagner nicht ihre leibliche Mutter war, sondern die hier seit vielen Jahren begrabene Anni, hatte sie inzwischen verstanden. Was ihr nach wie vor ein Rätsel war, dass Emmi ihr all die Jahre nicht die Wahrheit gesagt hatte. Gelegenheiten hatte es mehr als genug dafür gegeben.

Schließlich wandte sich Lisa ab, weil sie ahnte, dass sie hier noch eine Ewigkeit stehen könnte und dennoch kein Wort finden würde, das auszudrücken vermochte, was sie in diesem Moment für ihre leibliche Mutter empfand.

Es war keine richtige Trauer. Wie hätte sie auch um jemanden trauern können, den sie nicht gekannt hatte, weil sie gestorben war, als sie geboren wurde. Lisa versuchte, sich vorzustellen, wie ihr Leben wohl verlaufen wäre, wenn Anni Wagner am Leben geblieben wäre, ihre Geburt nicht mit dem Tod hätte bezahlen müssen. Von den Erzählungen war ihr bekannt, dass Anni ein ähnlicher Wirbelwind wie Greta gewesen sein muss. Thea Engel hatte so oft gesagt, dass Annis Lachen ansteckend gewesen sei und dass sie es schon als kleines Mädchen fertiggebracht hätte, ihr Vatilein um den Finger zu wickeln. Beide, Großmutter und Mutter, hatten stets sehr liebevoll von Anni gesprochen, nie war auch nur ein einziges schlechtes Wort über sie gefallen. Dennoch war Lisa immer klar gewesen, dass ihre bis vor wenigen Stunden geglaubte Tante, ihrer Großmutter so einiges an Ärger und Kummer bereitet haben musste.

Wäre sie, Lisa, nun eine andere geworden, wenn ihre leibliche Mutter sie aufgezogen hätte und nicht ihre Tante?

Und Greta, wie verhielt sich das jetzt eigentlich mit Greta und ihr? Sie waren Halbschwestern. Kannte Greta die Wahrheit? Verhielt sie sich vielleicht deshalb in letzter Zeit ihr gegenüber so … kratzbürstig, weil Lisa an dem Schreibtisch Emmi Wagners saß, obwohl dieser Platz von der Erbfolge her eindeutig Greta zustand?

Nein, versicherte ihr eine Stimme tief in ihr. Wenn Greta die Wahrheit kennen würde, hätte sie Lisa längst damit konfrontiert, so feindselig wie sie sich ihr gegenüber gerade aufführte.

Die Gedanken in Lisas Kopf drohten, sich zu überschlagen, während sie den schmalen Friedhofsweg entlangging und der Versuchung, sich ins Auto zu setzen, um nach Bad Pyrmont zu fahren, kaum noch widerstehen konnte.

Sie wollte der Frau, die sie für ihre Mutter gehalten hatte, in die Augen sehen, wenn sie ihr eröffnete, dass sie nun endlich die Wahrheit kannte. Sie wollte, dass Emmi Wagner ihr erklärte, warum sie ihr nie gesagt hatte, dass sie nicht ihre leibliche Mutter war. Sie war doch längst erwachsen, verheiratet, vielleicht bald selbst Mutter. Johannes und sie hatten bisher nicht expliziert darüber gesprochen, aber sicherlich wünschten sie sich Kinder.

Und wenn sich das Schicksal wiederholte? Wenn sie wie ihre Mutter bei der Geburt ihres Kindes starb? Konnte sie so ein Risiko überhaupt eingehen, oder war der Gedanke vollkommen absurd?

Als Lisa den Friedhof verließ, stand plötzlich Johannes vor ihr. Verwundert sah sie ihn an, bis sie in seinen Augen erkannte, dass er bereits wusste, was passiert war. Wahrscheinlich hatte ihre Großmutter ihn informiert. Wie er jedoch auf die Idee gekommen war, sie hier am Friedhof, auf dem ihre leibliche Mutter begraben lag, anzutreffen, war ihr ein Rätsel, denn sie hatte niemandem gesagt, dass sie hierher gehen würde.

Liebevoll zog er sie in seine Arme, und Lisa vergoss an seiner Schulter die Tränen, die seit einer gefühlten Ewigkeit heiß in ihren Augen gebrannt hatten.

Als sie sich etwas beruhigt hatte, schob Johannes sie sanft von sich, um ihr mit einem Taschentuch, das er aus der vorderen Einschubtasche seiner dunklen Anzughose hervorgeholt hatte, das Gesicht trocken zu tupfen.

»Das Schlimmste daran ist«, flüsterte Lisa, »dass sie mich all die Jahre belogen hat.«

Johannes nickte verständnisvoll, obwohl er anscheinend nachvollziehen konnte, weshalb seine Schwiegermutter geschwiegen hatte.

»Was hätte es geändert, Lisa? Sie hat dich zwar nicht geboren, aber ist vom Tag deiner Geburt an deiner Seite gewesen und hat dich wie ihr leibliches Kind geliebt und aufgezogen.«

»Woher willst du das wissen?«, fuhr Lisa ihn nun etwas ungehalten an, was unfair war, wie ihr auch bewusst war. Johannes wollte nichts anderes, als ihr etwas von ihrem Kummer zu nehmen.

»Ich erlebe euch seit Jahren, deine Mutter und dich«, gab er zurück. »Du und sie, Lisa, ihr seid so eng miteinander verbunden, euch in jeder Art und Weise so ähnlich, wie es mehr kaum möglich ist, auch wenn sie deine leibliche Mutter wäre. Und weißt du, ich glaube wirklich, dass es so ist, wie es mir deine Großmutter vorhin kurz geschildert hat: Emmi hat es einfach vergessen, weil es für sie nie eine Rolle gespielt hat.«

Lisa schnaufte empört, während sie einen Schritt von Johannes zurücktrat. »Ja, damit hat es meine Großmutter mir gegenüber auch begründet. Aber es ist nun mal so, dass es für mich sehr wohl eine Rolle spielt und es mein Recht und ihre Pflicht gewesen wäre, mir beizeiten die Wahrheit zu sagen.«

»Es war Krieg, dein Vater ist gefallen, deine Großeltern sind auf tragische Weise ums Leben gekommen, deine Mutter hat ganz allein mit der Fabrik dagestanden und dennoch alles gemeistert. Darling, hast du wirklich kein Verständnis dafür, dass es ihr nicht wichtig war, dir etwas zu gestehen, was ihrem Empfinden nach sowieso keine Rolle spielt?«

Johannes hatte sich richtig ereifert darin, seine Schwiegermutter zu verteidigen, was bisher nicht allzu häufig vorgekommen war. Auch wenn Schwiegermutter und Schwiegersohn eine Beziehung auf Augenhöhe zueinander unterhielten, war es dennoch keine herzliche. Ihre Mutter hatte es noch nie laut ausgesprochen, dennoch ahnte Lisa, dass sie menschlich gesehen nicht die allerbeste Meinung von Johannes hatte. Warum das so war, das wiederum war ein Rätsel für Lisa, denn Johannes hatte ihres Wissens ihrer Mutter bisher nicht den geringsten Anlass für ihr Misstrauen ihm gegenüber gegeben. Lisa hatte sie ein paar Mal darauf ansprechen wollen, aber es dann doch unterlassen, weil sie nicht in die Situation geraten wollte, plötzlich für einen von ihnen Partei ergreifen zu müssen oder noch schlimmer, sich sogar zwischen ihrem geliebten Ehemann und ihrer Mutter entscheiden zu müssen. Und nun war es ausgerechnet Johannes, der um Verständnis für Emmi Wagner bei ihr warb.

Langsam begann Lisa zu nicken. »Doch, Hannes, ich habe Verständnis für sie. Meine Mutter hat es all die Jahre nicht leicht gehabt. Und ja, du hast vollkommen recht, wenn du sagst, dass sie und ich eng miteinander verbunden sind. Gerade deshalb hätte sie mir die Wahrheit sagen müssen.«

»Und was hätte das geändert? Oder anders, Darling, was ändert es jetzt?«

Lisa zuckte mit den Schultern und wechselte dann abrupt das Thema. »Ich muss jetzt in die Fabrik zurück.« Doch dann fiel ihr ein, dass sie noch etwas viel dringender tun musste. »Aber vorher muss ich mich noch bei Frau Krämer entschuldigen. In meiner Fassungslosigkeit habe ich sie vorhin nämlich fristlos entlassen …«

»Du hast was getan?« Ungläubig sah Johannes sie an. »Aber … aber warum?«

Lisa seufzte kummervoll. »Ich habe mit Greta gestritten, die vorhat, zukünftig die Fabrik gleichberechtigt mit mir zu leiten. Das Krämerchen hat uns gehört, weil wir so laut waren, und ich hatte nichts Besseres zu tun, als sie des Lauschens zu bezichtigen. Als mir das bewusst wurde, wollte ich mich bei ihr entschuldigen, dabei ist es dann zu dem gekommen, was ich ihr zuvor unterstellt habe; ich habe sie bei einem Gespräch belauscht.«

»Und hast so erfahren, dass Emmi nicht deine leibliche Mutter ist«, kombinierte Johannes.

Lisa nickte mit gequält verzogenem Gesicht. »Ich habe sie natürlich der Lüge bezichtigt und dann in meiner Wut die fristlose Kündigung ausgesprochen.«

Johannes legte den Arm um Lisas Schultern und geleitete sie so zu ihrem Auto, das direkt vor seinem schwarzen Mercedes-Benz am Straßenrand vor dem Friedhofseingang stand.

»Ich bin mir sicher, Darling, dass das Krämerchen großes

Verständnis für deine Reaktion von vorhin hat und dankbar sein wird, wenn du die Kündigung zurücknimmst«, prophezeite Johannes ihr, bevor er ihr einen sanften Kuss auf die Stirn gab. Dann nahm er ihr ihren Autoschlüssel ab und schloss damit die Fahrertür für sie auf. Nachdem er ihr die Tür aufgehalten und sie hinter dem Lenkrad Platz genommen hatte, beugte er sich etwas vor, um den Schlüssel ins Zündschloss zu stecken. Er küsste sie erneut auf die Stirn, sagte ihr leise, dass er sie liebe, und als Lisa den Motor ihres Autos schließlich anließ und davonfuhr, sah sie ihn noch eine Weile lang im Rückspiegel am Straßenrand stehen, mit der einen Hand ihr hinterherwinkend, während die andere in der Tasche seines Jacketts steckte.

Lieber Herrgott im Himmel, dachte Lisa, auch wenn mein Leben gerade aus den Fugen zu geraten scheint, solange dieser wunderbare Mann an meiner Seite ist, kann mir nichts passieren.

Johannes behielt recht, Ilse Krämer brach vor lauter Erleichterung, dass Lisa bei ihr daheim vor der Tür stand, um sich zu entschuldigen und die dumme Kündigung zurückzunehmen, in Freudentränen aus. Unverzüglich nahm sie ihren Mantel von der Garderobe, wickelte sich ihr Kopftuch um und verließ die Wohnung, um so schnell wie möglich an ihren Arbeitsplatz zurückzukehren.

Lisa bot ihr an, sie in ihrem Wagen mitzunehmen, doch Ilse Krämer winkte ab. »Die paare Schritte zu Fuß tun mir gut.«

Zunächst lenkte Lisa ihr Auto auch tatsächlich in Richtung der Hildesheimer Börde, doch statt nach links abzubiegen, fuhr sie weiter geradeaus. Es war nicht vernünftig, und vielleicht würden die Ärzte sie auch gar nicht zu ihrer Mutter vorlassen, doch sie musste mit ihr reden. Lisa wollte ihr in die Augen sehen können, wenn sie Emmi fragte, warum sie ihr all die Jahre die Wahrheit vorenthalten hatte. Und Lisa wollte wissen, ja, das war es wohl, was sie am meisten antrieb, ob sich etwas zwischen ihnen beiden verändert hatte, wo nun klar war, dass sie nicht Tochter und Mutter, sondern Nichte und Tante waren.

Und dann wollte sich auch noch in Erfahrung bringen, ob Greta längst eingeweiht war und deshalb so auf den Posten in der Fabrik beharrte.

Lisa traf ihre Mutter mit einem Buch in den Händen in ihrem Rollstuhl sitzend im Park der Klinik an.

Als sie ihre älteste Tochter auf sich zukommen sah, klappte sie das Buch sofort zu und rief erfreut aus: »Lisa, was … für eine … schöne Überraschung.«

Noch viel mehr war Lisa jedoch überrascht davon, wie flüssig und selbstverständlich der Satz ihrer Mutter über die Lippen gekommen war. Seit ihrem Besuch, der nicht viel mehr als zwei Wochen zurücklag, schien sich Emmi Wagners Sprachfähigkeit noch einmal enorm verbessert zu haben.

»Wie du sprichst, Mutti, ganz deutlich und flüssig«, kam Lisa nicht umhin zu sagen.

Emmi Wagner lächelte. »Ich kann es selbst kaum fassen, aber

es ist so, als wäre ein Knoten geplatzt … in meinem Kopf, meiner Zunge … es ist tatsächlich fast so … wie früher. Ich verdanke den Menschen, die sich hier in der Klinik um mich bemühen, so viel. Ganz besonders meinem Krankengymnasten Hans-Günther. Und natürlich … Harry …«

Als hätte er nur auf sein Stichwort gewartet, kam Emmis Krankengymnast aus dem Gebäude, überquerte mit großen Schritten die breite Sonnenterrasse und gesellte sich zu ihnen.

»Guten Tag, Frau Falkenstein«, begrüßte er Lisa freundlich, doch die Überraschung, sie hier anzutreffen, war nicht zu überhören.

»Guten Tag, Herr …«

»Meinhard – Hans-Günther Meinhard.«

»Genau, jetzt erinnere ich mich wieder«, gab Lisa zurück.

Seine Hand legte sich vertraulich auf Emmi Wagners Schulter, woraufhin sie ihn anlächelte. »Ist das nicht eine schöne Überraschung?«, sagte sie zu ihm.

Hans-Günther Meinhard nickte zwar, meinte dann jedoch: »Nur leider ist der Zeitpunkt etwas ungünstig. Ich wollte Sie gerade abholen, Emmi. Es ist Zeit für unsere Übungen.«

Lisa nickte. »Mein Besuch war eine ganz spontane Entscheidung. Und ich bleibe auch nicht lange …« Sie hielt kurz inne. Das Letzte, das sie wollte, war den Behandlungsplan *ihrer Mutter* durcheinander zu wirbeln. »Wenn Sie so freundlich wären, Herr Meinhard, und mir noch einen kurzen ungestörten Moment mit meiner Mutter gestatten würden, wäre ich Ihnen äußerst dankbar.«

Lisa sah dem Krankengymnasten an, dass er ihrem Wunsch nur ungern nachkam, doch er nickte und sagte an seine Patientin gewandt: »Ich hole Sie in zehn Minuten hier ab, Emmi, einverstanden?«

»Ja … ja, na…natürlich«, gab Emmi nun doch nicht mehr ganz so flüssig zurück. Anscheinend ahnte sie bereits, dass der Anlass für Lisas Besuch einen bestimmten Grund hatte.

Hans-Günther Meinhard war gerade dabei, in das Klinikgebäude zurückzugehen, da fragte Emmi Wagner: »Also doch kei…kein spontaner Besuch, Lisa?«

Lisa holte tief Luft. »Doch, Mutti, spontan ist er allemal. Es ist nämlich so, dass ich dir in die Augen sehen wollte, wenn ich dich frage, warum du mir nicht gesagt hast, dass du nicht meine Mutter, sondern meine Tante bist?«

Als hätte sie jemand geschlagen, zuckte Emmi Wagner zusammen. Dann aber begann sie, den Kopf zu schütteln, und erklärte: »Ich habe es t…tatsächlich n…nicht für nöö…tig gehalten.«

»Nicht für nötig gehalten. Aber warum nur? Dadurch ändert sich doch einfach … alles.«

Langsam hob Emmi Wagner die Hand und streckte sie nach Lisa aus, die ihrem Wunsch nachkam und sie ergriff. »Weil du meine Tochter bist, Lisa«, sprach sie nun wieder ganz flüssig und deutlich. »Das ist das Einzige, was von Bedeutung ist. Du bist meine Tochter, die ich von ganzem Herzen liebe.«

NEUNZEHN

Das Wort Familienbande hat
einen Beigeschmack von Wahrheit.

KARL KRAUS
ÖSTERREICHISCHER SCHRIFTSTELLER UND PUBLIZIST
(1874–1936)

Greta hatte ihren Willen durchgesetzt, sich dafür jedoch auf den Kompromiss mit ihrer Schwester Lisa einlassen müssen, dass sie zunächst die einzelnen Abteilungen und Bereiche der Zuckerrübenfabrik Wagner durchlaufen würde. So sollte sie im Schnellverfahren zumindest einen groben Einblick in die Abläufe der Fabrik gewinnen, hatte Lisa ihr gegenüber diese Bedingung begründet.

Nach drei Wochen in der Fabrik kam Greta nicht umhin, sich selbst einzugestehen, dass sie all das hier schrecklich langweilte. Im Grunde genommen wollte Greta nicht arbeiten und erst recht nicht hier in dieser scheußlichen Fabrik, in der sie es bislang die meiste Zeit mit einfachen Arbeitern und Bauern zu tun gehabt hatte. Hinauf in die Verwaltung der Fabrik, in die wesentlich schickeren Büroräume, würde sie laut Lisas Plan frühestens in zwei Wochen gelangen. Dabei kostete es Greta schon jetzt große Überwindung, morgens hierherzukommen, den ganzen Tag von diesem sonderbar süßlichen Geruch, Spinnenweben in jeder Ecke und Staub umgeben zu sein.

Und das alles nur, weil sie sich vorgenommen hatte, es Fritz zu beweisen. Sie wusste, dass er Lisa dafür bewunderte, wie gut sie sich in der kurzen Zeit und vor allem ohne eine adäquate Einarbeitung in die Geschäftsführung eingefunden hatte. Er hielt sie für überaus gescheit und zielstrebig, während Greta in seinen Augen etwas weltfremd war und … verwöhnt. Damals hatte es Greta nicht geschert, sie hatte andere Qualitäten, und die wusste Fritz sehr wohl zu schätzen. Doch seitdem sie ihn in Hamburg mit dieser anderen Frau gesehen hatte, vermutlich eine Kommilitonin, ein gescheites Fräulein, so wie Lisa es war, konnte sie an nichts anderes mehr denken, als es Fritz beweisen zu wollen.

Seite an Seite mit Lisa würde sie die Fabrik leiten, ausbauen, noch größer, produktiver und erfolgreicher machen. Greta sah sich bereits im todschicken Kostüm im Konferenzraum der Fabrik an dem langen ovalen Verhandlungstisch sitzen, die Herren Geschäftspartner hingen schmachtend an ihren roten Lippen, waren zutiefst von ihrer Klugheit, gepaart mit so viel Schönheit, beeindruckt, so dass sie jedes ihrer Vorhaben ohne Gegenstimmen durchgesetzt bekam.

Sie stellte sich vor, wie Elsa ihrem ach so tollen Fritz, dem zukünftigen Herrn Doktor, erzählte, wie erfolgreich und anerkannt Greta in der großen Fabrik war und dass sogar Lisa längst eingesehen hatte, dass ihre jüngere Schwester ihr um Längen voraus war.

Ja, tatsächlich waren das Gretas Visionen gewesen, die ihr jedoch mit jedem Tag, den sie hier vergeudete, unerreichbarer erschienen. Lisa ließ sie hier unten versauern, hatte augenscheinlich bewusst darauf gesetzt, dass Greta die Einarbeitungszeit nicht durchstehen würde und dann schnell von ihrem Vorhaben wieder Abstand nähme.

Zu jeder anderen Zeit hätte Lisa mit dieser Vermutung goldrichtig gelegen, doch Greta wollte unbedingt, dass Fritz beeindruckt von ihr war. Noch mehr, als ihre Schwester davon zu überzeugen, dass sie auf einen Halunken hereingefallen war. Inzwischen war es Greta egal, dass Lisa sich so hatte täuschen lassen. Jeder war seines Glückes eigener Schmied, hieß es doch. Dann sollte Lisa eben auch irgendwann die Konsequenzen dafür tragen, dass sie sich seit Jahren von Johannes an der Nase herumführen ließ.

Gretas Antrieb war, zu erleben, dass Fritz sie zurückerobern wollte, dass er sich nach ihr verzehren, sie bewundern und beeindruckt von ihr sein würde, damit sie ihm dann die eiskalte Schulter zeigen konnte. Ihn zum Teufel jagen, diesen Schuft, dem das gelungen war, was doch eigentlich unmöglich zu seinen schien: Er hatte ihr das Herz gebrochen.

»Guten Morgen, Fräulein Wagner«, wurde Greta von einem der Vorarbeiter freundlich begrüßt. Es war ihr erster Tag in der Rübenannahme, einer Station innerhalb der Fabrik, die Greta ebenso wenig wie alle anderen hier interessierte. Dementsprechend schlecht gelaunt war Greta und bemühte sich auch nicht im Ansatz darum, es sich nicht anmerken zu lassen.

»Frau Falkenstein hat gerade angerufen und mich darum gebeten, Ihnen auszurichten, dass Sie doch bitte zu ihr hinauf kommen mögen.« Der ältere Mann, dem der rechte Arm fehlte, verzog kummervoll das Gesicht, bevor er fortfuhr. »Allerdings erwartet sie Sie bereits seit über einer Stunde. Sie sind zu spät, Fräulein Wagner, viel zu spät.«

Was nahm sich dieser Kerl heraus, sie maßregeln zu wollen, ärgerte sich Greta. Noch mehr ärgerte es sie jedoch, wie Lisa nach ihr schicken ließ.

Mit Wut im Bauch lief Greta hinauf in das erste Stockwerk, durchquerte das Großraumbüro, kam im Vorzimmer der Fabrikantin an und ließ sich nicht beirren, als Ilse Krämer ihr aufgeregt zurief: »Aber, Fräulein Wagner, Sie können doch nicht einfach so in das Büro von Frau Falkenstein stürmen. Ich muss Sie anmelden und fragen, ob es ihr gerade passt.«

Höhnisch lachte Greta auf. Sie sah Ilse Krämer an, drückte die Klinke hinunter und erklärte trocken: »Sie sehen doch, dass ich das kann!«

Lisa telefonierte und ließ sich auch nicht davon beirren, als Greta sich mit finsterem Blick vor ihrem Schreibtisch aufbaute. Sie führte ihr Telefonat erst zu Ende, bevor sie mit einem angedeuteten Lächeln zu ihrer Schwester sagte:

»Greta, wie schön. Ich dachte schon, man hätte vergessen, dir auszurichten, dass ich angerufen habe.«

Greta schüttelte den Kopf. »Nein, Schwesterherz, hat *man*

nicht. Und dein Wunsch, mich zu sprechen, hätte passender nicht sein können, denn auch ich habe dir etwas mitzuteilen. Der Einblick in die einzelnen Abteilungen war sicherlich interessant, aber mehr als ausreichend. Ab sofort bin ich hier oben bei dir.«

Verblüfft sah Lisa sie an. »Das ist wirklich verrückt, Greta. Anscheinend funktioniert das noch immer mit unserer Gedankenübertragung.«

Greta neigte den Kopf leicht nach rechts und sah ihre Schwester misstrauisch an. »Und was genau möchtest du mir damit sagen?«

»Ich habe heute morgen mit Frau Krämer besprochen, dass du diese Woche …«

»In deinem Vorzimmer Platz nehmen soll?«, fiel Greta ihrer Schwester mit hochgezogenen Augenbrauen ins Wort. »Ich darf dir also zuarbeiten?!«

»Bitte sei doch jetzt nicht so höhnisch, Greta, so haben wir es doch besprochen, und du warst damit auch einverstanden.«

»Hatte ich eine andere Wahl? Du bestimmst hier doch sowieso alles.«

Lisa erhob sich von ihrem Stuhl und kam um den großen Schreibtisch herum. Versöhnlich legte sie ihre Hand auf Gretas rechten Unterarm. »Greta, jetzt lass uns doch nicht schon wieder streiten. Das führt doch zu nichts. Ich wollte dir vorschlagen, dass du mich heute bei meinem Auswärtstermin begleitest. So lernst du gleich einige der Landwirte kennen und sie dich. Außerdem bietet sich für uns die Gelegenheit, endlich mal wieder etwas Zeit miteinander zu verbringen. So wie früher, nur du und ich …«

Greta wollte schon sagen, dass doch ohnehin nichts mehr wie früher war. Schon seit Jahren nicht. Genau genommen, seit Lisa nichts Besseres zu tun gehabt hatte, als zum Studieren nach Berlin zu gehen und sie, Greta, allein in der Villa zurückzulassen. Am liebsten hätte sie ihr den ganzen Frust und Kummer, den sie ihretwegen gehabt hatte, direkt ins Gesicht gesagt. Doch dann fiel ihr Fritz wieder ein, dem sie beweisen wollte, dass auch in ihr eine kluge und tüchtige Geschäftsfrau, eine Fabrikantin steckte. Wenn sie es jetzt auf einen Streit mit Lisa ankommen ließe, würde sie fraglos den Kürzeren ziehen. Noch war sie nicht in der Lage, ihrer Schwester hier in der Fabrik das Wasser reichen zu können, noch konnte sie nicht mit ihr um den Chefsessel konkurrieren, dafür fehlte ihr das Wissen und die Erfahrung.

Also nickte sie und sagte: »Gut, Schwesterherz, dann begleite ich dich.«

Lisa freute sich. Ja, Greta kaufte ihr diese Freude auch tatsächlich ab. Und auf einmal war da wieder diese Vertrautheit, diese besondere Verbundenheit, und Greta verspürte den Drang, sich ihrer Schwester wegen Fritz anzuvertrauen, sich ihren Kummer von der Seele zu reden und von Lisa getröstet zu werden. So wie es früher immer gewesen war, als es keinen Gedanken gegeben hatte, den die beiden nicht miteinander geteilt hätten. Doch dann war Lisa gegangen und hatte nichts Besseres zu tun gehabt, als sich ausgerechnet auf Johannes Falkenstein einzulassen.

Einen Kerl, der nichts anderes im Sinn hatte, als seine geliebte Ehefrau bei jeder sich ihm bietenden Möglichkeit zu belügen und betrügen. Greta wusste, dass sie und seine damalige Berliner Freundin nicht die Einzigen waren, mit denen er ihre Schwester in den letzten Jahren betrogen hatte. Johannes Falkenstein war ein Schwerenöter durch und durch. Dass er Lisa geehelicht hatte, war Gretas Meinung nach von ihm gut durchdacht gewesen, denn dank ihres familiären Hintergrunds konnte er sich nach mittelmäßig abgeschlossenem Studium direkt ins fertig gemachte Nest setzen. Wenn Greta eines in den letzten drei Wochen in der Fabrik begriffen hatte, dann war es die Tatsache, dass der Ehemann der taffen jungen Fabrikantin alles andere als beliebt war. Keiner der Arbeiter, Schichtleiter, Ingenieure hatte es gewagt, sich Greta gegenüber offen zu äußern, doch die versteckten Andeutungen, das Augenrollen, die wegwerfenden Handbewegungen, sobald der Name Johannes Falkenstein fiel, machten deutlich, wie man hier von ihm dachte.

»Ich muss noch ein ganz kurzes Telefonat führen, dann können wir losfahren«, erklärte Lisa und holte Greta damit aus ihren unschönen Gedanken zurück ins Hier und Jetzt.

Eine gute halbe Stunde später saßen sie nebeneinander in Lisas Auto und machten sich auf den Weg zu der großen Hofstelle des Landwirts Knut Helms, einem der wichtigsten Rübenbauern.

»Die Menge der Zuckerrüben, die er uns liefert, machen in etwa dreißig Prozent unseres Bedarfes aus, was natürlich enorm ist«, erklärte Lisa.

Greta wunderte sich. »Aber ist so etwas nicht sehr riskant? Ich meine, wenn man von einem Zulieferer so abhängig ist? Dreißig Prozent sind ja wahrhaftig nicht wenig.«

Überrascht musterte Lisa sie von der Seite. »Dass du dir darüber Gedanken machst …«

Diese Aussage überraschte nun wiederum Greta. »Ich kann daran jetzt nichts Ungewöhnliches finden. Schließlich bin ich hier, weil ich Einblicke in die Abläufe und Belange der Fabrik gewinnen möchte, mit dem Ziel, hier tätig zu werden … in führender Position.«

Daraufhin schwieg Lisa eine Weile lang, doch Greta sah ihr direkt an, wie es hinter ihrer Stirn arbeitete. Ihre Schwester glaubte nicht an Gretas ernsthafte Absichten, sie erkannte ihre Bemühungen nicht an. Auch bei Fritz war es so gewesen, auch er traute ihr die Rolle der Geschäftsfrau nicht zu. Er traute ihr überhaupt nichts zu, außer eben schön auszusehen.

Greta spürte, wie sich der Ärger wieder langsam in ihr auszubreiten begann. Und sie hatte auch schon den Mund aufgeklappt, um Lisa anzufahren, als diese ihren Wagen in eine lang gezogenen Allee lenkte und erklärte: »Das ist der Hof von Bauer Helms. Er und seine Familie haben wie wir großes Glück gehabt, dass die Gebäude im Krieg nicht zerbombt wurden. Zudem sind ihm beide Söhne geblieben, wenn auch der eine von ihnen, der jüngere, von einer Granate am Kopf getroffen wurde und seitdem etwas wunderlich ist, behauptet Bauer Helms zumindest.«

»Aha«, sagte Greta ungerührt, »der Jüngste ist also etwas weich im Kopf.«

»Greta!«, rief Lisa kopfschüttelnd aus. »Jetzt rede doch nicht so abwertend von den Menschen. Erst recht nicht von denen, die aufgrund dieses grausamen Krieges noch immer zu leiden haben.«

Schnaufend atmete Greta durch, ersparte sich aber eine Erwiderung auf Lisas Zurechtweisung.

Bauer Helms freute sich über den unerwarteten Besuch der Fabrikantin und ihrer jüngeren Schwester, er ließ aber vom ersten Moment an keinen Zweifel daran, dass ihm die Wichtigkeit seiner Rübenmenge durchaus bewusst war.

Greta hörte zunächst nur zu, lächelte charmant, ließ sich alles zeigen und tat interessiert. Doch zunehmend kam sie nicht drumherum, festzustellen, dass Bauer Helms sich seiner Wichtigkeit etwas zu sehr bewusst war und eine Spur zu gönnerhaft mit Lisa umging.

Lisa hingegen schien das nicht zu bemerken oder es einfach hinzunehmen, weil sie den wichtigen Rübenbauern nicht verärgern wollte.

»Und Sie, Fräuleinchen«, wandte der Bauer sich nach einem ausgedehnten Rundgang über sein wirklich weitläufiges Anwesen an Greta, »wollen sich ein bisschen die Langeweile in der Fabrik vertreiben, oder warum begleiten Sie Ihre Schwester heute?«

Greta zählte innerlich bis fünf, dann antwortete sie charmant lächelnd: »Aber nein doch, Herr Helms, ich gedenke, zukünftig meiner Schwester als Fabrikantin zur Seite zu stehen.«

Mit geradezu ungläubigen Augen starrte Bauer Helms sie an. »Aber ich bitte Sie, so ein fesches Fräulein wie Sie hat es doch wohl nicht nötig, zu arbeiten. Wenn sich für Sie kein passender Ehemann finden lässt, auch wenn es natürlich noch immer ein Überschuss an Fräuleins gibt, weil viele Männer so versehrt aus dem Krieg heimgekehrt sind, dass das keiner Frau zuzumuten ist, dann fresse ich einen Reisigbesen.«

Greta war sprachlos, etwas, was selten vorkam. Dieser Bauer Helms war derart anmaßend und überheblich, dass sie ihm am liebsten auf der Stelle die Zusammenarbeit gekündigt hätte.

Lisa schien zu ahnen, was gerade in Greta vorging, und konterte, wie Greta es ihr niemals zugetraut hätte.

»Ich bedauere es sehr, Herr Helms, Sie so über die mutigen Männer und Frauen reden zu hören, die ihr Leben oder ihre Gesundheit im Krieg verloren haben. Wir zum Beispiel haben unseren Vater verloren, den Sie ja sicherlich gekannt haben, und leiden bis heute darunter. Bei Ihnen ist es der jüngste Sohn, der nicht mehr ganz bei Sinnen ist, was Ihnen bestimmt auch Kummer bereitet. Wir haben also alle noch immer unter den Folgen zu leiden, was uns wiederum miteinander verbindet.« Lisa lächelte ihn nun geziert an. »Und jetzt würde ich wirklich gerne mit Ihnen über die geplante Quote sprechen. Kann ich mich denn diesbezüglich auf Sie verlassen, oder sollte ich später, wenn ich bei der Tochter vom alten Kreibaum bin, auf das Angebot eingehen, das sie uns gerade erst neulich gemacht hat, nämlich zur nächsten Kampagne die doppelte Menge zu liefern?«

»Was hat die Tochter von Kreibaum gemacht?« Dem eben noch so selbstsicher grinsenden Bauern entglitten die Gesichtszüge. »Wie soll das denn gehen? Der Kreibaum soll doch krank sein, unheilbar krank und hat dazu kaum noch Land.«

»Hatte!«, verbesserte Lisa ihn, noch immer lächelnd. »Seine Tochter hat den Betrieb übernommen, und weil sie nicht nur tüchtig, sondern auch sehr klug ist, ist es ihr gelungen, noch einiges an Land dazuzugewinnen. Sie plant, auf diesen Flächen weitere Zuckerrüben anzubauen, die sie bevorzugt an uns liefern möchte. Allein schon der alten Verbundenheit wegen, unsere Väter waren ja früher sehr gute und zuverlässige Geschäftspartner, und mit meiner Mutter hat Bauer Kreibaum direkt nach Kriegsende wieder zusammengearbeitet.«

Irgendetwas wie »verdammten Weibsbilder« vor sich hin brummend, wandte der Bauer Greta und Lisa den Rücken zu, so dass Greta fest davon überzeugt war, dass er sie nun einfach stehen lassen würde. Doch er schien wohl nur diesen Moment gebraucht zu haben, um sich einigermaßen zu fangen, weil er zwar ein grantiger alter Kerl war, aber bestimmt nicht dumm. Daher war ihm auch sehr wohl bewusst, dass die junge Fabrikantin ebenso geschäftstüchtig wie ihre Mutter war und durchaus in der Lage, seine Rübenquote durch die Lieferungen anderer Rübenbauern ersetzen zu können.

Erst später, als sie wieder im Auto saßen, fing Lisa auf einmal an, zu lachen, und erklärte Greta auch gleich, worüber sie sich so köstlich amüsierte. »Dieser böse alte Sturkopf denkt, er wäre zu schlau für uns. Dabei hat die Tochter von Bauer Kreibaum bestimmt nicht vor, den Hof zu erweitern. Sie plant, nach Berlin zu gehen, um als Tänzerin in einer Revue aufzusteigen.«

»Du hast ihn angelogen? Ausmanövriert?«, staunte Greta. So etwas hätte sie ihrer sonst so gewissenhaften Schwester wahrhaftig nicht zugetraut.

Lisa zuckte mit den Schultern. »Normalerweise schätze ich so etwas nicht, ich wünsche mir eine ehrliche und für beide Seiten zufriedenstellende Zusammenarbeit. Aber dieser Helms ist wirklich ein harter Knochen, dem ich unbedingt mal zeigen musste, dass er uns Fabrikantinnen gefälligst zu respektieren hat.«

Greta horchte auf. »Uns?«

Lisa wandte ihr das Gesicht zu. »Ich will ehrlich zu dir sein, Greta. Als du meintest, du wolltest hier in der Fabrik deinen Platz einnehmen, habe ich das für eine fixe Idee von dir gehalten. Doch du hast bewiesen, dass es dir ernst ist und außerdem …« Lisa stockte und schien angestrengt nach den richtigen Worten zu suchen. »… steht es dir zu, Mutters Nachfolge anzutreten.«

»Was meinst du damit, dass es mir zustünde?«, wunderte sich Greta. »Du bist doch diejenige, die studiert hat und von der immer klar war, dass sie eines Tages Mutters Nachfolge antreten würde.«

Lisa holte tief Luft. »Aber du bist ihre Tochter …«

»Du etwa nicht?«, fragte Greta nicht ernst gemeint.

»Nein«, gab Lisa leise zurück, »das bin ich nicht …«

ZWANZIG

Der Kummer, der nicht spricht,
nagt leise an dem Herzen, bis es bricht.

WILLIAM SHAKESPEARE
ENGLISCHER DRAMATIKER, LYRIKER UND SCHAUSPIELER
(1564–1616)

Aufgebracht lief Johannes vor dem Sessel, in dem Lisa mit einem Cognacglas saß, auf und ab. Sein Gesicht hatte sich rot verfärbt, die Adern an seinen Schläfen und am Hals stachen deutlich hervor. So außer sich hatte Lisa ihren Mann noch nie erlebt. Wenn sie ihn nicht so gut kennen und aufrichtig lieben würde, hätte sein Verhalten sie sicherlich eingeschüchtert, womöglich sogar geängstigt.

»Was hast du dir bloß dabei gedacht, Lisa?«, fuhr er sie ungehalten an. »Ich bin immer davon ausgegangen, dass du eine kluge Frau bist!«

Lisa trank einen kleinen Schluck von dem Cognac, bevor sie zu Johannes aufsah, der nun vor ihrem Sessel Halt gemacht hatte und sie mit einem Blick musterte, den sie nicht kannte. Nein, so hatte er sie noch nie angesehen, so … so … gemein.

»Weil es genauso Gretas wie mein Recht ist, die Wahrheit zu erfahren, Hannes. Das habe ich mir dabei gedacht«, gab sie äußerlich gefasst zurück. Innerlich sah es jedoch ganz anders in Lisa aus, da herrschte großes Unverständnis darüber, wie ihr Ehemann auf ihre Eröffnung reagierte, dass sie Greta die Wahrheit gesagt hatte.

»Recht«, stieß er nun verächtlich hervor. »Das Recht auf was? Auf die Fabrik? Auf den Chefsessel? Auf das Sagen in der Villa? Wo deine Mutter doch nicht vorhatte, es ihr zu mitzuteilen, sie dich sogar ausdrücklich darum gebeten hat, Stillschweigen darüber zu bewahren, weil sie ganz genau weiß, wie schamlos dieses kleine Miststück ihre neue Stellung innerhalb der Familie ausnutzen wird.«

Empört schüttelte Lisa den Kopf. »Johannes, es reicht. Mag sein, dass du meinen Entschluss nicht nachvollziehen kannst, und vielleicht ist es auch richtig, dass ich vorher mit dir darüber hätte reden sollen, aber du bezeichnest meine Schwester nicht als Miststück. So etwas möchte ich nie wieder von dir hören.«

Höhnisch lachte Johannes auf, bevor er erwiderte: »Gut, dann nenne ich sie eben Flittchen.«

Lisa schnappte nach Luft. Sie glaubte nicht, was ihr Ehemann da gerade gesagt hatte. Was war das nur für eine Seite, die er ihr da von sich präsentierte?

»Du bist nicht ganz bei Sinnen«, erklärte sie. Sie erhob sich und wollte zur Tür gehen, bevor ihr Ehemann noch mehr Dinge von sich gab, die sie ihm womöglich nicht verzeihen könnte.

Doch Johannes umfasste ihren Unterarm und hinderte sie am Weggehen. »Du bleibst hier!«, brüllte er sie an.

»Du tust mir weh«, beschwerte sie sich bei ihrem Ehemann.

»Das hättest du dir vorher überlegen sollen. Bevor du unsere Zukunft riskierst, indem du mal wieder so unerträglich aufrichtig und fair sein musstest«, stieß Johannes mit boshaft verzerrtem Gesicht hervor. Doch dann schien ihm wohl endlich bewusst zu werden, wie sein Verhalten auf Lisa wirkte.

Tief durchatmend löste er seinen Griff um ihr Handgelenk und fuhr sich dann mit beiden Händen durch die Haare.

»Es tut mir leid, Darling«, behauptete er. »Ich … ich wollte dich überhaupt nicht so angehen. Wirklich nicht.«

Mühsam versuchte Lisa die Tränen wegzublinzeln, die ihr in den Augen brannten. »Ich verstehe nicht, was in dich gefahren ist. Warum du dich so schrecklich aufregst und vor allem, wie du so abwertend von meiner Schwester reden kannst.«

Johannes hob die Hand, und einen schrecklichen Moment nahm Lisa tatsächlich an, er wolle sie schlagen. Doch dann tupfte er ihr mit dem Zeigefinger die Träne von der Wange, die sich nicht länger zurückhalten lassen hatte.

»Ich habe mich gerade daneben benommen, und dafür muss ich mich nur aufrichtig bei dir entschuldigen, Lisa-Darling«, begann er mit sanfter Stimme. »Doch was deine Schwester angeht, Lisa, da fürchte ich, dass du einfach zu blauäugig bist. Sie ist berechnend, durchtrieben und wird sich das nehmen wollen, von dem sie glaubt, dass es ihr zusteht. Die Frage, die sich mir dann stellt, ist, wie sich eure Mutter letztendlich entscheiden wird. Wenn Greta zum Beispiel auf die Erbfolge besteht und nun auch noch der Meinung ist, sie könnte sich irgendetwas in der Fabrik unter den Nagel reißen, eine Position bekleiden, der sie nicht gewachsen ist, werden wir es zukünftig nicht mehr so leicht haben. Womöglich setzt sie Dinge durch, die nicht mit uns abgesprochen sind und …«

»Hör bitte damit auf, Johannes«, fiel Lisa ihm ins Wort. »Ich weiß überhaupt nicht, wie du darauf kommst. Ja, Greta möchte auch endlich beruflich Fuß fassen, was doch erst einmal nur gut ist. Und wenn sie in der Fabrik arbeiten möchte, dann begrüße ich das und werde sie nach Kräften darin unterstützen. Und als Letztes, ich verstehe deine Sorge nicht, denn mein Vater ist Emil Wagner, mein Großvater Hans-Hermann Wagner, daran hat sich ja nun nichts geändert. Und nun möchte ich bitte das Thema beenden und mich zurückziehen, ich bin müde.«

Lisa ging und ließ Johannes zurück, der sich zwar bei ihr entschuldigt hatte, aber noch immer einen ziemlich verärgerten Eindruck auf sie machte. Sie nahm sich viel Zeit für ihre Abendpflege und hoffte darauf, Johannes bereits schlafend in ihrem Ehebett vorzufinden, als sie schließlich das Schlafzimmer betrat.

Doch er war hellwach.

»Darling, da bist du ja endlich«, schnurrte er wie ein liebestoller Kater, und nichts erinnerte mehr an den wutentbrannten Mann von vorhin.

Lisa entledigte sich ihres zinnfarbenen Morgenmantels, bevor sie sich auf ihre Seite des Bettes legte und ihrem Mann demonstrativ den Rücken zuwandte.

»Darling«, raunte er ihr ins Haar, während er eng an sie heranrutschte und seine rechte Hand ihre Brust umschloss.

»Ich bin müde«, erklärte Lisa und schob seine Hand zur Seite.

Johannes liebkoste ihr Ohrläppchen, und ja, Lisas Körper reagierte auf seine Zärtlichkeiten. Dennoch machte sie sich ganz steif und wiederholte: »Ich möchte wirklich schlafen, Johannes.«

Erneut umfasste seine Hand ihre Brust und begann, sie leicht zu massieren, während seine Lippen von ihrem Ohr zu ihrem Hals glitten.

Lisa spürte das Verlangen immer schmerzlicher in ihrem Schoss, doch sie rutschte von ihm weg auf die Bettkante.

»Lass mich bitte«, verlangte sie, und als er ihr wieder nahe kam, und seine Hände und sein Mund einfach nicht von ihr ablassen wollten, verließ sie kurzerhand das Ehebett.

»Was soll das?«, rief Johannes perplex aus. »Nur weil wir vorhin ein bisschen gestritten haben?«

Lisa nahm ihren Morgenmantel, schlüpfte in ihre Pantoffel und ging zu Tür.

»Lisa!«, rief Johannes. »Das kann unmöglich dein Ernst sein.«

»Und es kann unmöglich dein Ernst sein, mich in einem Moment anzubrüllen, dass ich richtig Angst vor dir habe, um dann mit mir schlafen zu wollen, als wäre nichts geschehen.« Damit öffnet sie die Tür und verließ ihr gemeinsames Schlafzimmer.

Draußen auf dem Flur musste sie erst einmal tief durchatmen. Gut möglich, dass sie überreagiert hatte. Streit kam schließlich in jeder guten Ehe vor. Aber seine ausfallende Art und ganz besonders, wie verächtlich er von Greta gesprochen hatte, war etwas, mit dem sie erst einmal fertigwerden musste.

Also legte sie sich in das Bett ihrer Mutter, wie sie es früher als Kind und Heranwachsende oft getan hatte, und war kurze Zeit später tatsächlich eingeschlafen.

Am nächsten Morgen war Johannes bereits aus dem Haus, als sie hinunter in das Speisezimmer ging. Ihre Großmutter saß an ihrem gewohnten Platz, vor ihr auf dem Teller eine dicke Scheibe Brot mit Butter und selbstgemachter Erdbeermarmelade, wie sie es zum Frühstück eigentlich bevorzugte. Doch jetzt saß sie da und kam Lisa direkt ein wenig angewidert von ihrem Frühstück vor.

»Guten Morgen, Großmutter«, begrüßte Lisa die ältere Frau. Sie hauchte ihr einen Kuss auf die faltige Wange.

Eine Sekunde später erschrak Lisa, weil ihr in diesem Moment bewusst wurde, wie dünn ihre Großmutter geworden war.

»Hast du keinen Appetit?«, erkundigte sie sich besorgt. »Fühlst du dich wieder nicht recht gut?«

Thea Engel deutete ein Kopfschütteln an. »Mach dir meinetwegen keine Sorgen, Lisa, davon hast du ja wohl schon genug.«

Erstaunt sah Lisa ihre Großmutter an. »Wie kommst du denn nur drauf? Denkst du, wegen Mutti? Da kann ich dich beruhigen. Ihr geht es von Tag zu Tag besser. Erst vorgestern habe ich lange mit ihr telefoniert. Man hört überhaupt nicht mehr, dass sie vor einiger Zeit nicht in der Lage war, flüssig zu sprechen. Sie meinte, wenn alles nach Plan läuft, dann ist sie bald wieder bei uns.« Lisa hielt kurz inne, weil ihr gerade eingefallen war, dass ihre Mutter wahrscheinlich nicht in ihre privaten Räume hier in der Villa zurück konnte. Auch wenn man im Kaiser-Bad-Sanatorium in Bad Pyrmont wahre Wunder vollbracht hatte, den Rollstuhl würde sie mit großer Wahrscheinlichkeit zeit ihres Lebens nicht mehr verlassen können. Keiner der Ärzte, nicht einmal der Krankengymnast, dieser Hans-Günther Meinhard, hatte ihnen in dieser Richtung irgendwelche Hoffnungen machen können.

»Wir müssen jemanden kommen lassen, der die Villa so umgestaltet, dass Mutti, wenn sie dann erst wieder daheim ist, sich ungehindert bewegen kann. Wir könnten zum Beispiel einen Aufzug einbauen lassen. Dann müsste Mutti ihre Räume in der oberen Etage nicht aufgeben. Natürlich könnten wir auch darüber nachdenken, es ihr hier unten schön zu machen. Vielleicht gestalten wir die großzügige Bibliothek zu einem Salon mit angrenzendem Schlafraum um.«

»Das wäre deiner Mutter bestimmt nicht recht, Lisa«, war sich ihre Großmutter sicher. »Sie hat die Bibliothek vom ersten Moment an geliebt. Du musst wissen, mein Kind, sie und dein Vater haben jeden Abend vor dem Schlafengehen in der Bibliothek zusammen noch etwas getrunken und sich dabei über den Tag unterhalten, meistens über das, was der Fabrik, vorgefallen war. Manchmal aber haben sie auch einfach nur dagesessen und gemeinsam gelesen. Nein, Lisa, diesen schönen Raum umzugestalten, das wäre ihr sicherlich nicht recht. Dann machen wir es doch besser so, dass ich ihr meine Räume abtrete und nach oben ziehe.« Thea Engel schob nun endgültig den Teller mit dem Marmeladenbrot von sich, bevor sie weitersprach. »Ich wollte längst zurück in mein Haus. So oft habe ich mir das vorgenommen, und immer ist im letzten Moment dann etwas dazwischengekommen. Und nun ist es wohl zu spät dafür. Was soll ich alte kranke Frau in einem Dorf, in dem mich eh keiner mehr kennt. Die alten Nachbarn und Freunde sind fast alle tot, die Jungen erinnern sich längst nicht mehr an die Schusterfamilie Engel.«

»Aber fühlst du dich hier denn nicht wohl, Omili?«, wunderte Lisa sich. »Das hier ist doch genauso dein Zuhause wir unseres.«

Ihre Großmutter winkte ab. »Lisa, du musst dich wirklich nicht auch noch damit belasten. Ich kann den Jüngsten von der Elsa bitten, sich darum zu kümmern, dass meine Habseligkeiten nach oben geschafft werden. Natürlich nur, wenn es Emmi recht ist. Wir sollten sie auf jeden Fall vorher dazu befragen und nicht einfach so die Räume tauschen.«

»Gut, wie du meinst«, sagte Lisa. »Ich hatte sowieso vor, am Samstag zu ihr zu fahren. Vielleicht begleitet mich Greta. Mutti fragt jedes Mal nach ihr, und mir fällt es immer schwerer, ihr eine plausible Erklärung zu präsentieren, warum Greta sich nicht überwinden kann, sie in Bad Pyrmont zu besuchen.«

Lisas Großmutter faltete die Hände. »Das schlechte Gewissen, Kind, das wird es sein. Gretel macht sich noch immer Vorwürfe wegen des Unfalls, und die kann ihr keiner nehmen, nicht einmal Emmi. Die Zeit soll bekanntlich alle Wunden heilen, und wenn sie nicht zu heilen sind, dann sollen sie zumindest ein wenig in Vergessenheit geraten.«

»Aber Mutti macht ihr keine Vorwürfe. Sie hat mir mehrfach versichert, dass sie Greta in keiner Art und Weise für das verantwortlich macht, was ihr zugestoßen ist.«

»Dann solltest du wirklich zusehen, Lisa, dass du deine Schwester alsbald mit nach Bad Pyrmont nimmst, damit die beiden sich endlich aussprechen. Es ist ja kaum noch mit anzusehen, wie sehr das Gretchen sich quält.« Sie hielt kurz inne und fügte dann nachdenklich hinzu: »Ich habe aber auch den Verdacht, dass sie unter Herzschmerz zu leiden hat. Es hat da wohl jemanden gegeben, der ihr nahestand und der sie wohl ziemlich enttäuscht hat …«

»Das vermute ich auch«, erwiderte Lisa. »Aber sie blockt jedes Gespräch in dieser Richtung ab. Und was ihren Besuch bei Mutti betrifft: Ich werde mich bemühen, sie zu überreden.«

»Ja, tu das, Lisa«, gab ihre Großmutter zurück und fragte dann: »Und dein Kummer, Lisa, möchtest du mir davon vielleicht erzählen?«

Im ersten Moment wusste Lisa nicht, wie sie auf die Frage ihrer Großmutter reagieren sollte. Dass sie auf den lautstarken Streit zwischen Johannes und ihr vom gestrigen späten Abend anspielte, war eindeutig. Schließlich traf sie den Entschluss, die Auseinandersetzung mit ihrem Mann vor der Großmutter als harmlos darzustellen. »Du täuscht dich, Omili, ich habe keinen Kummer.«

Und weil Thea Engel sie weiterhin skeptisch ansah, fügte Lisa noch hinzu: »Zugegeben, in der Fabrik ist es nicht immer alles so leicht, und auch wenn ich mich gut eingefunden habe, bin ich doch noch längst nicht rundum dort auf meinem Posten angekommen. Die Aufgaben sind sehr vielschichtig, und das eine oder andere Gespräch mit den Herren der Chefetage sowie manchen Rübenbauern hat mich ziemlich gefordert. Hier immer das richtige Mittelmaß zu finden, ist es, was mir manchmal sehr viel abverlangt. Darum bin ich gelegentlich auch sehr schnell … reizbar …«

Ihre Großmutter nickte mit wissendem Blick, bevor sie sagte: »Der Kummer, der nicht spricht, nagt leise an dem Herzen, bis es bricht.«

»Du hast Johannes und mich streiten gehört und bist deshalb besorgt«, kam Lisa nun nicht mehr umhin, zu sagen. »Deswegen musst du dir wirklich keine Sorgen machen. In jeder guten Ehe wird auch mal miteinander gestritten und sich anschließend wieder vertragen. Ich denke, das gehört einfach dazu.«

Erneut nickte Thea Engel, und dann sagte sie etwas, was Lisa erst viel später einmal verstehen sollte. »Ich mache mir nicht wegen des Streits von gestern Abend Sorgen, Lisa. Nicht wegen dem, was dein Mann zu dir gesagt hat. Gleichgültig wie laut oder leise er dabei war. Was mich sorgt, ist das, was er dir verschweigt.«

EINUNDZWANZIG

Mit der wahren Liebe verhält es sich wie
mit Geistererscheinungen: Alle Welt redet davon,
aber nur wenige haben sie gesehen.

FRANÇOIS DE LA ROCHEFOUCAULD
FRANZÖSISCHER ADELIGER UND SCHRIFTSTELLER
(1613–1680)

Harry Westermann ergriff Emmis Hand und sagte mit warmer Stimme zu ihr: »Emmi, ich ahne, wie deine Antwort lauten wird, dennoch gebe ich nicht auf, dir diese Fra…«

Emmi fiel ihm kopfschüttelnd ins Wort. »Harry, ich bitte dich, fang doch nicht wieder davon an. Du kennst meine Antwort, und ich werde meine Meinung nicht ändern.«

Harry Westermann atmete tief durch, strich aber unverändert zärtlich über Emmis Handrücken, während er ihr ankündigte: »Und ich werde nicht aufgeben, Liebes, dir genau diese Frage zu stellen. Würdest du mir die Ehre erweisen und mich heiraten? Nein, Emmi, das werde ich nicht tun. So lange, bist du Ja sagst, werde ich dich immer wieder fragen. Und du weißt, wir Autohändler können sehr hartnäckig sein.«

Nun lachte Emmi. Harry war ein wunderbarer Mann, und wenn die Umstände anders gewesen wären, dann hätte sie tatsächlich ernsthaft darüber nachgedacht, seinen Antrag anzunehmen. Ja, Emmi hätte sich durchaus vorstellen können, Harry zu heiraten. Sie liebte ihn. Nicht so überwältigend, so alles beherrschend, wie sie einst für ihren verstorbenen Mann Emil empfunden hatte. Aber wahrscheinlich erlebte man so etwas auch nur einmal im Leben.

Emmi war sich deshalb auch so sicher gewesen, dass sie nicht in der Lage sein würde, sich jemals für einen anderen Mann zu interessieren, ihm Gefühle entgegenzubringen, echte, tiefe und aufrichtige Gefühle. Doch dann hatte sie Harry Westermann kennengelernt, der alles darangesetzt hatte, sie für sich zu gewinnen. Und als dann tatsächlich der Fall eingetreten war, dass auf einmal auch von ihrer Seite aus Liebe im Spiel war, war es zu diesem unglücklichen Unfall gekommen.

Seitdem war Harry Westermann nicht von ihrer Seite gewichen. Wann immer seine Zeit es zugelassen hatte, war er zu ihr nach Bad Pyrmont ins Sanatorium gekommen, um ihr Mut zuzusprechen. Immer wieder aufs Neue, auch wenn sie gerade zu Beginn ihres Aufenthalts in dem Sanatorium so mutlos gewesen war, dass all seine Worte an ihr abgeprallt waren wie an einer dicken Steinmauer.

Trotzdem konnte und wollte sie nicht zulassen, dass er sich zeit seines Lebens an eine kranke Frau wie sie binden würde. Harry war ein gut aussehender, stattlicher Mann, für den das Leben ganz bestimmt noch so einiges an schönen Dingen parat hielt. Gewiss würde er bald eine andere Frau kennenlernen, eine gesunde Frau, die ihm keine Last war. Und diesem Glück wollte Emmi auf gar keinen Fall im Wege stehen.

Auch wenn er jetzt noch annahm, es würde ihm nichts ausmachen, an eine körperlich so stark eingeschränkte Frau wie sie gebunden zu sein, so konnte sich das im Laufe der Zeit ändern. Emmi war sich sogar ganz sicher, dass es so kommen würde. Welcher Mann wollte schon den Rest seines Lebens mit einer Frau verbringen, die im Rollstuhl saß? Irgendwann würde er sich diese Frage stellen und zu dem Entschluss gelangen, dass es ein Fehler gewesen war, sie zu heiraten. Und das nur, weil er sich ihr verpflichtet fühlte, vielleicht sogar aus Mitleid, was die allerschlimmste Vermutung für Emmi bedeutete.

Nein, sie konnte nicht zulassen, dass Harry sich mit ihr einer Last annahm, die ihn daran hinderte, ein freies und glückliches Leben zu führen. Deshalb wies sie all seine Anträge konsequent zurück und war sich nahezu sicher, dass er ihr eines Tages dankbar dafür sein würde.

»Es macht mich traurig, Emmi«, redete Harry nun weiter, »dass du nicht einmal bereit bist, ernsthaft darüber nachzudenken.«

»Und mich macht es traurig, Harry, dass du einfach nicht verstehen willst, dass es keinen Sinn hat, mir immer wieder diese Frage zu stellen. Keiner von uns beiden weiß, wie es weitergeht. Außer eben, dass ich bald nach Hause zurückkehren kann. Aber dass die Ärzte mir meine Entlassung in Aussicht stellen, bedeutet doch auch, dass ich austherapiert bin. An meinem Zustand wird sich nichts mehr verbessern, Harry, ich werde diesen Rollstuhl nicht mehr verlassen.«

»Was nichts daran ändert, dass ich dich liebe und den Rest meines Lebens mit dir verbringen möchte«, erwiderte er.

Emmi seufzte. »Lass es jetzt gut sein«, bat sie ihn. »Dieses Gespräch strengt mich an. Ich bemerke auch schon wieder, dass ich Kopfschmerzen bekomme.«

Sofort war Harry besorgt um sie. »Emmi, Liebes, das habe ich wirklich nicht gewollt. Soll ich nach einer Schwester rufen, dass sie dir vielleicht eine Tablette gegen die Kopfschmerzen bringt? Oder ist dir schon damit geholfen, wenn ich dich in Ruhe lasse … zurück nach Hause fahre?«

Doch das wies Emmi entschieden zurück. »Um Himmels willen, Harry, so habe ich das nicht gemeint. Ich freue mich über deine Besuche. Ich bin gerne mit dir zusammen, und ich rechne es dir wirklich hoch an, dass du dich so sehr um mich bemühst und kümmerst.«

»Und warum willst du mich dann nicht heiraten?« Harry zwinkerte ihr zu. »Keine Sorge, das war der letzte Antrag … für heute.«

»Versprochen?«, fragte Emmi.

Er ließ ihre Hand los, um seine Rechte zu heben und feierlich zu verkünden: »Ich schwöre!«

Und tatsächlich wechselte er das Thema, indem er sie fragte, ob es Neuigkeiten von ihrer Familie geben würde.

»Lisa hat sich gemeldet. Sie wollte wissen, ob es bereits mit

Sicherheit feststeht, wann ich das Sanatorium verlassen kann. Daheim in der Villa sollen wohl demnächst die Handwerker mit den Umbauarbeiten beginnen. Meine privaten Räume werden ins Erdgeschoss verlegt, so dass ich bequem mit dem Rollstuhl alles erreichen kann und nicht immer auf Hilfe von anderen angewiesen bin.«

Harry nickte. »Das hört sich gut an. Wenngleich all das überhaupt nicht nötig wäre, denn wie du weißt, gibt es in meinem Haus keine Treppen, nur eine einzige Etage, das Erdgeschoss. Wenn du bei mir wohnen würdest, Emmi, da müsste ich lediglich ein paar Möbel zur Seite rücken lassen, und schon hättest du es mit keinerlei Einschränkungen zu tun.«

»Hattest du nicht eben gerade hoch und heilig geschworen, das Thema für heute nicht mehr zu erwähnen?«, erinnerte Emmi ihn.

Harry mimte den Unschuldigen. »Ich habe dir doch gar keinen Antrag gemacht, ich habe dir nur die Vorteile dargelegt, die du und auch deine Familie hätten, wenn du zu mir ziehen würdest. Aber einen Antrag, nein, wirklich, da bildest du dir jetzt aber ganz schön was ein, meine Liebe.«

Er lachte, und Emmi stieg in sein Lachen ein. Und plötzlich dachte sie, dass sie ihn sehr vermissen würde, wenn er eines Tages eine gesunde Frau kennenlernte, mit der er sein schönes Haus und sein schönes Leben teilen könnte.

Kaum hatte Harry Westermann sich verabschiedet, klopfte es erneut an ihrer Tür, und ihr Krankengymnast Hans-Günther Meinhard trat ein. Suchend sah er sich in ihrem Zimmer um, um dann bedauernd festzustellen: »Schade, jetzt habe ich Harry verpasst.«

»Er ist vor fünf Minuten gegangen, Hans-Günther. Wenn Sie sich beeilen, dann können Sie ihn vielleicht noch auf dem Parkplatz antreffen«, erklärte Emmi.

Doch Hans-Günther Meinhard winkte ab. »So wichtig war es jetzt auch wieder nicht, und außerdem ist ja heute erst Samstag, und so wie ich Harry kenne, bleibt er wieder bis Sonntagabend in Bad Pyrmont, so dass ich morgen noch mal mein Glück versuchen kann.«

Emmi schüttelte den Kopf. »Da muss ich Sie leider enttäuschen, Harry fährt heute schon zurück. Er hat am Abend noch einen wichtigen Termin. Aber nächstes Wochenende ist er wieder da. Und wenn es etwas ganz Wichtiges ist, dann können Sie ihn sicherlich auch anrufen. Haben Sie seine direkte Durchwahl, oder soll ich sie Ihnen aufschreiben?«

»Nein, nein, das ist nicht notwendig. Es geht lediglich um einen Gebrauchtwagen«, begann Hans-Günther Meinhard und kam ihr dabei fast ein wenig verlegen vor. »Harry hat gemeint, er könnte mir einen guten Preis machen, und wollte mir heute auf jeden Fall eine Fotografie von dem Wagen mitbringen. Aber wahrscheinlich war er jetzt so in Eile, dass er das ganz vergessen hat. Und eigentlich möchte ich das auch gar nicht, weil es etwas …« Er stockte und sagte schließlich: »Es soll ja nicht so wirken, als hätte ich mich für das, was ich für Sie getan habe, Emmi, zusätzlich von Harry bezahlen lassen. Das ist nämlich absolut nicht der Fall, weder von meiner

Seite noch von Harrys. Das möchte ich ausdrücklich betonen.«

Emmi nickte. »Nun machen Sie sich keine Sorgen, lieber Hans-Günther, ich weiß, dass Sie mit Harry über ein gebrauchtes Auto gesprochen haben. Und ich weiß auch ganz bestimmt, dass Sie sich keinen Vorteil daraus erhoffen, dass Sie sich so aufopferungsvoll um mich bemüht haben und es noch immer tun. Aber wissen Sie, Hans-Günther, und wenn es so wäre, dann würde ich mich dennoch nicht daran stören. Das, was ich Ihnen zu verdanken habe, kann man mit keinem Geld der Welt bezahlen.«

Hans-Günther lächelte. »Das ist sehr freundlich von Ihnen, Emmi, dass Sie das sagen, aber es ist trotzdem mein Beruf. Ich möchte immer das Beste für meine Patienten geben. Dennoch werden Sie für mich immer eine ganz besondere Patientin sein und bleiben.«

Emmi konnte es nicht verhindern, dass ihr Tränen in die Augen stiegen. Das war auch etwas ganz Neues, dass sie jetzt so nah am Wasser gebaut hatte. Vor dem Unfall hatte sie sich kaum solche Schwächen erlaubt. Emmi war sosehr in ihrer Stellung als Fabrikantin festgefahren gewesen, dass sie manchmal wirklich vergessen hatte, sich um ihr eigenes Wohlergehen zu kümmern und leider auch um das ihrer Töchter. Ganz besonders Greta, die bis heute nicht den Weg zu ihr gefunden hatte. Auch das war etwas, worüber Emmi sich viele Gedanken machte. Wie würde es wohl sein, wenn sie bald wieder zusammenlebten, daheim in der Villa in der Hildesheimer Börde?

Von Lisa wusste sie, dass Greta tatsächlich noch immer in der Fabrik arbeitete, inzwischen oben bei ihr in der Verwaltung. Sie hatte sich zu so etwas wie Lisas rechter Hand entwickelt, was offenbar auch funktionierte.

»Wir haben uns wieder zusammengerauft, Mutti«, hatte Lisa ihr bei ihrem letzten Telefonat mit hörbar erleichterter Stimme versichert. »Greta entwickelt sich prächtig. Sie geht regelrecht auf in ihren Aufgaben in der Fabrik. Und mir macht es Spaß, Seite an Seite mit ihr zu arbeiten. Seit neuestem betreut sie die Landwirte, und das läuft wie geschmiert, Mutti. Du wärst sehr stolz, wenn du miterleben könntest, wie geschickt und charmant und dabei dennoch sehr zielstrebig Greta mit den Landwirten umgeht. Manch sonst so knurriger Landwirt verwandelt sich auf einmal in einen handzahmen Kater, sobald Greta auf seinem Hof erscheint.«

Emmi freute sich darüber, aber noch mehr hätte sie sich gefreut, wenn es Greta gewesen wäre, die ihr davon erzählt hätte. Wenn Greta und sie einen Weg finden würden, der auch sie wieder zusammenführte.

Lisa hatte allerdings auch nicht unerwähnt gelassen, dass es daheim nach wie vor recht schwierig zwischen Johannes und Greta zuging. Die beiden wechselten kein Wort miteinander und waren stets darum bemüht, sich aus dem Weg zu gehen. Auch wenn die Villa riesig war, gelang es dennoch nicht immer.

»Es fällt mir schwer, es auszusprechen, weil Greta und ich uns auch gerade wieder so gut angenähert haben. Aber manchmal denke ich, es wäre schon von Vorteil, wenn sie sich eine eigene

Wohnung suchen würde. Auf Dauer immer diese angespannte Stimmung daheim, und dann zanken Johannes und ich, weil ich natürlich von ihm verlange, dass er auf Greta eingehen soll. Doch in diesem Punkt lässt er nicht mit sich reden«, hatte Lisa am Telefon noch gemeint.

»Emmi?«, wurde sie von ihrem Krankengymnasten zurück ins Hier und Jetzt geholt. »Darf ich Ihnen eine Frage stellen?«

Emmi nickte. »Natürlich dürfen Sie das, Hans-Günther.«

Er neigte den Kopf ein wenig. »Es handelt sich dabei aber um eine sehr persönliche Frage.«

»Eine persönliche Frage? Bitte, ich bin gespannt.«

»Warum wollen Sie Harry nicht heiraten?«

Obwohl Emmi sich ihrem Krankengymnasten sehr verbunden fühlte und auch häufig über private Dinge wie etwa ihren Kummer wegen Greta gesprochen hatte, war sie dennoch erstaunt, dass er ihr eine derart persönliche Frage stellte. Dementsprechend schien ihr Gesichtsausdruck auszufallen, denn Hans-Günther Meinhard hob entschuldigend beide Hände und versicherte ihr: »Sie müssen mir natürlich keine Antwort darauf geben. Es geht mich auch wirklich nichts an, aber es ist nun mal so, dass ich sie beide einfach ganz wunderbar zusammenfinde und es so schade ist, dass Sie annehmen, liebe Emmi, der hier …« Er deutete mit der Hand auf Emmis Rollstuhl, »… stünde Ihrem Glück im Wege.«

Emmi war verdutzt. Wieso nahm er das an? Hatte Harry etwa mit ihm darüber geredet? Bei all der Vertrautheit – das ging Emmi dann doch ein wenig zu weit.

Erneut schien Hans-Günther Meinhard ihr vom Gesicht ablesen zu können, was ihr gerade durch den Kopf ging.

»Harry hat kein Wort gesagt! Aber ich halte mich für einen guten Beobachter, was mein Beruf mit sich bringt.«

»Und Sie wollen *beobachtet* haben, dass Harry mir einen Antrag gemacht hat und ich diesen abgelehnt habe?«, hielt Emmi ihm ungläubig und auch eine Spur provokant vor.

Hans-Günther Meinhard nickte. »So ist es.« Er rieb sich die Nase, etwas, was er häufig tat, wenn er nach den richtigen Worten suchte. »Tatsächlich ist es so gewesen, dass ich vor einiger Zeit im Kurpark unfreiwillig Zeuge davon geworden bin, wie Harry Ihnen einen Antrag gemacht hat und Sie diesen abgelehnt haben. Den Rest habe ich mir dann tatsächlich zusammengereimt, nämlich, dass Sie seinen Antrag abgelehnt haben wegen dem hier.« Erneut deutet er auf Emmis Rollstuhl.

»Und wie kommen Sie darauf, Hans-Günther?«, interessierte sich Emmi.

»Berufserfahrung«, erklärte er fast schon leichthin. »Ich gehe davon aus, dass Sie annehmen, nur weil Sie im Rollstuhl sitzen, nicht mit Harry glücklich werden zu können.«

Emmi schwieg eine Weile lang. Dann schüttelte sie heftig den Kopf. »Es geht hier nicht um mein Glück, Hans-Günther, es geht Harry, der jetzt aus einer tiefen emotionalen Verpflichtung heraus der Meinung ist, er könnte glücklich werden mit einer Frau wie mir. Mit einer Frau, die für immer im Rollstuhl sitzt. Da Sie mich so unverblümt gefragt haben, will ich Ihnen nun auch ehrlich antworten. Ich möchte Harry nicht heiraten, weil ich seinem Glück nicht im Wege stehen will und davon überzeugt bin, dass er das auf Dauer mit mir nicht finden wird.«

Hans-Günther machte einen Schritt auf sie zu, legte ihr beide Hände auf die Schultern.

»Lieben Sie Harry, Emmi?«

Emmi musste nicht lange überlegen. »Ja, das tue ich!«

»Gut«, fand Hans-Günther das. »Dann seien Sie nicht dumm und vertrauen Sie darauf, dass Harry so weit Herr seiner Sinne ist, dass er auch an später denkt. Dieser Mann liebt Sie, Emmi. Ich kann Ihnen versichern, in den vielen Jahren, in denen ich es mit schweren menschlichen Schicksalen zu tun hatte, habe ich kaum jemand erlebt, der bereit war, sich so für einen anderen hinzugeben. Aber nicht aus falsch verstandenem Mitleid, sondern aus tiefer und ehrlicher Liebe. Ich sag's Ihnen, so wie es ist: So einen wie Harry finden Sie nie wieder. Denken Sie an sich, Emmi. Sie haben eine zweite Chance verdient. Sicher, Sie werden nie wieder laufen können, aber das müssen Sie auch überhaupt nicht, denn Harry wird Sie auf Händen tragen.«

ZWEIUNDZWANZIG

Grobheit – geistige Unbeholfenheit.

MARIE VON EBNER-ESCHENBACH
MÄHRISCH-ÖSTERREICHISCHE SCHRIFTSTELLERIN
(1830–1916)

Greta, ich habe hier etwas für dich.« Mit unschlüssiger Miene überreichte Elsa ihr einen kleinen weißen Umschlag.

Zögerlich nahm Greta ihn entgegen, drehte ihn ein paar Mal in ihren Händen, bevor sie las, was dort mit blauer Tintenschrift geschrieben stand.

Für Greta!

»Von wem ist der?«, wollte sie von der Hausdame wissen.

Elsa hob resignierend die Hände. »Ich kann es mir auch nicht erklären, Greta, warum er mir diesen Brief für dich gegeben hat, doch ich musste ihm versprechen, dass du ihn erhältst. Er ist von Fritz. Von meinem Fritz. Ich war ja zu Besuch bei ihm, und er wollte, dass ich den Brief mitnehme … für dich.« Dass es Elsa ganz und gar nicht behagte, dass ihr ältester Sohn, ihr ganzer Stolz, Greta einen Brief schrieb, stand ihr deutlich ins Gesicht geschrieben.

Gretas Herzschlag beschleunigte sich. Auch wenn sie mit aller Macht versucht hatte, keinen Gedanken mehr an Fritz zu verschwenden, denn ihre Motivation in der Zuckerfabrik der Familie zu arbeiten, beruhte längst nicht mehr darauf, es Fritz beweisen zu wollen. Die Zeit, die vergangen war, hatte sie ihm gegenüber fast schon gnädig gestimmt. Es kam sogar manchmal vor, dass sie voller Glückseligkeit an die Momente zurückdachte, die sie mit Fritz gehabt hatte, und nicht ausschließlich im Zorn und voller Wut. Insgeheim war sie ihm sogar ein wenig dankbar dafür, denn wegen der Enttäuschung, die sie seinetwegen erlebt hatte, war sie überhaupt nur auf die Idee gekommen, im Familienunternehmen arbeiten zu wollen, und nun, einige Zeit später, kam sie nicht umhin, zuzugeben, dass sie Freude daran hatte, dass diese Arbeit sie tatsächlich erfüllte.

Lisa hatte ihr nach und nach immer mehr anvertraut und zugetraut, so dass sie mittlerweile für die Betreuung und die Verhandlungen mit den Landwirten ihren Zuckerrübenlieferanten zuständig war. Etwas, dem sie mit sehr viel Charme, aber großer Professionalität nachkam.

Es war schon erstaunlich, dass erst der Mann, für den sie schon als Kind geschwärmt hatte, ihr das Herz brechen musste, damit sie feststellte, was sie mit ihrem Leben anfangen wollte.

Und nun hielt sie diesen Brief von Fritz in den Händen, und alles in ihr rief laut und deutlich: Lies ihn nicht! Gib ihn ungeöffnet an Elsa zurück. Gerade geht es dir so gut. Endlich hast du das Gefühl, deinen Platz gefunden zu haben. Wenn du jetzt seine Zeilen liest, wird dich das womöglich wieder aus deiner sicheren Bahn werfen.

»Mach damit, was du willst«, brummte Elsa, der es wohl recht gewesen wäre, wenn Greta ihn vor ihren Augen in tausend kleine Stücke zerrissen hätte. Sie schien zu ahnen, dass da etwas zwischen ihrem Sohn und ihrem ehemaligen Ammenkind war, und das gefiel ihr ganz und gar nicht.

»Danke«, murmelte Greta. Sie wandte sich ab und wollte damit hoch in ihre Wohnräume gehen, als ihr ausgerechnet Johannes auf der Marmortreppe begegnete.

Eigentlich hatte sie angenommen, er sei längst in der Fabrik, wo sie ihn Gott sei Dank so gut wie nie zu Gesicht bekam. Er hockte unten in seinem Büro und … nun ja, was machte der *tolle* Herr Maschinenbauingenieur eigentlich den lieben langen Tag in der Fabrik, außer sich wichtigzutun?

»Aha, die *Neufabrikantin* gestattet sich, heute wohl später an ihrem Arbeitsplatz zu erscheinen, was?«, giftete er sie an, weil er sich wohl in Sicherheit wiegte. Lisa war längst in der Fabrik, und Elsa hatte sich in den Hauswirtschaftstrakt der Villa zurückgezogen.

Greta ignorierte ihn, indem sie, ohne ihn eines Blickes zu würdigen oder gar zu antworten, an ihm vorbei nach oben lief.

Doch Johannes griff blitzschnell nach ihrem Arm.

»Lass mich sofort los!«, fauchte Greta.

»Erst hörst du mir zu«, verlangte er.

»Lass mich los!«, wiederholte Greta sich.

»Das mache ich, sobald du mir versichert hast, dass du dich

aus der Fabrik zurückziehen wirst. Falls du darauf aus bist, als leibliche Tochter deiner Mutter auch ihren Platz im Chefsessel der Fabrik zu übernehmen und Lisa und mich hinauszudrängen versuchst, werde ich das mit allen Mitteln zu verhindern wissen. Von dir Flittchen lass ich mir bestimmt keinen Strich durch die Rechnung machen.«

Verächtlich lachte Greta auf. »Du, ausgerechnet du nennst mich Flittchen? Wo du deine schmutzigen Finger von keinem Rock lassen kannst.«

Er kam mit dem Gesicht ganz nah an Gretas heran, so dass er ihr seinen Atem beim Sprechen ins Gesicht blies. »Wenn ich mich recht erinnere, dann hat es dir ausgesprochen gut gefallen, als sich meine Finger unter deinen Rock verirrt haben. Ach nein, stimmt ja nicht, es war ein Badetuch, das du bereitwillig für mich fallen gelassen hast.«

Greta hob blitzschnell die freie Hand und wollte ihm ins Gesicht schlagen, doch er wehrte sie ab. »Behaupte jetzt nicht, dass du dabei nicht auf deine Kosten gekommen bist, so wie du gestöhnt hast und …«

»Johannes? Was … was sagst du da?«, erklang auf einmal Lisas Stimme. Sie stand unten am Fuße der Treppe und blickte mit großen Augen zu Greta und ihrem Mann, der so ruckartig seinen Griff um Gretas Handgelenk löste, als hätte er sich daran verbrannt.

Als Nächstes lachte er übertrieben amüsiert auf und behauptete: »Das war ein Spaß, Darling. Wir machen nur Spaß, nicht wahr, Greta?«

Greta dachte nach. Sie wusste, dass sie Lisa das Herz brach, wenn sie ihr die Wahrheit sagte und es mit Sicherheit zu einer nicht wiedergutzumachenden Entzweiung zwischen ihnen käme. Gerade jetzt, wo sie sich endlich wieder angenähert hatten, wo es beinahe so wie früher zwischen ihnen war und sie fast schon Seite an Seite in der Fabrik ihrer Mutter arbeiteten.

»Es tut mir leid, Lisa«, sagte sie schließlich. »Ich würde dir gern versichern, dass ich es nicht gewollt hätte, aber das wäre die nächste Lüge, denn damals habe ich es gewollt. Wenn auch nicht aus Interesse an deinem Mann.«

Damit wandte Greta sich um und lief hinauf in ihr Reich, den Brief fest an ihre Brust gepresst.

Sie hörte noch, wie Johannes Lisa verzweifelt davon überzeugen wollte, dass Greta ihn verführt hätte, obwohl er sich mit Händen und Füßen zur Wehr gesetzt habe, aber letztendlich sei er ja auch nur ein Mann. Und dass es nur dieses eine Mal vorgekommen und er ihr sonst immer treu gewesen sei, das müsste sie ihm unbedingt glauben.

Was Lisa darauf erwiderte, bekam Greta nicht mehr mit. Da hatte sie bereits die Tür hinter sich zugeschlagen.

Eine Weile blieb sie mit dem Rücken gegen die Tür gelehnt stehen und überlegte, was sie tun sollte. Doch eigentlich gab es da nicht viel zu überlegen, es gab nur eine einzige Entscheidung, die von ihr getroffen werden musste: wann genau sie das Haus verließ.

Am besten jetzt sofort, entschied sie schließlich und verlor dann auch keine Zeit mehr, sondern fing direkt an, zu packen.

Sie hatte die Sache mit Johannes damals gewollt, wenn auch nur, um sich selbst zu beweisen, dass sie mit dem, was sie von ihrem Schwager hielt, richtig lag. Und dann war da auch noch diese irrsinnige Angst um ihre Mutter gewesen und die Vorwürfe, die sie sich deswegen gemacht hatte.

Aber letztendlich war all das kein entschuldbarer Grund dafür, dass sie mit dem Mann ihrer Schwester geschlafen hatte.

Am Abend traf Greta in Berlin ein, wo sie fürs Erste wieder in dem vornehmen Hotel Fürstenhof zu logieren plante. Sie würde ein paar Tage brauchen, um sich so weit zu fangen, dass sie sich Gedanken machen konnte, wie es für sie weitergehen sollte. Fest stand, dass sie nicht nach Hause zurückkehren konnte und es auch nicht wollte – nein, dieser Rückweg war ihr für alle Zeiten verbaut. Doch Greta bemitleidete sich deshalb nicht etwa. Sie hatte ihre Schwester zutiefst verletzt, und das zu der damaligen Zeit in vollem Bewusstsein darüber. Nun musste sie die Konsequenzen tragen und war auch bereit dazu.

Greta hoffte nur, dass es Johannes nicht noch irgendwie fertigbrachte und Lisa ihm verzieh.

Wenn das Ganze nun ans Licht gekommen war, wo Greta es sich bestimmt nicht mehr gewünscht hatte, dann sollte es wenigstens dafür gut sein, dass ihre Schwester endlich erkannte, was für einen durchtriebenen Mann sie an ihrer Seite hatte.

Die nächsten Tage verließ Greta ihr Hotelzimmer nur, wenn das Zimmermädchen anklopfte und darum bat, ihre Arbeit verrichten zu dürfen. Die Mahlzeiten ließ sie sich aufs Zimmer bringen, aß aber meistens kaum davon und vermied auch sonst jeglichen Kontakt zur Außenwelt.

Nach gut einer Woche fühlte sie sich dann stark genug, um den ersten Schritt zu unternehmen. Und dieser führte sie dorthin, wo sich das alte Zentrum der Berliner Mode um den Hausvogteiplatz in Berlin Mitte befand, das jedoch im Krieg weitläufig zerstört worden war. Die jüdischen Unternehmer, die in der Textilbranche Erfolg gehabt hatten, gab es in Berlin nun nicht mehr. Dafür war im Westen Berlins, am Fehrbelliner Platz und vor allem am Kurfürstendamm eine neue, blühende Modeindustrie entstanden. Seit 1950 hatten hier allein vier große Modehäuser eröffnet: Gehringer & Glupp, Horn, Staebe-Seger und Schwichtenberg. Dort lag Gretas Zukunft, dort würde sie ihr Geld verdienen. Dass es ihr dafür an entsprechender Ausbildung mangelte, das bereitete ihr kein Kopfzerbrechen. Dafür verfügte sie über gutes Aussehen, Stilsicherheit und einen exquisiten Geschmack. Das sollte an Referenzen genügen.

Als sie am Abend in ihr Hotelzimmer zurückkehrte, ließ sie sich eine Flasche Champagner aufs Zimmer bringen, um mit sich selbst auf ihre Anstellung im Modehaus Horn anzustoßen. Nach dem dritten Glas fühlte sie sich bereit, endlich den Brief aus ihrer Handtasche hervorzuholen, den sie vor über einer Woche von Elsa überreicht bekommen hatte.

Liebste Greta,
wie kann ich dir erklären, dass ich so lange nicht von mir hören lassen habe, obwohl ich dich schmerzlich vermisse? Vielleicht mit der Wahrheit, die ich dir so lange schuldig geblieben bin.
Als ich dir an diesem einen Nachmittag am Kanal wiederbegegnet bin, war ich so verzückt von deinem Anblick, dass ich tagelang an dich denken musste. Wie schön du warst, wie reizend, wie keck.
Ich hätte dich gerne ausgeführt, dich eingeladen, Zeit mit dir verbracht, doch wer war ich schon, dass ich mir einbildete, du würdest mir die Ehre erweisen? Aber der Zufall – oder war es das Schicksal? – hat es anders mit uns gemeint und uns erneut aufeinandertreffen lassen, als du dir die Hand aufgeschnitten hattest.
Was dann passierte, daran wirst du dich erinnern, so wie ich mich an jede einzelne Minute erinnern werde, die ich mit dir verbringen durfte. Zeit meines Lebens, Gretel.
Was ich damals jedoch verschwiegen habe, ist, dass ich zu diesem Zeitpunkt bereits mit einer anderen Frau liiert war.
Ich habe Rieke sofort von dir erzählt, ich habe ihr gesagt, dass ich mich verliebt hätte, und sie um die Auflösung unserer Beziehung gebeten. Schweren Herzens ist sie meinem Wunsch nachgekommen und hat mich freigegeben. Für dich. Für die Liebe meines Lebens.
Dann war da dieses Wochenende, du wolltest zu mir nach Hamburg kommen. Ich wollte dich vom Bahnhof abholen, als mir der Zufall Rieke vor die Füße laufen ließ. Vielleicht hat sie aber auch ganz bewusst meine Wege gekreuzt, weil sie etwas Wichtiges mit mir zu bereden hatte. Rieke war so verzweifelt, so hilflos, ich konnte sie einfach nicht ihrem Schicksal überlassen.

Als ich später in deinem Hotel angerufen habe, sagte man mir, dass du nicht auf deinem Zimmer seist. Darum habe ich dir eine Nachricht hinterlassen und dich gebeten, am nächsten Tag in das Kaffeehaus zu kommen, weil ich dir von Angesicht zu Angesicht erklären wollte, was geschehen war.

Doch am Ende habe ich es nicht fertiggebracht. Vielleicht fehlte mir das Rückgrat, oder ich habe mir selbst nicht über den Weg getraut, dass ich dir widerstehen könnte, wenn ich dich direkt vor mir hätte. Statt ins Kaffeehaus zu kommen, bin ich in die Universität gegangen, ich Feigling.

Ich werde Vater, Greta. Rieke und ich werden Eltern.

Ich kann sie nicht im Stich lassen, das könnte ich mit meinem Gewissen nicht vereinbaren.

In ewiger Liebe, mit größter Bewunderung und auf dein Verständnis hoffend.

Dein Fritz

Greta faltete den Brief zusammen und steckte ihn sorgfältig in den Umschlag zurück, bevor sie ihn wieder in das schmale Innentäschchen in ihrer Handtasche schob. Eine Weile wollte sie ihn noch behalten, vielleicht ein paar Tage oder sogar Wochen, allerdings nicht für immer. Irgendwann musste sie sich von ihm lösen, den Mann, in den sie schon als Kind verliebt gewesen war und es womöglich immer bleiben würde.

Es vergingen vier Monate, bis Greta den Brief wieder in die

Hand nehmen sollte. Sie befand sich mit ihrem Verlobten William Cassidy an Bord des Passagierschiffes *Nelly*, das sie von Hamburg nach New York bringen würde.

Greta und der schwerreiche New Yorker Unternehmer, der geschäftlich in Berlin zu tun hatte, waren sich im Modehaus Horn das erste Mal begegnet, wo Will nach einem Präsent, einem Seidentuch, für seine Mutter gesucht und Greta gefunden hatte.

Der Endvierziger hatte sich vom Fleck weg in das bildschöne deutsche Fräulein verliebt und sie am selben Abend noch in eines der teuersten Restaurants Berlins ausgeführt. Nur zwei Wochen später hatte er ihr dann einen Antrag gemacht, den Greta, ohne auch nur einen Wimpernschlag lang zu zögern, angenommen hatte.

Nun stand sie allein an der Balustrade des Schiffes, während Will ihnen einen Drink besorgen wollte, und zerriss Fritz' Brief in viele kleine Schnipsel, die sie in den Wind warf, der jeden einzelnen davon weit übers Meer hinaustrug, bevor sie darin eintauchten und versanken.

»Bye-bye, Fritz, lebt wohl, Mutti, Omili und Lisa. Ich liebe euch und werde euch den Rest meines Lebens vermissen …«

DREIUNDZWANZIG

Wo viel Gefühl ist, da ist auch Leid.

LEONARDO DA VINCI
ITALIENISCHER MALER UND BILDHAUER
(1452–1519)

Geh mir aus den Augen«, zischte Lisa zutiefst verletzt, während sie sich krampfhaft darum bemühte, nicht wieder zu weinen. Keine Träne mehr. Keine Träne mehr, die sie wegen dieses Mannes, dieses elenden Schufts, der sie in ihrem Haus mit ihrer Schwester betrogen hatte und sich nun allen Ernstes damit herausreden wollte, dass er das alles nicht gewollt habe. Und sie, Lisa, doch bitte auch ein wenig Verständnis für ihn aufbringen müsse. Immerhin sei ihre Schwester Greta die pure Verlockung, und ihm sei kein Mann bekannt, der bei solch einem Angebot, das Greta ihn angeblich unterbreitet hatte, hätte widerstehen können. Tatsächlich versuchte Johannes, sich damit von seiner Schuld freizusprechen, und verlangte obendrein noch von Lisa, dass sie Verständnis für ihn haben möge.

»Wenn das dein Wunsch ist, Darling, dann werde ich natürlich heute Nacht nicht in unserem gemeinsamen Schlafzimmer bleiben. Ich werde reumütig das Feld räumen und dafür beten, dass du mir verzeihst, weil ich am Ende dann auch nur ein Mann bin.«

Lisa zählte innerlich von fünf rückwärts. Sie musste sich beherrschen. Mühsam zusammenreißen, dass sie ihm nicht die Faust ins Gesicht schlug. Sie wollte ihm nicht zeigen, wie sie litt, dem Mann, mit dem sie bis vor Kurzem alles geteilt hatte, jeden Gedanken, jede Empfindung, alles, was in ihr vorgegangen war. Sie hatte keine Geheimnisse vor ihm gehabt, sich ihm kompromisslos anvertraut.

Sie war so dumm gewesen, so unbeschreiblich dumm!

Was allerdings noch viel unerträglicher in ihr rumorte, war die Tatsache, dass sie nicht ganz unvorbereitet gewesen war … nicht wirklich ahnungslos. Lisa hatte schon vor längere Zeit Anzeichen wahrgenommen, die darauf schließen ließen, dass Johannes ihr gegenüber nicht immer ganz ehrlich war. Es gab so einige zeitliche Lücken, gerade in den letzten Wochen, die er ihr nicht erklären konnte und auch nicht musste, weil sie ihn rein vorsorglich nicht danach gefragt hatte. Es war schlimm, es sich selbst eingestehen zu müssen, aber Lisa hatte tatsächlich schon eine ganze Weile lang den Verdacht gehegt, dass Johannes es mit der Treue nicht so genau nahm.

Wenn sie ganz ehrlich zu sich war, dann hatte es einen ersten Verdacht diesbezüglich schon in Berlin gegeben. Tatsächlich noch bevor ihr Greta auf den Kopf zugesagt hatte, dass sie einen großen Fehler begehen würde, wenn sie Johannes tatsächlich heiratete. Ihre kleine Schwester hatte sie damals vor

Johannes warnen wollen, und sie hatte vermutlich schon damals recht gehabt. Lisa war einfach nur die bessere Partie gewesen, darum hatte er sie geheiratet.

Die Erkenntnis tat weh.

»Du hast mich nicht richtig verstanden, Johannes«, gab Lisa so beherrscht wie möglich zurück. »Ich möchte, dass du mein Haus verlässt. Und ich möchte dich morgen auch nicht in meiner Fabrik sehen. Ich will, dass du aus meinem Leben verschwindest. Auf der Stelle!«

Einen Moment schien Johannes tatsächlich überrascht zu sein. Allem Anschein nach war auch ihm bewusst, dass sie von seinen Liebschaften ahnte, sie jedoch nie thematisiert hatte, weil sie es niemals fertiggebracht hätte, sich von ihm zu trennen. Dann aber verfinsterte sich seine Miene, während er mit kalter Stimme erklärte: »Dir, Lisa-Darling, dir gehört hier gar nichts. Wenn schon, dann ist es die Fabrik deiner Mutter, das Haus deine Mutter. Das Geld deiner Mutter. Aber selbst, wenn es so wäre, dann würde mir die Hälfte davon zustehen. Ich bin dein Ehemann. Schon vergessen?«

Es kostete Lisa viel Kraft, aber sie brachte tatsächlich ein Lachen zustande. »Umso besser, dass mir nichts gehört, dann kann ich dir auch nichts davon abgeben. Und jetzt verschwinde aus dem Haus meiner Mutter. Sofort!«

Johannes kam ganz nah an sie heran. Er streckte die Hand nach ihr aus, wollte ihre Wange berühren, doch sie wich zurück.

»Wag es nicht!«, drohte sie ihm.

»Keine Sorge, Lisa, so reizvoll finde ich dich nicht, habe ich dich ehrlicherweise auch nie gefunden. Greta, ja, mit Greta verhält es sich da tatsächlich ganz anders. Ihr kann man nur schwer widerstehen. Wo wir gerade wieder bei deiner überaus anziehenden kleinen Schwester sind, du redest immer von dem Haus und der Firma deiner Mutter, aber Darling, Lisa, du bist doch gar nicht ihre Tochter. Du bist doch nur ihre Nichte …« Damit ließ er sie stehen.

Keine Sekunde zu früh, denn länger hätte Lisa die Tränen nicht zurückhalten können.

Man konnte Johannes Falkenstein viel Übles nachsagen, dass er kein Gewissen hatte, dass er ein Betrüger war, ein Schaumschläger, faul, ja, viel geleistet hatte er in seiner Zeit als Maschinenbauingenieur tatsächlich nicht in der Zuckerrübenfabrik Wagner, was sich natürlich niemand von seinen Kollegen und Mitarbeitern zu sagen getraut hatte, immerhin war er der Ehemann der jungen Fabrikantin und der Schwiegersohn der sehr geschätzten Chefin Emmi Wagner. Was man ihm keinesfalls unterstellen konnte, war Dummheit. Darum wusste er auch ganz genau, dass er auf verlorenem Posten kämpfte, Lisa würde sich nicht mehr von ihm einlullen lassen. Daher verließ er fast gleichzeitig mit Greta die Wagnersche Villa, ohne dass die beiden sich noch einmal begegneten.

Lisa bekam weder davon etwas mit, dass ihr Ehemann fort war, noch, dass Greta die Villa verließ. Sie hatte sich da längst im Badezimmer versteckt und weinte.

Sie biss sich in den Handrücken, damit niemand ihr Schluchzen hörte. Und während sie das tat, wurde ihr erst so richtig bewusst, dass es kein Zurück mehr gab, dass ihre Ehe unwiderruflich am Ende war.

Zeit ihres Lebens würde sie keinem Mann mehr trauen, würde sie sich nie wieder auf einen von ihnen einlassen.

Am nächsten Morgen wies sie das Hauspersonal an, alles, was Johannes Falkenstein sein Eigentum nennen konnte, in Kisten zu verpacken und in der Remise einzulagern, bis Herr Falkensteins zukünftige Adresse bekannt sei. Dann sollte sein Hab und Gut auf schnellstem Wege dorthin transportiert werden. Lisa verbat sich jegliche Nachfrage diesbezüglich, was nicht vonnöten gewesen wäre, denn unter den Hausangestellten hatte sich längst herumgesprochen, was zwischen den Eheleuten vorgefallen war.

Als Nächstes ließ sie Johannes' Arbeitsplatz in der Fabrik räumen. Dem Pförtner am Eingang des Fabrikgeländes wies sie an, ihrem Mann ab sofort keinen Zutritt mehr zu gewähren. Seine Arbeitsunterlagen ließ sie ebenfalls einlagern, und auch hier in der Fabrik gab sie deutlich zu verstehen, dass sie keinerlei Frage dazu hören wollte.

Lisa unternahm wirklich alles, um ihren Ehemann aus ihrem Leben zu streichen. Anschließend telefonierte sie mit dem Rechtsanwalt und Notar der Wagners und bat ihn darum, alle notwendigen Schritte einzuleiten, die dazu führen sollten, dass die Ehe mit Johannes Falkenstein so schnell wie möglich geschieden wurde.

Als sie am Abend aus der Fabrik nach Hause in die Villa zurückkehrte, wollte sie nun auch mit Greta klären, was zu klären war. Lisa wäre es nur recht gewesen, wenn ihre Schwester die Villa verließ und sich in Hildesheim eine Wohnung nahm, doch vorschreiben konnte sie ihr das natürlich nicht.

Greta war nicht in der Fabrik erschienen, dennoch ging Lisa nicht davon aus, dass sie ihre Stellung in der Fabrik aufgeben würde. Und sie hatte auch nicht vor, ihr solch einen Verzicht nahezulegen. Doch sie wollte ihr deutlich zu verstehen geben, dass sie außerhalb der Fabrik nicht mehr das Geringste mit ihr zu tun haben wollte. Greta sollte begreifen, dass Lisa ihr dieses Mal absolut gar nichts nachsehen und verzeihen würde.

Sie waren Schwestern – zumindest waren sie so aufgewachsen –, aber das Band, das sie zu jeder Zeit miteinander verbunden hatte, war durchtrennt worden. Unwiderruflich.

»Greta ist fort, Lisa«, sagte ihre Großmutter und kam ihr so alt und gebrechlich wie nie vor.

»Was soll das bedeuten?«, wollte Lisa von ihrer Großmutter wissen, während sie innerlich aufatmete. Wenigstens nahm Greta Rücksicht auf Lisa, indem sie für eine Weile der Familie fernblieb. Lisa nahm an, dass ihre Schwester sich entweder in Hildesheim oder vielleicht sogar in Hannover ein Hotelzimmer genommen hatte oder bei einem ihre vielen Bekannten oder Freunde untergekommen war.

»Hast du es verstanden, Lisa? Greta ist fortgegangen«, wiederholte ihre Großmutter sich.

Lisa zuckte mit den Achseln. »Ich würde lügen, wenn ich behauptete, dass mich das traurig stimmt«, erklärte sie ungerührt.

»Greta hat zu Elsa gesagt, dass sie ihr alsbald die Adresse zukommen lassen will, wohin man ihre Sachen schicken soll.«

Erneut konnte Lisa nur die Schultern heben. »Es ist bestimmt besser so. Großmutter, Omili, du hast doch mitbekommen, was passiert ist. Du weißt doch, was sie mir angetan hat, sie und … Johannes. Da kannst du doch wohl kaum Bedauern von mir erwarten, dass Greta gegangen ist.«

Nachdenklich nickte ihre Großmutter. »Ja, es ist ein Drama, und es tut mir unendlich leid für dich. Nur weißt du, es mag jetzt so eine Vermutung von mir sein, aber ich fürchte, Greta wird nie wieder zurückkommen.«

Vehement schüttelte Lisa den Kopf. »Nein, da täuscht du dich. Wo soll sie denn schon hin? Und außerdem …« Sie atmete geräuschvoll durch. »… ist es mir im Moment auch wirklich egal. Du entschuldigst mich bitte, Omili, ich möchte mich jetzt schlafen legen. Es war ein langer und schwieriger Tag.«

Lisa war schon fast auf der Treppe, da rief ihre Großmutter ihr hinterher: »Kind, was ist mit deiner Mutter? Was sagen wir Emmi? Die Wahrheit? Ich weiß nicht, ob sie der gerade gewachsen ist.«

Lisa überlegte und fasste dann den Entschluss, dass es besser war, Emmi Wagner vorerst nichts von dem zu erzählen, was sich in der Villa zugetragen hatte. Sie befand sich zwar auf dem Weg der Besserung und war auch mental wieder gefestigt, doch genau aus diesem Grund wollte Lisa ihr jetzt nicht mit Neuigkeiten kommen, die sie womöglich wieder zurückwarfen. Sie würde schon noch früh genug davon erfahren.

VIERUNDZWANZIG

Mit den Kindern muss man zart und freundlich verkehren.
Das Familienleben ist das beste Band.
Kinder sind unsere besten Richter.

OTTO VON BISMARCK
DEUTSCHER POLITIKER UND STAATSMANN
(1815–1898)

Im Herbst 1958

Liebevoll umarmte Lisa ihre Mutter Emmi, die sich über alle Maßen über den Besuch ihrer Tochter freute.

Eine Weile unterhielten Mutter und Tochter sich bei Tee und Plätzchen auf der Terrasse über die unterschiedlichsten Themen, aber vor allem über die Fabrik und wie Lisa zurechtkam.

Irgendwann begann Emmi dann, zu frösteln, so dass Lisa sie in das schlicht-elegante Wohnzimmer des Hauses schob, in dem ihre Mutter nun seit fast einem Jahr mit ihrem Harry Westermann zusammenlebte.

Es hatte Harry einiges an Überredungskunst gekostet, bis Emmi Wagner endlich eingewilligt hatte, zu ihm zu ziehen.

Ehelichen wollte die inzwischen achtundvierzigjährige Emmi ihren Freund jedoch nicht. Doch Harry schien sich inzwischen damit abgefunden zu haben; ihm gefiel es sogar, wenn er sagen konnte: »Wir leben in wilder Ehe zusammen!«

Zumindest nahm Lisa das an, weil er jedes Mal, wenn er das sagte, zwinkerte und laut lachte.

»Und, Lisa, wie geht es dir, ich meine, wie geht es dir persönlich?«, fragte Emmi Wagner und sah ihre Tochter eindringlich an.

Lisa zuckte mit den Schultern, bevor sie erklärte: »Gut, Mutti.«

Ihre Mutter blieb skeptisch. »Ist das die Wahrheit?«

Lisa schnaufte. »Wenn ich es dir doch sage, Mutti, alles bestens.«

Eine Pause entstand, in der Mutter und Tochter ihren eigenen Gedanken nachhingen, ohne sie auszusprechen.

Doch dann räusperte Emmi Wagner sich und stellte die Frage, die ihr offensichtlich schon eine ganze Weile auf der Zunge gelegen hatte. »Und Johannes? Hast du in letzter Zeit noch von ihm gehört?«

Lisas Magen zog sich zusammen. Das war immer so, sobald der Name ihres geschiedenen Mannes fiel. Sie fragte sich insgeheim, wann das wohl endlich aufhören würde.

Jetzt waren sie bereits über ein Jahr geschiedene Leute, nachdem sich die Scheidung eine gefühlte Ewigkeit hingezogen hatte. Johannes hatte versucht, Vorteile aus der Ehe mit der Fabrikantin Lisa für sich ziehen zu können; er wollte, wie er es so charmant ausgedrückt hatte, gefälligst seinen Teil vom Kuchen abhaben, und hatte mit allen Mitteln versucht, es auch zu bekommen.

Es war wohl das Schlimmste an ihrer gescheiterten Ehe für Lisa, dass sie am Ende feststellen musste, dass es Johannes allem Anschein nach nie um sie gegangen war, sondern darum, dass sie die Erbin und zukünftige Fabrikantin eines überaus florierenden Unternehmens war. Manchmal gestattete sie sich dann den Gedanken, dass ihre Schwester Greta sie vor ihm gewarnt hatte. Dass sie all das, was über Johannes letztendlich ans Tageslicht gekommen war, ihr bei ihrem Besuch vor vielen Jahren in Berlin direkt auf den Kopf zugesagt hatte. Lisa erinnerte sich nicht mehr, woher Greta damals ihr Wissen über Johannes bezogen hatte, aber es spielte auch keine Rolle mehr. So wie auch Greta in ihrem Leben keine Rolle mehr spielte. Greta war nun die ferne Ehefrau eines sehr vermögenden New Yorker Geschäftsmannes.

»Nun gut, Kind, ich will dich nicht bedrängen«, erklärte ihre Mutter schließlich, weil sie Lisas Schweigen wohl so aufgefasst hatte, dass sie nicht mit ihr darüber reden wollte.

»Alles gut, Mutti, ich habe nur gerade nachgedacht, ob es Neuigkeiten gibt, die du noch nicht kennst. Darum habe ich nicht direkt geantwortet«, gab Lisa, um Leichtigkeit bemüht, zurück. Ihre Mutter musste nicht wissen, wie sehr Lisa noch immer unter dem litt, was ihr mit Johannes passiert war. »Tatsächlich ist es aber so, dass ich jetzt schon eine Weile nichts mehr von ihm und seinem penetranten Rechtsanwalt gehört habe.«

»Dann wollen wir hoffen, dass es so bleibt«, sagte Emmi Wagner.

Lisa nickte. Gesagt war zu diesem Thema längst alles. Darum war sie auch froh, dass ihre Mutter wieder auf die Fabrik zu sprechen kam.

»Du hast mir neulich von dieser Idee erzählt, was die Erweiterung unserer Produktpalette angeht. Gibt es da jetzt schon Neuigkeiten? Seid ihr mit der Entwicklung weitergekommen?«

Augenblicklich war Lisa Feuer und Flamme. Die Fabrik, die Menschen, die dort arbeiteten, ihre Landwirte, selbst die Geschäftspartner der etwas unangenehmeren Art, all das bedeutete Lisa unglaublich viel. Es war ihr Leben. Der Grund, warum sie morgens aufstand.

»Ja, das sind wir. Demnächst werde ich dir etwas präsentieren, Mutti, was dich beeindrucken wird. Da bin ich mir ganz sicher.«

Emmi Wagners Augen funkelten. »Du machst es aber spannend. Magst du mir nicht wenigstens schon einen kleinen Hinweis geben?«

Lisa lachte hell auf. »Nein, das werde ich nicht tun. Ich möchte dir die fertigen neuen Produkte präsentieren. Wobei, einen klitzekleinen Hinweis erlaube ich mir … Sirup in Schmuckflaschen.«

»Das klingt spannend. Erzähle mir ein wenig mehr, bitte, Lisa.«

Lisa schüttelte den Kopf. »Nein, Mutti, ich weihe dich ein, wenn alles fertig ist und wir zufrieden damit sind.«

»Schade …« Emmi Wagner zeigte sich enttäuscht. »Wo ich doch so neugierig bin.« Dann aber wechselte sie erneut das Thema, in dem sie auf ihre Mutter, Lisas Großmutter, Thea Engel zu sprechen kam. »Lisa, ich habe es dir ja bei deinem letzten Besuch schon angeboten, denkst du nicht, dass es für euch alle leichter wäre, besonders für dich, wenn Großmutter hier zu Harry und mir zieht? Wir haben hier so viel Platz, und Harry würde sie mit offenen Armen aufnehmen. Es war sogar seine Idee, um ehrlich zu sein.«

Doch Lisa schüttelte entschlossen den Kopf. »Mutti, das kannst du ihr keinesfalls antun. Omili möchte in der Villa bleiben. Nein, am liebsten möchte sie in ihr altes Haus von früher zurückkehren. Das hat sie mir jetzt schon so oft gesagt, dass ich mir manchmal überlegt habe, es neu aufbauen zu lassen. Sie weiß ja gar nicht, dass es bereits vor Jahren abgerissen worden ist. Aber das ist natürlich ein ganz und gar dummer Gedanke, denn sie würde allein überhaupt nicht mehr zurechtkommen. Nein, wir lassen alles so, wie es jetzt ist, und du musst dir wirklich gar keine Gedanken machen, denn Elsa kümmert sich ganz hervorragend um Omili.«

»Gut, Lisa, dann belassen wir es auch dabei. Ich möchte nur nicht, dass du denkst, ich bin jetzt hier in Harrys Haus, und was daheim passiert in der Villa, würde mich nicht mehr interessieren. Und natürlich ist es auch so, dass ich meiner Mutter viel verdanke. Sie hat mich immer unterstützt. Ohne sie hätte ich damals die Nachfolge deines Großvaters in der Fabrik überhaupt nicht antreten können. Sie hat mir den Rücken freigehalten und sich rührend um Greta und dich gekümmert.«

Wie immer, wenn Emmi Wagner den Namen ihrer jüngsten Tochter erwähnte, bekam ihre Stimme einen tieftraurigen Klang. Sie litt sehr darunter, dass der Kontakt zu Greta seit ihrem Unfall gänzlich abgebrochen war. Bis auf diesen einen kurzen Besuch damals im Krankenhaus, nachdem sie endlich aus dem Koma erwacht war.

Lisa wusste das, und es tat ihr für die Mutter auch schrecklich leid, so dass sie in manchen sentimentalen Momenten sogar schon überlegt hatte, mit Greta Kontakt aufzunehmen.

Emmi Wagner hatte den Tod ihrer Schwester Anni verkraftet, den Verlust ihres über alles geliebten Ehemanns Emil, sie hatte den Krieg überlebt, die Fabrik wieder aufgebaut, ihre Schwiegereltern auf dramatische Art und Weise verloren, und sie hatte nach ihrem schweren Unfall und der Tatsache, dass sie zeit ihres Lebens im Rollstuhl sitzen würde, nicht die Zuversicht verloren. Doch diese Sache mit Greta, dass ihre Tochter so den Kontakt zu ihr abgebrochen hatte, rein gar nichts von sich hören ließ, das war etwas, was Emmi Wagner nur sehr schwer ertrug.

Ja, all das war Lisa sehr bewusst. Doch jedes Mal, wenn sie dann weiterüberlegt hatte und schon im Begriff gewesen war, Gretas genaue Adresse ausfindig zu machen, um sie inständig darum zu bitten, der Mutter wenigstens ein Lebenszeichen zu schicken, erschien da wieder die Szene vor ihren Augen, wie Greta und Johannes oben auf der Treppe standen und Johannes davon sprach, dass sie das Handtuch für ihn fallen gelassen hatte. Ihre kleine Schwester, der sie jede Eskapade verziehen hatte und die sie gegen alles und jeden verteidigt hatte. Unzählige Male war sie für Greta in den Ring gestiegen, hatte sie nach Kräften unterstützt, um dann erfahren zu müssen, dass ausgerechnet ihre Schwester sie hintergangen hatte. Mit ihrem Ehemann.

»Mutti, ich muss jetzt leider auch wieder aufbrechen. Ich habe noch einen wichtigen Termin und …«

»Ich wollte es dir schon bei seinem letzten Besuch sagen, Lisa«, unterbrach ihre Mutter sie.

Lisa musterte sie mit hochgezogenen Brauen. »Was denn, Mutti?«

Sie sah, wie ihre Mutter sich sammelte und ihr fest in die Augen blickte. »Mich hat ein Brief erreicht. Ein Brief, der einen langen Weg hinter sich gebracht hat, bevor ich ihn endlich in den Händen halten konnte. Er ist von Greta. Greta Cassidy heißt sie jetzt. Sie hat mir endlich geschrieben, nach all den Jahren, nicht sehr viel, nur ein paar Zeilen, aber Lisa, diese Zeilen haben mir die Welt bedeutet. Und eine kleine Fotografie hat sie auch beigelegt. Darauf ist ihr Sohn zu sehen, sie hat ihn Emil genannt.«

Das Einzige, was Lisa in diesem Moment dazu einfiel, war, zu sagen: »Aber woher ist ihr deine Adresse bekannt gewesen? Warum wusste sie, dass du nicht mehr in der Villa wohnst, sondern hier bei Harry vor den Toren von Hannover?«

»Das weiß ich nicht, Lisa«, erklärte ihre Mutter, während sie sich mit einem weißen Spitzentaschentuch, dass sie unter ihrem Blusenärmel hervorgezogen hatte, die Tränen aus den Augen tupfte. Freudentränen. Daran bestand nicht der geringste Zweifel.

»Ich bin Großmutter«, sagte sie und lächelte. »Von einem kleinen Emil. Greta hat ihren Sohn nach eurem Vater benannt. Sind das nicht schöne Nachrichten, Lisa?«

Wie mechanisch nickte Lisa. Dabei wusste sie gar nicht, ob sie es schön fand, dass ihre Schwester einen Sohn geboren hatte, einen kleinen Emil. Wenn Greta Mutter geworden war, dann schien es ihr gut zu gehen, dann führte sie eine gute Ehe mit ihrem New Yorker Geschäftsmann. Und genau das war der wunde Punkt daran für Lisa. Sie wusste nicht, ob es sie freute, zu hören, dass Greta allem Anschein nach glücklich war, wo sie doch selbst das personifizierte Unglück darstellte. Da konnte sie die erfolgreiche Fabrikantin mimen, so viel sie wollte, es änderte nichts an der Tatsache, dass sie sich einsam fühlte.

Ja, Lisa Falkenstein, geborene Wagner, erfolgreiche Fabrikantin, und das mit noch nicht einmal dreißig Jahren, war eine zutiefst einsame und unglückliche Frau.

»Freust du dich denn gar nicht, Lisa? Es sind so viele Jahre vergangen und …«

»Mutti, doch, ich freue mich für dich. Es ist gut, dass sie sich endlich bei dir gemeldet hat. Aber jetzt muss ich wirklich aufbrechen.«

Rasch erhob sich Lisa von ihrem Stuhl, ging die zwei

Schritte zu ihrer Mutter, beugte sich zu hinab und gab ihr einen Kuss auf die Stirn.

»Bis nächste Woche. Da habe ich dann bestimmt auch mehr Zeit.«

Lisa war schon im Türrahmen, als sie ihre Mutter hinter sich sagen hörte: »Lisa, möchtest du mir nicht endlich erzählen, was damals zwischen Greta, Johannes und dir vorgefallen ist?«

Lisa atmete tief durch, bevor sie sich langsam zu ihrer Mutter umdrehte. »Das habe ich dir doch längst gesagt«, versuchte sie ihr auszuweichen.

»Ja, du hast behauptet, dass es zu einem schrecklichen Streit zwischen Greta und Johannes gekommen wäre und anschließend auch zwischen dir und Johannes, der letztendlich dazu geführt hat, dass du gewisse Dinge über ihn herausgefunden hast, die dich so verletzt haben, dass du dich von ihm hast scheiden lassen. So weit bin ich im Bilde, das ist richtig. Was mir allerdings bis heute ein Rätsel ist, welche Rolle Greta dabei gespielt hat – und ich bin davon überzeugt, dass sie eine Rolle gespielt hat. Ansonsten wäre sie nicht einfach so sang- und klanglos davongelaufen.«

Sollte sie ihrer Mutter, jetzt, wo sie sich so über die Nachricht von Greta freute und darüber, dass sie Oma eines kleinen Enkelsohns war, die Wahrheit sagen?

Nein, Lisa schüttelte innerlich den Kopf. Damals hatten ihre Großmutter Thea Engel und sie den Entschluss gefasst, Emmi nicht die volle Wahrheit zu sagen. Sie sollte nicht schlecht von Greta denken. Wem war damit gedient? Niemandem!

»Mutti, weißt du, wenn ich ganz ehrlich bin, dann möchte ich über diese Zeit nicht mehr reden, denn es tut mir immer noch schrecklich weh. Kannst du das bitte akzeptieren?«

Lisa sah ihrer Mutter an, dass es ihr nicht leichtfiel, aber sie nickte und erklärte: »In Ordnung, Lisa, ich möchte dich bestimmt nicht quälen.«

Atemlos erreichte Lisa das Kaffeehaus, das sich nicht weit entfernt von Harry Westermanns Haus befand. Sie konnte in diesem Zustand nicht in die Fabrik fahren, aber nach Hause wollte sie auch nicht. Es war einfach zu früh, sich jetzt schon ins Bett zu legen und darauf zu hoffen, dass sie wenigstens ein paar Stunden schlafen konnte. Früher hatte sie vorm Zubettgehen gerne noch in der Bibliothek gesessen und gelesen, aber es gelang ihr einfach nicht mehr, sich auf den Inhalt eines Buches einzulassen. Ihre Gedanken schweiften immer wieder ab, verselbstständigen sich, und am Ende konnte sie sich überhaupt nicht mehr erinnern, was sie da gerade gelesen hatte.

Sie öffnete die Tür, trat in das Kaffeehaus ein und wählte einen Platz im hinteren Teil, leicht verborgen hinter dem großen Kuchenbüfett. Ein junges Fräulein, weiße Bluse, schwarzer Stiftrock, darüber wieder eine weiße Schürze gebunden, das dunkelblonde Haar zu einem lockeren Dutt am Hinterkopf zusammengefasst, fragte sie nach ihren Wünschen.

»Bringen Sie mir bitte eine Tasse Filterkaffee und ein Glas Wasser, Fräulein.«

Das Mädchen nickte und entfernte sich.

Und schon begannen sich Lisas Gedanken wieder zu verselbstständigen. Greta war also Mutter geworden. Sie hatte einen kleinen Sohn, Emil. Es hörte sich so an, als hätte sie tatsächlich im fernen Amerika ihr Glück gefunden.

Lisa versuchte, herauszufinden, was das mit ihr machte. Was sie dabei empfand, wenn sie hörte, dass Greta allem Anschein nach ein gutes Leben führte.

Das junge Servierfräulein kam mit einem kleinen Tablett zurück an ihren Tisch. Sie stellte ein weißes Kaffeekännchen, eine Tasse und ein Glas, gefüllt mit Wasser, auf dem Tisch ab.

»Bitte schön!«, sagte sie und lächelte.

Lisa nickt ihr freundlich zu und bedankte sich.

Das Fräulein wandte sich zum Gehen um, da bemerkte Lisa, dass sie vergessen hatte, Zucker mitzubringen. Schnell hob sie die Hand, um die Aufmerksamkeit des jungen Fräuleins auf sich zu lenken, wobei sie sich so ungeschickt anstellte, dass sie das Wasserglas umstieß. Kein Drama. Bestimmt nicht. Und unter normalen Umständen hätte Lisa nun erst recht nach dem Fräulein verlangt, damit sie ihr Malheur rasch beseitigen konnte. Doch in diesem Moment war das Glas Wasser der Tropfen, der das Fass zum Überlaufen brachte.

Sie schluchzte auf und verbarg ihr Gesicht hinter ihren Händen. Glücklicherweise befanden sich nur wenige Gäste in dem Kaffeehaus. Es war schon beinahe Zeit fürs Abendessen. Daher ließ Lisa ihren Tränen freien Lauf. Sie weinte sich den ganzen Kummer von der Seele. Den Frust, die Verletzung, ja, auch den Neid, den sie vorhin auf ihre Schwester Greta verspürt hatte.

Plötzlich spürte sie eine Hand auf ihrer Schulter. Sie vermutete, das junge Servierfräulein sei zurückgekehrt, und begann daher, an ihrem Auge herumzureiben, als sei ihr etwas hineingeflogen, doch neben ihr stand ein wildfremder Mann. Er hatte dichtes dunkles Haar, braune Augen, er war nicht besonders groß, wahrscheinlich überragte er sie nur um einen halben Kopf, wenn sie aufrecht neben ihm stehen würde, und er war, soweit sie es erkennen konnte, sehr vornehm gekleidet.

»Kann ich Ihnen irgendwie behilflich sein?«, fragte er mit angenehmer Stimme. »Vielleicht kann ich mir ihr Auge einmal näher ansehen. Ich bin zwar kein Augenarzt, dafür habe ich als kleiner Junge davon geträumt, später einmal Tierarzt zu werden.«

»Tierarzt?«, sagte Lisa völlig perplex.

Er lachte leise auf. Es klang nicht so, als würde er sich über sie amüsieren. Es war eher so ein Lachen, das die Situation etwas auflockern sollte.

»Ich möchte wirklich nicht aufdringlich oder gar unverschämt erscheinen, aber darf ich mich vielleicht zu Ihnen setzen? Dann könnte ich Ihnen genau erzählen, was eine Fliege im Auge mit meinem Wunsch zu tun hat, Tierarzt zu werden. Ich kann Ihnen nicht garantieren, dass Sie alles verstehen werden, aber vielleicht lenkt es Sie ein wenig von Ihrem Kummer ab.«

Lisa dachte nicht lange nach. »Setzen Sie sich bitte. Und erzählen Sie mir von dem kleinen Jungen, der Tierarzt werden wollte.«

Doch der aufmerksame dunkelhaarige Mann sollte nicht dazu kommen, Lisa seine Geschichte zu erzählen. Kaum dass er saß, begann Lisa zu reden. Sie erzählte ihm all das, was sich in den letzten Jahren zugetragen hatte. Sie vertraute ihm ihre Enttäuschungen, ihren Kummer, ihre Sorgen, ihre Ängste und ihre Einsamkeit an. Lisa sprach so offen und ehrlich über all das, was sie seit einer halben Ewigkeit mit sich herumtrug, dass er nichts anderes tun konnte, als dazusitzen und ihr zuzuhören.

An irgendeinem Punkt wurde Lisa dann jedoch bewusst, dass sie gerade einem wildfremden Menschen ihre ganze Lebensgeschichte anvertraut hatte. Nur die Mutmaßung, dass sich ihre Wege nie wieder kreuzen würden, ließ sie nicht augenblicklich vor Scham im Boden versinken.

FÜNFUNDZWANZIG

Der Unverstand ist die unbesiegbarste Macht auf Erden.

ANSELM FEUERBACH
DEUTSCHER MALER
(1829–1880)

»Wie geht es dir heute Morgen, mein Sonnenschein?«, fragte Harry Westermann, während er sich zu Emmi hinabbeugte und ihr einen zarten Kuss auf die linke Schläfe hauchte.

Emmi lag es bereits auf der Zunge, zu sagen: Schlecht, Harry, sehr, sehr schlecht. Doch sie wusste, dass er sich dann gleich wieder um sie sorgte, und dazu gab es in der Tat keinen Anlass. Emmis Unwohlsein hatte nichts mit ihrer körperlichen Verfassung zu tun, denn ihr ging es inzwischen den Umständen entsprechend geradezu prächtig. Hans-Günther Meinhard hatte ihr für die Zeit nach ihrem Aufenthalt im Kaiser-Bad-Sanatorium in Bad Pyrmont eine junge Kollegin empfohlen, die auch Hausbesuche machte und seiner Meinung nach »Wunderhände« besaß. Emmi hatte sich insgeheim ein wenig über Hans-Günther Meinhards Aussage amüsiert, weil sie an so etwas Wundersames nicht im Ansatz glaubte.

Doch inzwischen hatte sie ihre Meinung revidiert, denn Hanne Ludwigs Anwendungen hatten tatsächlich wahre Wunder bei ihr bewirkt. Vom ständigen Sitzen hatte Emmi zuletzt unter schlimmen Rückenschmerzen, aber vor allem quälenden Verspannungen im Nacken- und Schulterbereich gelitten. Nach Hannes Behandlungen jedoch fühlte sie sich jedes Mal beinahe wie neugeboren.

Außerdem war Hanne Ludwig ebenso von den Überkreuzbewegungen überzeugt wie ihr Kollege Hans-Günther und übte fleißig mit Emmi weiter.

Nein, ihre körperliche Verfassung war es nicht, was sie quälte, sondern das Gefühl großer Nutzlosigkeit. Schlicht gesagt: Emmi war langweilig!

Solange sie sich entsinnen konnte, hatte sie immer etwas zu tun gehabt, war hochbeschäftigt gewesen, vor allem als Fabrikantin. Selbst im Sanatorium hatte es einen Tagesplan gegeben, der zwar größtenteils mit den unterschiedlichsten Anwendungen angefüllt war, aber wenigstens hatte sie zu tun gehabt.

Seitdem sie nun aber in Harrys Haus lebte, der an manchen Tagen nun auch tagsüber wieder in sein Autohaus fuhr, überkam die Langeweile sie mehr und mehr. Emmi fühlte sich so nutzlos, dass sie nicht einmal mehr Interesse an Büchern hatte, was zuvor eine ihrer größten Leidenschaften gewesen war. Manchmal saß sie nur stundenlang da und starrte Löcher in die Luft, wie sie es für sich selbst auszudrücken pflegte.

Und diese schreckliche Langeweile, gepaart mit dem Gefühl,

dass sie zu nichts mehr taugte, schlug sich ihr von Tag zu Tag mehr aufs Gemüt.

»Ich fühle mich gut«, versicherte sie Harry, der sie jedoch skeptisch musterte und mit ihrer Antwort nicht zufrieden war.

»Hm … und warum glaube ich dir das nicht so recht?«

Emmi zuckte mit den Schultern. »Diese Frage kann ich dir leider nicht beantworten.«

Ihr Tonfall war missgelaunt gewesen, sie hatte es nicht verhindern können, und sie ärgerte sich sofort über sich selbst, weil Harry nun erst recht aufhorchte.

»Was bedrückt dich, Emmi? Ist es wegen Greta? Weil sie dir auf deine Briefe nicht geantwortet hat?«

Mit dieser Annahme lag Harry auch nicht gänzlich falsch. Emmi war so erleichtert, so glücklich gewesen, als sie nach all den Jahren ein Lebenszeichen von ihrer Tochter erhalten hatte samt der freudigen Nachricht, dass sie Großmutter eines kleinen Emils war. Und natürlich hatte Emmi ihrer Tochter sofort einen langen Brief zurückgeschrieben. Als darauf aber keine Antwort kam, dachte Emmi daran, dass der Brief Greta womöglich nicht erreicht hatte, auf dem langen Postweg von Hannover nach New York im fernen Amerika verloren gegangen war, und sie hatte einen weiteren Brief verfasst. Doch auch hier hatte sie vergeblich auf eine Antwort von Greta gewartet. Ebenso auf den dritten, den vierten Brief. Sie hätte bestimmt noch weitere geschrieben und abgeschickt, doch Harry hatte gemeint, dass es unmöglich sein könnte, dass all ihre

Briefe irgendwo im Ozean versunken seien und dass Greta wohl einfach nicht antworten wollte.

Also hatte Emmi keine weiteren Briefe geschrieben, dafür den einen ihrer Jüngsten immer wieder gelesen, genauso wie sie Stunden damit verbrachte, die Fotografie ihres kleinen Enkelsohnes zu betrachten.

»Was hältst du davon, wenn ich mir heute freinehme und wir einen schönen Ausflug zusammen unternehmen?«, schlug Harry vor, als ihm klar wurde, dass Emmi ihm auf seine vorherige Frage nicht antworten würde.

Emmi wollte den Kopf schütteln. Harry sollte ihretwegen nicht schon wieder seine Tagesplanung verwerfen. Das war in letzter Zeit schon häufig genug der Fall gewesen. Dabei hatte sie sich bei ihrem endgültigen Einzug in Harrys Haus selbst geschworen, dass sie alles tun würde, damit eben das nicht passierte. Harry sollte so gut wie möglich sein gewohntes Leben weiterführen und nicht ständig darunter zu leiden haben, dass er sich ausgerechnet in eine Frau im Rollstuhl verliebt hatte.

Aber die Vorstellung, den lieben langen Tag wieder nichts zu tun zu haben und nur herumzusitzen, stimmte sie plötzlich so trübsinnig, dass sie nickte und erklärte: »Das ist eine schöne Idee, Harry.«

»Prima«, erwiderte Harry lächelnd. »Dann rufe ich jetzt im Autohaus an und bespreche mit Heuermann kurz meine Termine, die er für mich zu übernehmen hat, und dann können wir uns auch schon auf den Weg machen.«

»Schön«, sagte Emmi. »Ich freue mich.« Und das war das erste Mal an diesem Morgen, dass sie wirklich sagte, was sie auch dachte.

Harry hatte sich eine besondere Überraschung für Emmi ausgedacht, denn anstatt mit ihr in seiner silbernen BMW 501 Limousine einen Ausflug zu unternehmen, stand in der Einfahrt seines Hauses ein feuerrotes Cabriolet. Emmi, die sich schon immer sehr für Autos interessiert hatte und das Wachstum von Harrys Unternehmen mitverfolgte, war gleich über mehrere Dinge erstaunt.

Bei dem Cabriolet handelte es sich um einen Wagen des Herstellers Volkswagen. Harry hatte jedoch in seinem Autohaus bislang die Luxusmarke BMW vertrieben. Weiter fragte Emmi sich, wie er in diesem recht kleinen Vehikel ihren Rollstuhl verstauen wollte. Und die dritte Frage, die sie sich vor allem stellte, lautete, ob ihm wohl bewusst war, dass es Herbst war, Spätherbst – ein Tag im November. Es regnete zwar ausnahmsweise nicht, und am Himmel konnte man hin und wieder sogar die Sonne erahnen, dennoch war es der Jahreszeit entsprechend kühl.

Bevor sie ihm all diese Frage stellen konnte, begann er schon, zu reden. »Ich habe mich ja schon eine Weile mit dem Gedanken getragen, Autos für eine breitere Bevölkerungsschicht zu verkaufen. Der BMW 501 ist ein Auto der Luxusklasse, aber leider kein wirtschaftlicher Erfolg. Darum habe ich in den letzten Wochen mehrere Gespräche geführt, und nun ist es tatsächlich amtlich: Ich werde expandieren, Emmi, und das im großen Stil. Demnächst entsteht in Hannover-Stöcken ein neuer Standort, und dort werden der Autohandel und das Werkstattangebot durch eine Aral-Tankstelle und eine Volkswagen-Vertretung ergänzt. Was sagst du nun?«

Emmi zuckte innerlich zusammen. Äußerlich jedoch ließ sie sich nichts anmerken, sie brachte sogar ein Lächeln zustande. »Herzlichen Glückwunsch, Harry, das klingt großartig.«

Und während Harry sie mit wenig Anstrengung auf den Beifahrersitz des VW 303 Cabriolet hob, ihren Rollstuhl zurück ins Haus brachte, sie dann in dicke Decken hüllte und alles tat, damit es ihr an nichts mangelte, kam sie sich nutzlos vor wie nie zuvor in ihrem Leben.

Kein Wort hatte Harry mit ihr über seine Pläne gesprochen, er war nicht ein einziges Mal auf den Gedanken gekommen, sie in irgendetwas davon einzuweihen oder sich mit ihr zu beraten. Dass Harry sich wahrscheinlich seit Wochen oder Monaten mit der Erweiterung seines Unternehmens beschäftigt und es ihr gegenüber nicht ein einziges Mal erwähnt hatte, ließ doch darauf schließen, dass er ihr nichts zutraute.

Emil, ihr Mann, hingegen hatte früh erkannt, wie gescheit sie war, und hatte mit ihr vieles, was die Fabrik betraf, besprochen. Emil hatte sie stets um Rat gefragt oder einfach nur ihre Meinung zu bestimmten Dingen wissen wollen. Nur so war es überhaupt möglich gewesen, dass Emmi später die Leitung der

Fabrik übernehmen konnte. Der Sprung ins kalte Wasser wäre ansonsten viel zu tief und eisig für sie gewesen.

Dass Harry in ihr nun nicht mehr die Geschäftsfrau sah, als die er sie kennengelernt hatte, machte Emmi zu schaffen.

Die Spritztour, die sie in dem roten Käfer Cabriolet unternahmen, konnte Emmi nicht eine Minute genießen. Obwohl Harry sie in dicke Decken gehüllt hatte, fror sie. Harry sorgte sich, weil sie so still war, und wollte natürlich von ihr wissen, ob ihr der kleine Ausflug keinen Spaß machte.

»Ich möchte dich nicht enttäuschen, Harry, weil du dir meinetwegen jetzt extra den Tag freigemacht hast, aber ich würde gerne zurück zum Haus fahren. Mir ist kalt.«

»Natürlich, ich drehe sofort um. Ich habe angenommen, die Decken wären ausreichend. Es tut mir leid, Emmi, das musst du mir glauben.«

Emmi schüttelt den Kopf. »Nein, Harry dir muss wirklich gar nichts leidtun. Ich bin diejenige, die …«

… enttäuscht ist …verletzt. Weil sie zu nichts mehr taugt.

»Was bist du, Emmi?«, hakte Harry nach. Und weil sie ihm nicht antwortete, sondern das Gesicht von ihm abwandte, nahm er die nächste Gelegenheit wahr, seinen Wagen an den Straßenrand zu lenken und anzuhalten.

»Emmi, bitte, rede doch mit mir. Was habe ich falsch gemacht?«, wollte Harry von ihr wissen.

Mühsam schluckte Emmi die Tränen herunter. Das war auch so eine Sache, die sie so sehr verteufelte, dass sie ständig in Tränen ausbrach. So war sie früher nie gewesen.

Sie fasste sich ein Herz. Sie musste es einfach wissen. Auch wenn seine Antwort ihr wehtun würde. »Warum hast du nicht mit mir über deine beruflichen Pläne gesprochen, Harry? Glaubst du, ich kann dir nicht folgen? Hältst du mich für zu eingeschränkt? Und das nicht nur körperlich, sondern auch geistig?«

Fassungslos schnappte Harry nach Luft. »Um Himmels willen, nein, Emmi, wie kannst du so etwas annehmen? Ich bewundere dich, du bist die klügste Frau, der ich jemals begegnet bin. Du hast ein so großes Unternehmen wie die Zuckerrübenfabrik durch schwere Zeiten gelenkt und so erfolgreich gemacht, dass es seinesgleichen sucht. Ich habe angenommen, dass dich im Gegensatz dazu mein kleines Unternehmen, mein Autohaus mit der Werkstatt nicht interessieren würde. Ich dachte, es wäre unter deinem Niveau.«

»Unter meinem Niveau«, keuchte Emmi. »Harry, ist dir eigentlich bewusst, wo ich herkomme? Und ich meine damit nicht die Fabrik. Ich bin die Tochter eines Schusters, der sich das Leben genommen hat, weil er das Grauen, das er im Ersten Weltkrieg mitbekommen hatte, einfach nicht mehr aushalten konnte. Er hat sich an seinem vierzigste Geburtstag auf einem Hochsitz im Wald erschossen. Vorher waren wir schon keine reiche Familie. Nach seinem Tod waren wir bitterarm. Das sind meine Wurzeln, Harry. Zur Fabrikantin bin ich nur durch die Ehe mit Emil geworden. Ich habe gedacht, das wäre dir bekannt.«

Harry schüttelte den Kopf. »Du hast mich falsch verstanden,

Emmi. Ich rede nicht von Reichtum oder sonstigen materiellen Dingen. Ich meinte damit schon sehr wohl deinen Verstand, deine Klugheit. Darin bist du mir überlegen. Und darum war ich mir auch nicht sicher, ob ich dich mit den Plänen eines einfachen Autohändlers behelligen sollte.«

Emmy konnte es nicht glauben. Warum machte er sich bloß so klein? Fassungslos schüttelte sie den Kopf. »Du bist wirklich ein Dummkopf, wenn du so etwas angenommen hast. Du selbst hast gesagt, wir teilen jetzt unser Leben miteinander. Aber dann musst du auch genau das tun: dein Leben mit mir teilen. Ich kann dich körperlich nicht unterstützen, Harry, leider ist mir das nicht mehr möglich. Doch mein Kopf funktioniert noch ganz gut, wie du gerade selbst gesagt hast, und darum wäre es mir nur recht, wenn du nicht alles von mir fernhalten würdest. Vielleicht habe ich ja denen ein oder anderen Ratschlag oder guten Gedanken für dich.«

Harry beugte sich etwas zu Emmi vor und küsste sie auf die Wange. »Ich liebe dich, Emmi Wagner, geborener Engel.«

»Das ist schön …«, sagte sie.

SECHSUNDZWANZIG

Was die Raupe Ende der Welt nennt,
nennt der Rest der Welt Schmetterling.

LAOZI
CHINESISCHER PHILOSOPH
(6. JAHRHUNDERT V. CHR.)

Lisa klatschte aufgeregt in die Hände. »Das sind grandiose Neuigkeiten, Herr Becker, ich bin begeistert.«

Der Chemielaborant, der in dem Produktionslabor der Zuckerrübenfabrik die Weiterentwicklung von Futter und Düngemittel aus Rüben vorangetrieben und optimiert hatte, lächelte geschmeichelt. »Das gehört ja schließlich zu meinen Aufgaben, gnädige Frau Wagner.«

Lisa klopfte dem Mann kameradschaftlich auf die Schulter. »Lieber Herr Becker, seien Sie doch nicht immer so bescheiden. Sie haben Großes geleistet, und darauf können Sie zurecht stolz sein. Aber dabei möchte ich es nicht belassen und habe deshalb beschlossen, Ihnen mit der nächsten Lohnzahlung eine Extrasumme zukommen zu lassen.«

»Ist das Ihr Ernst?«, freute sich der Chemielaborant.

Lisa nickte. »Alles andere wäre unangebracht.«

Der Mann mit der Stirnglatze und der dunklen Hornbrille zupfte unsicher an dem Kragen seines grauen Kittels herum, während er seine Chefin betrachtete. »Ich gehe dann jetzt auch mal wieder zurück ins Labor, Frau Wagner. Oder gibt es sonst noch irgendetwas zu besprechen?«

Lisa schüttelt den Kopf. »Von meiner Seite aus wäre es das dann tatsächlich gewesen, Herr Becker.«

Kaum hatte der Laborant Lisas Büro verlassen, steckte ihre Sekretärin Ilse Krämer den Kopf zur Tür herein. »Frau Falken… ich meine natürlich Frau Wagner. Herr im Himmel, so schwer ist es doch wirklich nicht, Sie wieder bei Ihrem Mädchennamen zu nennen. Entschuldigen Sie bitte, ich gebe mir zukünftig mehr Mühe. Was ich aber eigentlich sagen wollte: Sie werden in der Produktentwicklung erwartet. Herr Michaelsen hat bereits nach Ihnen gefragt.«

Lisa schlug sich die Hand vor die Stirn. »Den Termin habe ich tatsächlich vergessen. Dabei freue ich mich schon die ganze Woche darauf, endlich zu sehen, was sich das Team um Michaelsen ausgedacht hat.«

Einige Zeit später hatte Lisa auch dieses Arbeitstreffen hinter sich gebracht und war sehr zufrieden mit dem Ergebnis. Die Fotografien, die sie von den verschiedenen neuen Produkten gemacht hatte, wollte sie in der Mittagspause höchstpersönlich zum Fotografen bringen, damit er sie schnell entwickeln konnte. Lisa sah ihre Mutter schon regelrecht vor sich, wie sie begeistert die einzelnen Fotografien betrachten würde.

Am späten Nachmittag wollte sie dann noch zwei oder vielleicht sogar drei Landwirten einen Besuch abstatten, je nachdem, wie lange sie sich bei ihnen auf den Höfen aufhalten würde.

Jedes Mal, wenn Lisa sich in ihren Wagen setzte und sich auf den Weg zu den Landwirten machte, kam ihr ihre Schwester Greta für einen kurzen Moment in den Sinn. Sie hatte nicht allzu lange in der Zuckerrübenfabrik mitgewirkt, aber dafür ihre Arbeit ganz hervorragend verrichtet. Es gab tatsächlich den einen oder anderen unter den Landwirten, der sich noch regelmäßig nach ihr erkundigte.

Lisa sagte dann ein jedes Mal, dass ihre Schwester ihr großes Glück in Amerika gefunden habe, was sie ja auch so annahm.

Erneut kam Ilse Krämer in Lisas Büro, nachdem sie zuvor kurz angeklopft hatte.

»Frau Wagner«, begann sie leicht kopfschüttelnd, »ich kann es mir nicht so recht erklären, aber dort draußen sitzt ein gewisser Herr Paul Peters, der behauptet, er hätte jetzt einen Termin mit Ihnen. Nur in meinem Kalender ist dieser Termin nicht vermerkt. Haben Sie ihn womöglich direkt vereinbart und vergessen, mir Bescheid zu sagen?«

Lisa konnte sich nicht daran erinnern, schlug aber zur Sicherheit ihren Kalender auf.

»Nein, Krämerchen, bei mir steht auch nichts, und das kann auch gar nicht sein, weil ich geplant habe, direkt nach dem Mittagessen zu zwei Landwirten zu fahren.«

Lisas Sekretärin nickte. »So habe ich es mir auch vorne in

meinem Kalender eingetragen. Nun gut, dann werde ich diesem Herrn Peters wohl erklären müssen, dass er sich geirrt hat.« Ilse Krämer verließ Lisas Büro wieder, um keine Minute später erneut anzuklopfen.

»Frau Wagner, es tut mir wirklich leid, aber dieser Herr Peters da draußen behauptet steif und fest, dass er jetzt einen Termin mit Ihnen hätte. Ich habe ihm gesagt, dass wir nichts davon wissen und er sich deshalb irren muss, doch er bleibt einfach dabei. Soll ich unten beim Pförtner Bescheid sagen, dass er den Herrn vielleicht freundlich, aber bestimmt hinausbegleiten möge?«

Lisa staunte. »Krämerchen, kommt er Ihnen denn so renitent vor, dass wir extra den Pförtner bemühen müssen?«

Ilse Krämer verzog skeptisch das Gesicht. »Dieser Herr Peters scheint mir über gute Manieren zu verfügen. Und er ist auch sehr vornehm gekleidet. Also, was ich damit sagen möchte, der Mann macht nicht den Eindruck auf mich, als müssten wir uns vor ihm fürchten. Es ist nur so, dass er einfach nicht gehen will. Er behauptet steif und fest, er hätte jetzt einen Termin mit Ihnen.«

»Hm«, machte Lisa. »Dann schaue ich mir diesen Herrn Paul Peters am besten einfach mal an. Vielleicht fällt mir dann tatsächlich wieder ein, dass ich einen Termin mit ihm habe.« Lisa lachte. »Das war natürlich nur ein Scherz, Krämerchen, ich bin mir ganz sicher, dass das nicht der Fall ist.«

In dem Nebenzimmer, in das man durch eine schmale Buchentür von Lisas Büro aus gelangte, gab es ein kleines Fenster, durch das man in das Vorzimmer blicken konnte, in dem sich Ilse Krämers Reich befand. Lisa hatte sich schon oft gefragt, wofür dieses Fensterchen wohl nützlich sein sollte. Nun wusste sie es.

Dummerweise hatte der ominöse Herr Peters der Wand, in der sich das Fensterchen befand, den Rücken zugedreht, so dass Lisa nur einen dunkelhaarigen Hinterkopf und einen langen schwarzen Mantel zu sehen bekam. Doch nach einer kurzen Weile wandte der Mann sich plötzlich zu ihr um. Erschrocken wich Lisa zurück und hoffte inständig, dass er sie nicht bemerkt hatte, aber noch mehr hoffte sie, dass sie das alles gerade nur träumte. Anderenfalls musste sie sich dringend einfallen lassen, wie sie auf dem schnellsten Weg an diesem Paul Peters vorbei aus ihrem Büro gelangen konnte. Auf keinen Fall wollte sie ihn empfangen, erst recht nicht mit ihm reden.

Lisa schlich in ihr Büro zurück, was Ilse Krämer mit einem besorgten Blick registrierte.

»Geht es Ihnen nicht gut, Frau Wagner?«

Hektisch winkte Lisa ab. »Doch, aber Sie müssen da jetzt wieder hinausgehen, Krämerchen, und dafür sorgen, dass dieser Herr Peters auf der Stelle verschwindet. Hören Sie, ich möchte diesem Mann unter keinen Umständen nochmal begegnen.«

»Dann ist er Ihnen also bekannt?«, kombinierte Ilse Krämer.

»Das spielt doch wirklich keine Rolle. Sorgen Sie einfach nur dafür, dass er verschwindet«, fuhr Lisa ihre Sekretärin viel zu ruppig an. Aber dass der Mann, dem sie vor nicht allzu langer Zeit ihre Lebens- und Leidensgeschichte anvertraut hatte, hier bei ihr in der Fabrik aufgetaucht war, versetzte sie in allergrößte Panik.

Beleidigt verzog Ilse Krämer das Gesicht. »Ich werde es versuchen, Frau Wagner. Sonst bleibt nur der Pförtner, wie ich es Ihnen bereits vorgeschlagen habe.« Damit verließ sie Lisas Büro.

Es dauerte nur einen kurzen Augenblick, dann kehrte Ilse Krämer in Lisas Büro zurück. »Er ist gegangen. Aber ich musste ihm erst mit dem Pförtner drohen, da hat er dann gemeint, so weit wolle er es dann doch nicht kommen lassen.«

Lisa atmete auf. »Gott sei Dank.«

Doch die Erleichterung hielt nicht lange an.

»Ich weiß nicht genau warum, aber meine Menschenkenntnis sagt mir, Frau Wagner, dass er wiederkommen wird. Natürlich kann ich unten beim Pförtner Bescheid sagen, dass man ihn nicht mehr hereinlassen darf. Aber ohne Ihnen zu nahetreten zu wollen, dieser Herr Peters hat jetzt nicht den Eindruck auf mich gemacht, als wollte er Ihnen etwas Böses. Ganz im Gegenteil, er war schon sehr enttäuscht darüber, dass er Sie nicht persönlich sprechen konnte.«

Unvermittelt rutschte Lisa etwas heraus, was sie unter normalen Umständen ihrer Sekretärin bestimmt nicht gesagt hätte. »Wie sehr man sich in einem Menschen täuschen kann, der einem auf den ersten Blick sympathisch vorkommt, das habe ich gerade erst am eigenen Leib erlebt, und auch deshalb habe ich kein Interesse an einer Wiederholung.«

Betreten nickte Ilse Krämer. »Natürlich haben Sie recht, ein sympathisches Äußeres sagt längst nichts über den Charakter eines Menschen aus.«

Ursprünglich hatte Lisa vorgehabt, in ihrer Mittagspause den Weg zu dem Ladengeschäft des Fotografen zu Fuß zurückzulegen. Sie kam einfach zu wenig an die frische Luft, und für Ende November herrschten recht angenehm milde Temperaturen. Doch die Sorge, dass dieser Herr Peters sich noch irgendwo in der Nähe der Zuckerrübenfabrik aufhalten könnte, ließ sie schließlich den kurzen Weg bis zu dem Fotografen in ihrem Auto zurücklegen.

Lisa gab die Filmrolle ab und bat den älteren Inhaber des Geschäftes darum, dass er sich mit der Entwicklung der Bilder bitte beeilen möge, was der ihr versprach und ihr dann noch herzliche Grüße für die Frau Mutter mit auf den Weg gab.

Als Lisa das Geschäft wieder verließ, stand Paul Peters vor ihr. Im ersten Moment war sie so perplex, dass sie ihn einfach nur anstarren konnte. Dann aber wurde sie sich darüber bewusst, dass er sie verfolgt hatte, und sie fuhr ihn an: »Was wollen Sie von mir?«

Paul Peters ließ sich von ihrer barschen Art nicht verunsichern. Sein Gesichtsausdruck blieb freundlich, während er etwas aus seiner Manteltasche hervorholte. Der erste, konfuse Gedanken der Lisa kam, war, dass er doch wohl hoffentlich keine Waffe bei sich trug. Im nächsten Moment schämte sie sich dafür, wie ein Gewaltverbrecher wirkte er nun wahrhaftig nicht.

In seiner Hand, die er ihr entgegenstreckte, befand sich das kleine silberne Etui, in dem Lisa immer ihr Münzgeld aufbewahrte. Sie hatte es schon verzweifelt gesucht, nicht, weil sich viel Geld darin befunden hatte, eher aus sentimentalen Gründen. Lisa hatte es vor Jahren von ihrer Großmutter geschenkt bekommen, mit dem Hinweis, dass es einst ihrer verstorbenen Tochter Anni gehört hatte. Damals war es Lisa noch nicht bekannt, aber inzwischen wusste sie, dass es von ihrer Großmutter als ein Andenken an ihre leibliche Mutter gedacht gewesen war. Umso verzweifelt war Lisa nun gewesen, als sie annehmen musste, sie hätte es verloren.

»Das wollte ich Ihnen zurückgeben, Frau Wagner. Sie haben das Etui auf dem Tisch in dem Kaffeehaus liegen gelassen, als Sie so überstürzt davongeeilt sind. Es tut mir leid, dass ich es Ihnen jetzt erst bringe, aber ich war eine Weile geschäftlich auf Reisen.«

»Aber … aber wo…woher kennen Sie meinen Namen und wo Sie mich finden können«, stammelte Lisa perplex.

Paul Peters schmunzelte, während er sie daran erinnerte: »Nun ja, so schwierig war das nicht. Immerhin haben Sie mir Ihre Lebensgeschichte erzählt.«

SIEBENUNDZWANZIG

Die Erfahrung ist wie eine Laterne im Rücken;
sie beleuchtet stets nur das Stück Weg, das
wir bereits hinter uns haben.

KONFUZIUS
CHINESISCHER PHILOSOPH
(551 V. CHR.- 479 V. CHR.)

Ich werde Lisa meine Unterstützung anbieten«, erklärte Emmi. »Und wenn es nur ein paar Stunden sind.«

Harry und sie waren auf dem Weg in die Hildesheimer Börde, um Thea Engel und Lisa einen Adventskaffeebesuch abzustatten. Emmi freute sich seit Tagen auf ihre Familie, genauso wie auf die Villa, ihr Zuhause.

»Das ist natürlich allein deine Entscheidung, Emmi«, antwortete Harry. »Aber ich hoffe doch, dass du dir damit nicht gleich wieder zu viel zumutest.«

Entschieden verneinte Emmi. »Unsinn, es geht mir gut. Mir fehlt nichts – außer einer sinnvollen Beschäftigung.«

»Aber ich habe dir doch vorgeschlagen, dass du im Autohaus …«

»Stopp!« Emmi schnitt ihm das Wort ab. »Ich möchte nicht in deinem Autohaus arbeiten. Das habe ich dir jetzt schon mehrfach gesagt. Das ist einfach nicht mein Bereich, ich kenne mich damit nicht aus, und ehrlicherweise mag ich mich jetzt auch nicht mehr in eine ganz und gar neue Materie einarbeiten. Aber das haben wir doch alles schon hinlänglich besprochen.«

Harry schob die Unterlippe vor. »Ich bemühe mich doch nun wirklich«, begann er erneut. »Ich versuche, dir das Leben so angenehm wie möglich zu gestalten. Aber irgendwie scheine ich in der letzten Zeit alles falsch zu machen.«

Im ersten Moment wollte Emmi verneinen und seine Behauptung als Unsinn abtun. Doch wenn sie ehrlich war, musste sie ihm wohl zustimmen. Emmi vermisste inzwischen so sehr ihr altes Leben, ob nun in der Villa oder in der Fabrik, dass Harry ihr wirklich nichts mehr recht machen konnte. Und weil er das deutlich merkte, strengte er sich noch mehr an. Es war ein seltsamer, ausgesprochen schwieriger Kreislauf, in den sie da geraten waren und der Emmi zunehmend daran zweifeln ließ, sich richtig entschieden zu haben, als sie zu Harry Westermann gezogen war.

Dabei gab es wirklich nichts, was sie ihm hätte vorwerfen können. Harry gab sich die größte Mühe, und doch wurde Emmi von Tag zu Tag immer noch unzufriedener und fühlte sich zunehmend fehl am Platz. Das hier war nicht ihr Zuhause, nicht ihr Leben, und wenn sie sich gestattete, noch ehrlicher zu sich selbst zu sein, dann war Harry auch nicht der Mann, den sie liebte. Was sie für ihn empfand, das war Dankbarkeit, große Dankbarkeit und tiefe Freundschaft, aber Liebe … nein, wohl nicht.

Die restliche Strecke von Hannover bis in die Hildesheimer Börde sprachen die beiden nicht mehr miteinander. Harry war gekränkt, und Emmi wollte sich die Freude auf ihre Familie und ihr Zuhause nicht durch einen Streit nehmen lassen.

Als Harry sie schließlich vom Beifahrersitz hob und in ihren Rollstuhl setzte, war Emmi seine Nähe nicht angenehm. Das war bisher noch nie vorgekommen, und sie fragte sich, ob es etwas zu bedeuten hatte oder nur eine Reaktion ihres Körpers war, weil sie kurz zuvor wieder eine kleine Meinungsverschiedenheit gehabt hatten.

Lisa stand oben auf der Treppe direkt vor der zweiflügeligen Eingangstür der Villa und strahlte über das ganze Gesicht, als sie sah, wie Harry den Rollstuhl die Rampe hinaufschob, die sie, nachdem Emmi aus dem Sanatorium entlassen worden war, von einem überaus geschickten Handwerker hatte anbringen lassen.

»Mutti, es ist schön, dass du endlich mal wieder zu Hause bist.«

Prompt verbesserte Harry sie. »Das Zuhause deiner Mutter ist bei mir in Hannover.«

Irritiert sah Lisa Harry an, was Emmi nicht entging und sie in diesen Moment noch mehr gegen ihn aufbrachte.

»Na ja, Harry«, gab Lisa scharfzüngig zurück. »Das Zuhause ist doch immer dort, wo die Familie ist. Und die Familie sind nun einmal wir.«

»Ich bin aber jetzt auch Emmis Familie«, erwiderte Harry. Er führte sich wie ein bockiges Kleinkind auf, schien tatsächlich der Meinung zu sein, er müsste um Emmi kämpfen.

»Gut jetzt, Harry«, raunte Emmi ihm zu. »Nur weil wir nicht einer Meinung sind, musst du nicht gleich unhöflich zu meiner Tochter sein.«

Harry schwieg, und das fast den ganzen Nachmittag, den Emmi und er mit Lisa und Thea Engel im adventlich geschmückten Speisezimmer der Villa bei Plätzchen, weihnachtlich duftendem Tee und Kaffee mit Schuss verlebten.

Als er sich kurz entschuldigte, weil er einem dringenden Bedürfnis nachkommen musste, wollte Lisa von ihr wissen: »Mutti, was ist denn nur in Harry gefahren? So kenne ich ihn gar nicht, so … unfreundlich.«

Bevor Emmi darauf etwas erwidern konnte, kam ihr Thea Engel mit der Antwort auf Lisas Frage zuvor. »Er spürt, dass ihm Emmi entgleitet, und will es nicht wahrhaben.«

Überrascht sah Emmi ihre alte Mutter an. »Wie kommst du zu dieser Vermutung?«

»Ach, mein Kind«, seufzte Thea Engel. »Ich bin doch deine Mutter und habe dir schon immer angesehen, wenn du Kummer hattest. Daran ändert sich auch nichts, wenn man so alt und gebrechlich geworden ist, wie ich es bin ist.«

»Ist das so?«, wollte Lisa mit ernster Miene von ihr wissen. »Bist du nicht glücklich mit Harry?«

Emmi holte tief Luft und gab dann zu: »So richtig war ich das wohl nie …«

Harry fuhr an diesem späten Nachmittag allein zurück nach Hannover in sein schönes großes Haus, in dem es Emmi an nichts mangelte, nur eben an ihrer Familie und ihrer gewohnten Umgebung. Doch er ließ sich nicht anmerken, wie sehr es ihn schmerzte, dass er es nie geschafft hatte, einen Platz in Emmis Herzen einzunehmen. Aber wie sollte das auch möglich sein, wenn dieser Platz doch längst besetzt war.

Harry bewies Größe und veranlasste, dass Emmis persönliche Dinge gleich am nächsten Tag in die Wagnersche Villa gebracht wurden.

Nun waren sie also wieder zu dritt in der Villa, Thea, Emmi und Lisa. Es war fast ein wenig so wie früher. Einzig Greta fehlte.

Lisa hatte alle Hebel in Bewegung gesetzt, so dass Anfang des neuen Jahres ein Aufzug durch sämtliche Stockwerke der Fabrik fuhr und Emmi ungehindert jede Abteilung erreichen konnte. Sie war zunächst an drei Vormittagen in der Woche wieder in die Fabrik zurückgekehrt, machte aber Lisa nicht im Ansatz die Führung des Unternehmens streitig. Nein, diese verantwortungsvolle Position lag hinter ihr, und sie war froh darum. Was ihr jetzt ein echtes Anliegen war, hatte etwas mit den Fotografien zu tun, die ihr Lisa vor einiger Zeit gezeigt hatte, die neue Produktpalette.

Warum sollten sie diese nicht noch mehr erweitern, zum

Beispiel durch die Herstellung von Süßwaren wie Bonbons, Karamellen und noch so einiges mehr.

»Dafür ist unsere Produktion aber doch überhaupt nicht ausgelegt, Mutti«, gab Lisa zu bedenken, als Emmi ihr von ihren Plänen erzählte. »Die Möglichkeiten zu schaffen, um Kandiszucker und Stangen, Sirup in Schmuckflaschen und portionierten Würfelzucker zu produzieren, war schon aufwendig genug. Ich wüsste nicht, wie wir deine Pläne hier im Werk noch umsetzen sollten. Wir geraten jetzt schon während der Rübenkampagne regelmäßig an unsere Grenzen. Anschließend stehen die Generalüberholung und Wartung der Maschinen an, und eh wir uns versehen, beginnt die nächste Kampagne.«

»Dann schaffen wir eben die Vorausetzungen dafür, indem wir eine Süßwarenmanufaktur gründen. Das Gebäude könnten wir dort errichten lassen, wo dein Großvater einst die Baracken für die heimatlosen Landwirte und ihre Familien aufstellen ließ.« Dass später die Nazis diese Baracken als Unterkunft für die polnischen und russischen Zwangsarbeiter verwendet hatten, daran mochte Emmi nicht mehr denken.

Lisa blies die Wangen auf und stieß dann die Luft wieder aus. »Du möchtest wirklich eine Süßwarenmanufaktur gründen? Ein neues Werk errichten?«

Emmi nickte. »Oder traust du mir das wegen dem hier nicht zu?« Sie tippte mit dem Zeigefinger auf das rechte Rad ihres Rollstuhls.

Lisa lachte auf. »Mutti, es gibt nichts auf dieser Welt, was ich dir nicht zutrauen würde.«

Freudig klatschte Emmi in die Hände. »Na, Lisa, dann würde ich doch sagen, gehen wir es an.«

Doch eine Bedingung hatte Lisa noch. »Du kommst aber nicht auf die Idee, mich in absehbarer Zeit mit der Zuckerrübenfabrik und deiner neu gegründeten Süßwarenmanufaktur alleinzulassen, weil dir die Arbeit am Ende doch zu viel wird?«

Wild winkte Emmi ab. »Herr im Himmel, Lisa, wo denkst du hin? Ich habe die letzten Jahre so viel auf der faulen Haut gelegen, dass ich jetzt die Zeit, die mir noch bleibt, ganz bestimmt damit nicht vergeuden werde.«

»Gut!« Lisa nickte und kam um den Schreibtisch herum auf ihre Mutter zu, um ihr die Hand hinzuhalten.

Emmi ergriff sie, und Mutter und Tochter besiegelten mit einem kräftigen Händeschütteln die Gründung der Süßwarenmanufaktur Wagner.

Es dauerte nicht mal ein Jahr, da wurden neben der Zuckerrübenfabrik Wagner in der Süßwarenmanufaktur Wagner die ersten Karamellen hergestellt und verpackt. Und das sollte erst der Anfang sein. Emmi wies kurz darauf ihre Mitarbeiter an, den Süßwarenmarkt etwas genauer zu beobachten. Die Erkenntnisse, die Lisa und sie daraus gewannen, waren ihnen zwar schon bekannt, nämlich dass Kinder die Hauptkonsumenten der Bonbons zum Lutschen waren, doch sie kamen auch darauf, dass die Verpackung zumeist nicht kindgerecht war, da die Kinder sich an den klebrigen Bonbons die Finger verschmierten.

»Die Stangen brauchen einen Stiel«, brachte es Lisa, die sich ursprünglich aus der Süßwarenmanufaktur heraushalten wollte, auf den Punkt. »Dann machen sie ihre Finger nicht klebrig, und die Mütter beschweren sich nicht, weil ihre Sprösslinge sich die Kleidung schmutzig gemacht haben.«

»Also produzieren wir hier zukünftig Bonbons am Stiel«, fasste Emmi es kurz und knapp zusammen.

Lisa nickte, war mit ihren Gedanken aber schon einen Schritt weiter. »Dann muss unsere Süßigkeit am Stiel aber auch einen besonderen Namen bekommen. Und vielleicht sollten wir uns diesen dann auch patentieren lassen.«

»Grandiose Idee«, rief Emmi. »Was hältst du von Stielbonbons?«

Lisa winkte ab »Stielbonbons – wie hört sich das denn an! Bestimmt nicht nach einer großartigen neuen Süßigkeit für Kinder. Nein, wir brauchen einen lustigen Namen, der aber gleichzeitig leicht zu merken ist, damit die Kleinen ihren Muttis und Vatis auch immer schön sagen können, welche Süßigkeit sie sich wünschen.«

»Hmmm … auf die Schnelle fällt mir solch ein Name jetzt nicht ein«, murmelte Emmi.

»Das muss ja auch nicht. Wir könnten unter den Mitarbeiter der Manufaktur einen Wettbewerb veranstalten. Wem der originellste Name einfällt, der bekommt beispielsweise einen Jahresvorrat unserer Bonbons für seine Lütten oder vielleicht auch ein paar Mark mehr in die Lohntüte.«

»Da müssen wir aber genau hinschauen, dass die Rechte

an diesem Namen dann auch an uns übergehen. Nicht, dass es hinterher noch zu Problemen kommt«, gab Emmi zu bedenken.

Lisa zuckte mit den Schultern. »Das war ja jetzt auch erst mal nur so eine Idee, Mutti. Das soll jetzt nicht bedeuten, dass wir noch heute einen entsprechenden Aushang in der Kantine aufhängen lassen werden.«

Es klopfte an Lisas Bürotür, und nachdem sie »Herein!« gerufen hatte, trat Ilse Krämer ein.

»Ich wollte Sie nur an Ihren Termin erinnern, Frau Wagner. Die Herren sind bereits im Besprechungsraum.«

Lisa stöhnte auf. »Herrje, die Aktionärsrunde. Vor lauter Bonbons am Stiel habe ich die Herren ganz vergessen.«

»Bonbons am Stiel?«, wunderte Ilse Krämer sich.

Emmi Wagner nickte. »Ja, Sie haben richtig gehört, Krämerchen, die haben meine Tochter und ich gerade erfunden. Nur ein guter Name fehlt uns noch dafür, dann lassen wir sie uns patentieren. Fällt Ihnen zufällig einer ein?« Die Frage war nicht ernst gemeint.

Umso verdatterter waren Emmi und Lisa, als Ilse Krämer vorschlug: »Was halten Sie von Lollipolli?«

Emmi und ihre Tochter Lisa sahen sich an und dachten beide das Gleiche.

Lisa rief: »Das ist es. Gut zu merken, lustig, die Kinder werden die Lollipollis lieben. Krämerchen, Sie sind eine Wucht!«

Im nächsten Moment war die jüngere Fabrikantin ihrer verdutzt guckenden Sekretären um den Hals gefallen.

Man konnte Ilse Krämer deutlich ansehen, dass sie nicht so recht wusste, wie ihr geschah. »Das ist ja eine Aufregung. Dabei habe ich das mit dem Lollipolli nur so daher gesagt. Ich fand den Namen lustig und hätte nie gedacht, dass er Ihnen gefallen würde.«

»Aber genau so einen Namen haben wir gesucht, Krämerchen«, versicherte ihr Emmi Wagner. Es war einer von diesen inzwischen sehr selten gewordenen Momenten, in dem sie sich kolossal darüber ärgerte, dass sie im Rollstuhl saß. Emmi hätte zu gerne ein kleines Freudentänzchen vollführt.

»Lisa, Krämerchen«, begann sie stattdessen feierlicher zu sagen, »ich prophezeie es euch, damit haben wir den Grundstein für einen ganz großen Erfolg gelegt. Heute ist ein historischer Tag für die Süßwarenmanufaktur Wagner. Und natürlich auch für Sie, Krämerchen. Diese kolossal gute Idee werden wir Ihnen gut bezahlen. Darauf können Sie sich verlassen.«,

Während Ilse Krämer vor Überraschung die Feuerröte ins Gesicht stieg, hatte Lisa noch anzumerken: »Und es ist auch ein historischer Tag für die Zuckerfabrik, Mutti. Ohne unseren Zucker, ohne unsere Rüben keine Lollipollis!«

Fortan fokussierte sich die Süßwarenmanufaktur Wagner auf die Herstellung von Lollipollis in den unterschiedlichsten Farben und Geschmacksrichtungen. Die leckere Süßigkeit mit dem lustigen Namen wurde schnell erfolgreich, von den Kindern heiß geliebt und den Muttis und Omis geschätzt, weil ihre Sprösslinge bei dem Verzehr saubere Finger behielten. Emmi Wagner hatte noch einmal so richtig der Ehrgeiz gepackt, so dass aus anfänglich drei Vormittagen in der Woche schnell wieder eine Vierzig-Stunden-Arbeitswoche wurde, doch die Seniorfabrikantin, wie sie sich selbst gern nannte, blühte mit der neuen Herausforderung und dem Gefühl, gebraucht zu werden, geradezu auf. So wurde unter ihrer Leitung eine Maschine entwickelt, die es möglich machte, dass die Produktion des Lollipolli auf maschinelle Herstellung umgestellt werden konnte und die Dauerlutscher schließlich ihre gleichmäßig runde Form erhielten. Auch die Rezeptur betreffend gab es immer wieder Verbesserungswünsche von Emmi an ihre Lebensmittellaboranten.

Es waren wunderbare und erfolgreiche Jahre, die Emmi Seite an Seite mit ihrer Tochter Lisa erleben durfte und die, wenn Emil oben im Himmel sie sehen konnte, ihn bestimmt sehr stolz auf seine Fabrikantinnen gemacht hätte.

Einzig die Abende, die Momente, wenn Emmi zur Ruhe kam, sie noch spät in der Bibliothek saß oder draußen im Park für sich war, dann überkam sie die Sehnsucht nach ihrer Tochter Greta. Es waren die dunkelsten und bittersten Augenblicke in Emmis Leben.

ACHTUNDZWANZIG

Das Glück wohnt nicht im Besitze und nicht im Golde, das Glücksgefühl ist in der Seele zu Hause.

DEMOKRIT
GRIECHISCHER PHILOSOPH
(460 V. CHR.- 370 V. CHR.)

Sommer 1961

Greta musste auf ihren vierjährigen Sohn Emil warten, der zum wiederholten Mal stehen geblieben war, um sich mit großen, staunenden Kinderaugen umzuschauen. Vor wenigen Augenblicken waren sie und rund 190 weitere Passagiere in nur zehn Stunden mit der Boeing 707 von New York nach Hamburg geflogen. Der kleine Emil hatte die längste Zeit davon verschlafen, so dass Greta den Flug damit verbracht hatte, sich die letzten Tage vor ihrem Abflug noch einmal ins Gedächtnis zu rufen.

Es war ihr nicht leichtgefallen, ihren Mann William darum zu bitten, Emil und sie gehen zu lassen, denn er war noch immer der Mann, den Greta liebte und dem sie unendlich viel zu verdanken hatte. Irgendjemand hatte einmal zu ihr gesagt,

Heimweh würde vergehen, doch Greta hatte all die Jahre vergeblich darauf gewartet und gehofft. Stattdessen war es nur immer noch schlimmer und quälender mit der Sehnsucht nach Hause geworden, obwohl sie in New York an der Seite ihres Ehemannes William ein so glamouröses wie aufregendes Leben führte.

William hatte großartig reagiert, er war trotz seiner Traurigkeit keinen Augenblick lang böse oder gar ungerecht geworden. Nur seinen kleinen Sohn Emil, den wollte er regelmäßig sehen, lautete seine Bedingung an Greta. Doch da William geschäftlich regelmäßig in Deutschland zu tun hatte, würde sich das sicherlich organisieren lassen, hoffte Greta.

Außerdem wollte William, dass Emil, sobald er alt genug wäre, frei entscheiden konnte, ob er in Deutschland oder Amerika leben wolle.

Andere Bedingungen hatte William nicht gehabt, bevor er seine junge Ehefrau zwar schweren, aber, wie er betonte, reinen Herzens freigegeben hatte.

Als William Emil und sie gestern Abend höchstpersönlich zum New Yorker Flughafen gebracht hatte, hatte Greta sich noch einmal bei ihm für seine fabelhafte Haltung und sein Verständnis bedankt. Dafür, dass er anscheinend nicht eine Sekunde darüber nachgedacht hatte, ihr Steine in den Weg zu legen. Stattdessen hatte er ihr geholfen, Emils und ihre wichtigsten persönlichen Dinge nach Hamburg schaffen zu lassen, in das kleine Haus, das er dort für die beiden von New York aus angemietet hatte.

»Es gibt nichts, wofür du mir dankbar sein müsstest, Greta«, hatte William daraufhin mit einem liebevollen Lächeln erwidert. »Aber mir fallen tausend Gründe ein, wofür ich dir zu Dank verpflichtet bin. Und letztendlich bin ich wohl selbst auch ein wenig schuld daran, dass du dein Zuhause in Deutschland, deine Familie so sehr vermisst, dass du es einfach nicht mehr aushalten kannst. Als ich dich damals das erste Mal gesehen habe, in diesem Berliner Modehaus, da war ich auf der Stelle fasziniert von dir und der glücklichste Mann, als du meine Gefühle erwidert und schließlich sogar meinen Antrag angenommen hast. Bis dahin hat mein Leben nur aus Arbeit bestanden. Bei unserer Hochzeit habe ich mir fest vorgenommen, dass ich dieses Glück, auf das ich überhaupt nicht mehr zu hoffen gewagt hatte, wie meinen größten Schatz hüten würde. Und was habe ich Trottel getan? Ich habe dir zwar ein Leben geboten, in dem es dir an nichts mangelte, genauso auch wie unserem kleinen Emil, doch ich habe sehr schnell wieder so weitergemacht wie alle Jahre, nämlich gearbeitet und gearbeitet, und daheim ist meine junge und bildschöne Frau immer einsamer geworden, so dass sie es irgendwann nicht mehr ausgehalten hat. Nein, Greta, es gibt wirklich überhaupt gar nichts, was du mir danken müsstest, aber dafür ganz viel, wofür ich dir zu tiefstem Dank verpflichtet bin.« Dann hatte er sie ein letztes Mal geküsst, Emil liebevoll über sein blondes Haar gestrichen und war gegangen.

Greta hatte in diesen zehn Stunden von New York nach Hamburg unzählige Tränen vergossen, und dennoch war sie sicher, das Richtige getan zu haben: gegangen zu sein, solange William und sie sich noch liebten und schätzten, auch wenn sie sich am Ende kaum noch gesehen hatten.

Das hübsche Klinkerhaus, das William für Greta und Emil gemietet hatte, befand sich in Groß Flottbek, einem wunderschönen Stadtteil von Hamburg mit vielen prächtigen Stadtvillen, die den Krieg unbeschadet überstanden hatten oder bereits wieder aufgebaut worden waren, mit weitläufigen Parkanlagen und riesigen Bäume, die schon Jahrhunderte auf dem Buckel hatten. In Richtung Osdorfer Landstraße entstanden gerade neue Reihenhaus- und Einzelhaussiedlungen, denn Wohnraum war nach wie vor knapp.

Greta fühlte sich von der ersten Sekunde in ihrem schönen kleinen Haus wohl und heimisch, und Emil war begeistert, dass im Garten eine große Sandkiste auf ihn wartete. Auch das hatte William von New York aus für seine Frau und seinen Sohn organisiert.

Als Greta die Sandkiste entdeckte, standen ihr wieder Tränen in den Augen. War es ein Fehler, so einen wunderbaren Mann zu verlassen, um mit Emil alleine in Hamburg zu wohnen?, kam es ihr in den Sinn, doch gleich darauf sagte sie laut und deutlich zu sich: »Nein, Greta, es war die absolut richtige Entscheidung!«

In den nächsten Tagen war Greta vollends damit beschäftigt, die vielen Kisten, Koffer und Taschen auszupacken, die William an ihre neue Adresse hatte schicken lassen. Emil, der einiges an neuem Spielzeug von seinem Daddy in den Kisten vorgefunden hatte, verbrachte Stunden in seiner riesigen Sandkiste, wo er nach Herzenslust buddelte und schnell die Kinder in der Nachbarschaft auf sich aufmerksam machte. Gerade der riesige Bagger erregte großes Aufsehen, denn so etwas hatten die Kinder hier noch nicht gesehen. Greta war froh, dass sie Wert darauf gelegt hatte, Emil zweisprachig zu erziehen. So verstand er, was die Hamburger Kinder zu ihm sagten, und umgekehrt war es genauso, wenn auch seine neuen Spielkameraden sich ein wenig über seine sonderbare Aussprache amüsierten.

Am Ende ihrer zweiten Woche in ihrem neuen Zuhause war dann endlich jede Kiste ausgepackt, der Inhalt verstaut, und Greta hatte eine lange Einkaufsliste erstellt, auf der die Dinge standen, die noch fehlten.

Am nächsten Morgen wollte sie sich mit ihrer Einkaufsliste und Emil auf dem Weg in die Innenstadt machen. Doch Emil nölte, weil ihn sein neuer Freund Thomas zum Spielen abholen wollte.

»Aber wir haben uns für heute vorgenommen, die Dinge zu besorgen, die noch fehlen. Du hast dich so sehr darauf gefreut, die Stadt zu sehen«, erinnerte Greta ihren kleinen Sohn.

»Aber jetzt ist Thomas da, und jetzt möchte ich lieber mit Thomas spielen«, schmollte Emil.

Greta schüttelte den Kopf. »Ich kann dich aber nicht mit Thomas allein hier bei uns lassen.«

»Wir können auch bei uns spielen, hat die Mutti gesagt«, warf Thomas ein.

Damit war die Sache besiegelt und Emil nicht mehr umzustimmen. Greta verabredete mit der Mutter von Thomas, dass sie spätestens am frühen Nachmittag wieder zurück sein würde. Thomas' Mutter bot sogar an, dass Emil zusammen mit Thomas und seiner zwei Jahre jüngeren Schwester Regina Mittag essen könnte. Erst wollte Greta ablehnen, Emil hatte noch nie woanders gegessen, aber wenn sie genau darüber nachdachte, dann hatte Emil eigentlich noch nie Zeit woanders verbracht, wenn sie nicht dabei gewesen war. In New York hatten sie mitten in der Stadt gewohnt, in einem wunderschönen Penthouse, aber eben ohne Garten und nur wenige Kindern in der Nachbarschaft, mit denen Emil hätte spielen können.

»Sei schön brav, Emil«, verlangte sie von ihrem kleinen Sohn und gab ihm einen Kuss auf die Stirn. »Ich bin spätestens am frühen Nachmittag wieder zurück.«

»Ich bin immer brav!«, empörte Emil sich und lief auch schon zu seinem Freund Thomas hinüber.

»Machen Sie sich keine Sorgen, ich passe gut auf Ihren kleinen Emil auf«, beruhigte Thomas' Mutter sie.

»Danke schön«, gab Greta lächelnd zurück. »Ich bin sonst gar nicht so … ängstlich. Nur wissen Sie, Emil ist mein Ein und Alles.«

»Das versteh ich sogar sehr gut«, gab Thomas' Mutter mit einfühlsamer Stimme zurück. »Gerade wenn man mit so einem Kind allein ist, dann macht man sich natürlich gleich doppelt so viele Sorgen.«

»Ich bin nicht mit Emil allein. Ich habe einen Mann, und Emil hat einen Vater.«

Verwundert zog Thomas' Mutter die Augenbrauen hoch. »Ach so. Das war mir nicht bewusst, weil ich Ihren Mann noch nie hier gesehen habe.«

Greta nickte. »Mein Mann arbeitet viel«, sagte sie und wollte sich zum Gehen wenden.

Doch Thomas' Mutter hatte noch eine weitere Frage. Ihre Neugierde war anscheint noch nicht genüge getan. »Wo arbeitet ihr Mann denn? Am Hafen?«

Greta schenkte ihrer allzu neugierigen Nachbarin ein Lächeln. »Nein, nicht am Hafen. Mein Mann arbeitet in New York.«

Es gab da diese Zufälle im Leben, bei denen man auch von Schicksal sprechen konnte. Zumindest wenn man daran glauben wollte. Als Lisa bepackt mit vier großen Einkaufstüten ziemlich atemlos das nächste Kaffeehaus ansteuerte, bevor sie den Heimweg antreten wollte, stieß ihr im Eingang des Kaffeehauses jemand ziemlich grob seinen Ellenbogen in den Rücken.

»Aua!«, rief Greta ärgerlich. »Passen Sie doch auf!«

»Verzeihen Sie bitte, ich habe Sie nicht gesehen«, behauptete der große dunkelhaarige Mann, der für den Rempler verantwortlich war.

»Fritz, du bist das«, hauchte Greta bestürzt.

»Greta …« Fritz war genauso perplex, in der Frau, die er

da gerade versehentlich angerempelt hatte, Greta zu erkennen. »Was … was machst du hier?«

»Könnten Sie Ihre Unterhaltung vielleicht draußen fortführen?«, wurden sie da von einer unfreundlichen Männerstimme angefahren. »Sie stehen mitten im Weg.«

Hektisch machte Greta einen Schritt zurück und ließ den Mann durch. Fritz folgte ihr, hob dann entschuldigend die Hände, als wenn er sich für den Mann verantwortlich fühlte, und sagte: »Hamburger Freundlichkeit.«

Eine Weile standen sie sich gegenüber, beide ratlos, wie sie sich nun am besten verhielten.

Fritz war schließlich derjenige, der das Schweigen brach. »Greta, was machst du eigentlich hier?«

»Erst war ich einkaufen, und jetzt wollte ich eine Tasse Tee trinken«, gab sie wahrheitsgetreu zurück.

»Das habe ich jetzt damit nicht gemeint«, erklärte Fritz. »Ich wollte von dir erfahren, was du hier in Hamburg machst? Meine Mutter hat erzählt, dass du in Amerika lebst.«

Greta nickte. »Ich habe in Amerika gelebt, in New York. Aber seit drei Wochen bin ich wieder in Deutschland, genauer gesagt, in Hamburg.«

Fritz rieb sich sein glatt rasiertes Kinn. »Hast du dich von deinem Mann getrennt?« Im nächsten Moment wurde ihm wohl selbst bewusst, wie unsensibel seine Frage gewesen war, und er fügte schnell hinzu: »Verzeih bitte, Greta, das geht mich natürlich nichts an, und ich habe auch kein Recht, dich danach zu fragen.«

»Stimmt. Das hast du nicht, Fritz!«, gab sie kühler zurück, als sie es eigentlich beabsichtigt hatte. Greta war sich nicht so ganz im Klaren darüber, was diese plötzliche Begegnung mit Fritz in ihr auszulösen vermochte. Immerhin war sie sich früher einmal sicher gewesen, dass er die Liebe ihres Lebens war. Und manchmal, wenn William wieder den Weg nicht nach Hause in ihre elegante Penthouse-Wohnung gefunden hatte, hatte sie sich gefragt, wie es wohl gewesen wäre, wenn Fritz und sie damals zusammengeblieben wären.

»Na ja, wie auch immer, was ich eigentlich sagen wollte, und ich weiß auch gar nicht, ob es dich überhaupt interessiert, Rieke und ich, wir sind schon seit zwei Jahren getrennt. Unsere kleine Lotte ist ein Sonnenschein, unser ganzes Glück. Aber Rieke und ich, das war ja von Anfang an keine gute Idee.«

Greta nickte. Sie wusste nicht, was sie auf Fritz' Eröffnung sagen sollte.

»Wollen wir vielleicht zusammen eine Tasse Tee trinken?«, schlug Fritz vor, und weil sie nicht gleich antwortete, fügte er hinzu: »Oder ist dir meine Gesellschaft nicht recht?«

»Doch, doch!«, versicherte Greta ihm. »Ich habe nur nicht mehr allzu lange Zeit. Emil wartet auf mich.«

»Emil? Ist das dein Mann?«

»Nein, Fritz, mein Mann heißt William, und er ist noch immer in New York, wo er auch bleiben wird. Emil ist unser vierjähriger Sohn, der gerade mit seinem neuen Freund Thomas spielt. Ich habe Thomas' Mutter versprochen, spätestens am frühen Nachmittag wieder zurück zu sein.«

»Ach so, dann können wir ja noch zusammen eine Tasse Tee trinken, oder nicht?«

Lächelnd schüttelte Greta den Kopf. »Wenn ich ganz ehrlich sein soll, lieber nicht!«

NEUNUNDZWANZIG

Nicht den Tod sollte man fürchten,
sondern dass man nie beginnen wird zu leben.

MARCUS AURELIUS
RÖMISCHER KAISER UND PHILOSOPH
(121 N. CHR. – 180 N. CHR.)

»Lisa, können Sie bitte rasch nach Hause kommen?«, sprach Elsa ins Telefon.

Es kam nur ausgesprochen selten vor, dass Elsa in der Fabrik anrief und dass sie Lisa darum bat, nach Hause in die Villa zu kommen, hatte es noch nie gegeben.

»Ist etwas passiert?«

»Ja«, erwiderte Elsa. »Ihre Großmutter ist gerade verstorben. Ich wollte eigentlich Ihre Mutter anrufen, Lisa. Aber ihre Sekretärin hat mir gesagt, dass sie in der Manufaktur unterwegs sei und sie sie zurzeit nicht erreichen könnte. Ob Sie ihr wohl Bescheid sagen würden?«

»Ja, ja, natürlich mach ich das«, wisperte Lisa in den Hörer. »Aber, Elsa, was ist denn nur passiert? Wie … wie ist sie …«

»Seien Sie ganz beruhigt, Lisa, sie hat sich wie immer nach

dem Mittag hingelegt und ist dann einfach nicht mehr aufgewacht. Ich wollte ihr ihren Tee aufs Zimmer bringen, da habe ich sie gefunden. Natürlich habe ich sofort Doktor Albrecht verständigt, der bereits auf dem Weg hierher ist, aber er wird nichts mehr für sie tun können. Da bin ich mir sicher.«

»Wir kommen, Elsa. Mutti und ich sind gleich da.«

Als Lisa den Hörer zurück auf die Gabel gelegt hatte, konnte sie die Tränen nicht länger zurückhalten. Ihre geliebte Omili war gestorben. Lisa war untröstlich und vergoss bittere Tränen, bevor sie sich in der Lage fühlte, hinüber in die Manufaktur zu gehen, um ihre Mutter zu suchen.

Sie fand sie in einem angeregten Gespräch mit ihrem engsten Mitarbeiter Gunther vertieft.

Als Emmi Wagner Lisa auf sich zukommen sah, begann sie, aufgeregt mit den Händen in der Luft herumzufuchteln und rief ihr entgegen: »Du kommst wie gerufen! Du glaubst nicht, was Gunter und ich uns gerade überlegt haben.« Dann aber schienen ihr Lisas rotverweinten Augen aufzufallen, und ihr Lächeln gefror.

»Lisa, um Himmels willen, was ist passiert?«

Lisa schätzte es, dass man in der Fabrik stets von ihr als kühle und beherrschte Fabrikantin sprach, weil es genau das Bild war, das sie den anderen von sich vermitteln wollte. Ganz besonders nachdem wohl so ziemlich jeder hier mitbekommen hatte, wie übel ihr geschiedener Ehemann ihr damals mitgespielt und wie sehr sie das verletzt hatte. Doch in diesem Moment war es ihr gleichgültig, was man sich später in der

Fabrik über sie erzählen würde. Aufschluchzend rannte sie zu ihrer Mutter, ging vor ihr in die Hocke und fiel ihr weinend in die Arme. »Elsa hat gerade angerufen. Wir müssen heimfahren. Omili, sie … sie ist tot.«

Doktor Albrecht traf wenige Augenblicke nach Lisa und ihrer Mutter Emmi in der Villa ein und ging auf direktem Wege in Dorothea Engels Schlafkammer. Er untersuchte sie gründlich und kam dann zu dem Ergebnis, dass sie eines natürlichen Todes gestorben war.

»Aber, Doktor Albrecht, ich versteh das nicht. Heute Morgen war sie noch bester Dinge und mit nicht einmal fünfundsiebzig Jahren auch noch nicht uralt.« Lisa war noch immer vollkommen aufgelöst.

Emmi legte ihr sanft die Hand auf den Unterarm. »Lisa, bitte beruhige dich doch. Deine Großmutter war krank, schon sehr lange. Das weißt du doch.«

»Nichts weiß ich«, rief sie trotzig aus. »Ich weiß nur, dass ihr manchmal ein bisschen schwindelig war. Aber davon stirbt man doch nicht gleich. So etwas habe ich noch nie gehört.«

»Ihre Großmutter hat unter einer Nierenschwäche gelitten, die nur schwer behandelbar war, doch Möglichkeiten hätte es wohl gegeben.«

»Und warum haben Sie dann nicht alles getan, was in Ihrer Macht stand?«, hielt Lisa dem Hausarzt der Familie Wagner fassungslos vor.

»Weil das der ausdrückliche Wunsch der Verstorbenen war,

Frau Wagner. Ich habe Ihrer Großmutter die Möglichkeiten einer Blutwäsche dargelegt, für die sie sich ins Krankenhaus hätte begeben müssen, doch das hat sie mehrfach entschieden zurückgewiesen, und gegen den Willen eines Patienten kann ich nichts unternehmen.«

Lisa war dennoch nicht zu beruhigen. »Und warum weiß ich davon nichts?«, fuhr sie den Arzt nun richtig aufgebracht an. »Warum haben Sie mich darüber nicht informiert? Dann hätte ich meiner Großmutter ins Gewissen geredet und ihr klargemacht, dass sie sich beha…«

»Lisa! Hör bitte auf!«, fiel Emmi Wagner ihr ins Wort. »Es war Großmutters Entscheidung, und ich war darüber informiert. Und jetzt unterlässt du es bitte, Doktor Albrecht so anzugehen. Er hat sein Möglichstes getan und ist bestimmt der Letzte, der für Großmutters Tod verantwortlich zu machen ist.«

»Du hast davon gewusst?«, keuchte Lisa.

»Hör auf, Lisa«, wiederholte ihre Mutter sich. »Mach es nicht alles noch trauriger, als es sowieso schon ist. Es war Großmutters Wille und ihr Wunsch, und ich bin dem lieben Herrgott im Himmel dafür dankbar, dass sie nicht allzu lange leiden musste.«

Lisa sah von ihrer Mutter zu dem Hausarzt. Sie biss sich dann in den Handrücken, um ein lautes Aufschluchzen zu verhindern, und lief aus dem Zimmer.

Den restlichen Tag verkroch sich Lisa in ihren privaten Räumen. Sie konnte sich noch nicht einmal dazu durchringen, zum Abendessen hinunterzugehen, auch wenn der Gedanke, dass ihre Mutter nun allein an dem großen Tisch sitzen würde, sie schmerzte.

Ihr Verhalten war vielleicht kindisch und bestimmt nicht das einer erfolgreichen Fabrikantin. Doch der Verlust ihrer Omili hatte sie bis ins Mark erschüttert. Dorothea Engel war weitaus mehr für sie als nur eine treusorgende Großmutter gewesen, sie war auch immer eine ihrer wichtigsten Ratgeberin gewesen, eine Freundin. Besonders nach der Trennung von Johannes hatten Enkelin und Großmutter häufig kleine Spaziergänge im Park der Villa miteinander unternommen, auf denen Lisa ihrer Omili ihr Herz ausgeschüttet hatte. Lisa hatte an sich gezweifelt und ihre Großmutter gefragt, was denn wohl nicht in Ordnung mit ihr sei, dass sie gleich von zwei Menschen, die ihr so nahegestanden hatten, hintergangen und betrogen worden war. Daraufhin hatte ihre Großmutter ihr heftig widersprochen; der Fehler sei nicht bei ihr zu suchen, sondern bei ihrem untreuen und verlogenen Ehemann. Über Gretas Rolle in dem ganzen Drama hatten sie jedoch nie gesprochen. Dorothea Engel wäre es wohl schwergefallen, ihre jüngere Enkelin ebenso wie Lisas Mann zu verfluchen, der ihr nie ganz geheuer vorgekommen war.

Doch bei all der Trauer gab es aber auch eine kleine Freude, womit sich Lisa tröstete; nun würde ihre Omili endlich zurück in ihr Dorf kehren können, wenn sie demnächst dort auf dem Friedhof neben ihrem Mann Gustav und ihrer Tochter Anni ihre letzte Ruhe fand.

Nach einer mehr oder weniger durchweinten Nacht war Lisa am nächsten Morgen wieder so weit gefestigt, dass sie sich zu ihrer Mutter an den Frühstückstisch setzte und mit ihr die wichtigsten Dinge bezüglich der Beerdigung und Trauerfeier besprach.

Sie erkannte die tiefen Ringe unter Emmi Wagners Augen und kam sich plötzlich richtig elendig vor, weil sie in ihrem eigenen Kummer nicht einen Moment daran gedacht hatte, auf die Trauer ihrer Mutter Rücksicht zu nehmen. Emmi hatte ihre Mutter verloren und damit ihre engste Vertraute und beständige Ratgeberin.

»Ich würde gerne Greta schreiben und sie bitten, zur Beerdigung zu kommen«, eröffnete ihre Mutter ihr.

Lisa nickte. »Das habe ich mir schon gedacht.«

»Und wäre das in Ordnung für dich, Lisa?«, wollte ihre Mutter von ihr hören.

Erneut nickte Lisa. »Großmutter hätte es so gewollt.«

»Ja, das hätte sie.« Nach einer kleinen Pause fügte Emmi noch hinzu. »Ich gehe nur nicht davon aus, dass Greta tatsächlich kommen wird. Ich habe ihr damals, nachdem sie mir den Brief geschrieben hat, in dem stand, dass sie jetzt in Amerika lebt und Mutter eines kleinen Emils geworden ist, mehrere Briefe zurückgeschickt, aber auf keinen jemals eine Antwort erhalten. Ich glaube, sie wollte mir einfach nur ein Lebenszeichen schicken und dann …«

»Nichts mehr mit uns zu tun haben«, beendete Lisa den Satz für ihre Mutter.

»Das klingt so hart.« Emmi schüttelte den Kopf. »Und Greta ist nicht hart, nein, das ist sie gewiss nicht.«

Lisa hob die Hände und sagte: »Schreib ihr, Mutti. Wir werden sehen, wie oder ob sie darauf reagiert.«

»Ich weiß nur nicht, ob mein Brief sie rechtzeitig erreichen wird. Wenn ich nur eine Telefonnummer hätte …«

Kurz zuvor hatte Elsa das Speisezimmer betreten, um das benutzte Geschirr in die Küche zu tragen. Nachdem das neue Hausmädchen nicht ihren Ansprüchen entsprochen hatte, erledigte Elsa nun wieder fast alle Aufgaben, die im Haus anfielen. Nur die Küche überließ sie der Köchin, denn das war fraglos nicht ihr Territorium.

»Entschuldigen Sie, Frau Wagner«, sagte sie zu Emmi. »Nicht, dass Sie denken, ich hätte gelauscht, aber haben Sie sich gerade über Greta unterhalten?«

Leicht irritiert sah Emmi Wagner auf. Man sah ihr an, dass die Frage ihrer Haushälterin sie ein bisschen wunderte, auch wenn im Hause der Wagners kein besonders distanzierter Umgang mit dem Personal gehandhabt wurde.

»Ja, Elsa, das haben wir«, gab sie einsilbig zurück.

»Es ist ja nur so, dass ich gestern Abend mit Fritz telefoniert und ihm von unserem Trauerfall erzählt habe. Fritz hat Ihre Mutter immer sehr gemocht und war natürlich sehr, sehr traurig. Er hat mich dann gefragt, ob Greta schon von dem Tod ihrer Großmutter wüsste. Ich habe mich natürlich über diese Frage gewundert, aber gleich noch mehr, als er angeboten hat, Greta die traurige Nachricht zu überbringen.

Sie können sich denken, dass mich das natürlich verwirrt hat, denn mir war nicht bekannt, dass mein Sohn demnächst nach Amerika reisen wollte. Da hat er mir erzählt, dass Greta seit einiger Zeit mit ihrem kleinen Sohn in Hamburg lebt. Ihm scheint sogar Gretas Adresse bekannt zu sein. Es kam mir so vor, als stünden die beiden, also der Fritz und Ihre Greta, in engen Kontakt.«

»Greta ist zurück?« Emmi Wagner schnappte nach Luft. »Sind Sie sich sicher, Elsa? Hat Fritz Ihnen das so gesagt?«

Die Haushälterin nickte. »Ja, ganz genauso hat er es mir gesagt. Greta wohnt mit ihrem Sohn Emil in Hamburg. Daran besteht kein Zweifel.«

Natürlich kam Lisa kurz der Gedanke, warum die langjährige Haushälterin kein Sterbenswort davon gesagt hatte, aber einen Vorwurf konnte sie ihr sowieso nicht daraus machen.

»Würdest du mich bitte nach Hamburg begleiten, Lisa?«, bat Emmi Wagner sie.

Doch Lisa zögerte. Wollte sie ihre Schwester Greta wirklich wiedersehen? War sie dazu nun nach all der Zeit bereit?

Nun ja, das würde sie wohl nur erfahren, wenn Greta vor ihr stand.

»Ich begleite dich, Mutti!«, erklärte sie mit fester Stimme. »Wann möchtest du fahren?«

Emmi Wagner wandte sich an ihre Haushälterin Elsa. »Wie schnell können Sie Ihren Fritz erreichen, Elsa? Dass er uns Gretas Adresse in Hamburg nennen kann …«

»Ich meine, er hat gesagt, dass er diese Woche Nachtschicht

im Krankenhaus hat. Dann müsste ich ihn jetzt eigentlich in seiner Wohnung erreichen können. Soll ich es versuchen?«

»Ja, natürlich doch, telefonieren Sie, Elsa«, forderte Emmi Wagner sie auf. »Telefonieren Sie …«

DREISSIG

Ich beschäftige mich nicht mit dem, was getan worden ist.
Mich interessiert, was getan werden muss.

MARIE CURIE
POLNISCHE PHYSIKERIN UND CHEMIKERIN
(1867–1934)

Greta glaubte ihren Augen nicht trauen zu können, darum kniff sie sie auch zweimal hintereinander fest zu. Doch es hatte sich nichts verändert, noch immer standen ihre Schwester Lisa und ihre Mutter Emmi vor ihrer Haustür. Wobei im Falle ihrer Mutter stehen nicht richtig war, sie saß in einem Rollstuhl.

»Wie … wie kommt ihr hierher …?«, stammelte Greta.

»Mit dem Auto!«, gab Lisa trocken zurück.

»Das meinte ich nicht … ich wollte wissen, woher ihr meine neue Adresse kennt und …?« Mitten im Satz stockte Greta, schlug sich klatschend die rechte Hand vor die Stirn und beantwortete sich ihre Frage gleich selbst. »Fritz hat es euch erzählt.«

Lisa nickte, fügte dann aber hinzu: »Eigentlich hat Elsa uns davon in Kenntnis gesetzt, dass du wieder in Deutschland lebst.«

Es war ein komisches Gefühl, irgendwie vertraut und dennoch fremd, plötzlich mit Lisa zu reden, während ihre Mutter einfach nur dasaß und sie ansah. Greta konnte ihren Blick nicht wirklich deuten, war sie glücklich und erleichtert, sie zu sehen, oder ärgerlich, weil sie sich seit Jahren nicht bei ihr gemeldet hatte?

Auf jeden Fall waren ihre Lider geschwollen, und unter ihren Augen lagen dunkle Schatten. Lisas Augen sahen auch aus, als hätte sie geweint.

»Greta, mein Kind«, sprach nun endlich auch ihre Mutter. Nur diese drei Worte und auch nicht besonders laut. Nein, sie hatte sie geflüstert. Aber Greta ging das Herz auf. Es war unglaublich, aber diese drei geflüsterten Worte sorgten dafür, dass dieser Knoten, den sie seit Jahren in ihrer Brust spürte, sich innerhalb eines Wimpernschlags auflöste.

Im nächsten Moment lag sie in den Armen ihrer Mutter und fing an, bitterlich zu weinen.

»Mummy«, hörte sie da auf einmal die Stimme ihres Sohnes Emil hinter sich sagen. Ängstlich sah er von seiner weinenden Mutter zu der Frau im Rollstuhl, dann zu Lisa und wieder zurück zu Greta.

Greta erhob sich und ging die zwei, drei Schritte zu ihm und nahm ihn auf den Arm.

»Es ist alles in Ordnung, Emil«, erklärte sie ihm mit weicher Stimme. »Wir haben Besuch bekommen. Von deiner Omi und deiner Tante Lisa.«

»Du bist also Emil«, sagte Emmi mit gerührter Stimme.

»Mummy, lass mich runter. Ich kann schon allein stehen. Bin schon groß«, verlangte Emil von Greta.

»Er ist tatsächlich schon richtig groß«, rutschte es Lisa heraus, die ihn als Baby auf der Fotografie gesehen hatte, die Greta damals dem Brief an ihre Mutter beigelegt hatte.

Emil hüpfte auf Lisa zu, streckte ihr die Hand entgegen und sagte: »Hallo, Tante Lisa.« Anschließend wandte er sich zu Emmi um, umarmte sie und sagte: »Hallo, Granny.« Und ganz zum Schluss sah er zu Greta und wollte wissen: »War das richtig so, Mummy? Bist du stolz auf mich, weil ich schon weiß, wie man sich gut benimmt?«

»Ach meine Güte«, stieß Lisa hervor. »Das bist ja du, Greta, in klein und als Junge.«

Greta konnte es nicht verhindern, aber sie fing laut zu lachen an. Emmi und Lisa stiegen mit ein und am Ende sogar der kleine Emil.

Den Arm ganz fest um ihre Schwester Lisa gelegt, stand Greta am Grab ihrer Großmutter. Emmi Wagner hatte wenige Augenblicke zuvor einen leichten Schwächeanfall erlitten. Gerade als sie die kleine Schaufel in die Hand genommen hatte, um damit etwas von der dunklen Erde auf den Sargdeckel ihrer geliebten Mutter hinabfallen zu lassen, war ihr ganz schummrig vor den Augen geworden. Wenn sie nicht im Rollstuhl gesessen hätte, wären ihr womöglich die Beine weggesackt und sie wäre im schlimmsten Fall sogar in die Grube gestürzt.

Die Tochter der verstorbenen Schumacherwitwe Dorothea Engel war daraufhin von Lisas Begleitung, Paul Peters, zurück zur Kapelle geschoben worden. Greta hatte der Mutter folgen wollen, doch Lisa weigerte sich, mit ihr zu kommen.

»Wir müssen uns doch verabschieden, Greta«, hatte sie verzweifelt geflüstert. »Wir müssen unserer Omili doch noch Lebewohl sagen …«

Also hatte Greta ihren Arm um Lisa geschlungen, sie ganz fest an sich gezogen und war die drei, vier Schritte bis an den Rand der Grube gegangen.

Ein letzter Gruß, zwei Schaufeln Erde und ein Strauß Vergissmeinnicht, um der Großmutter zu versichern, dass ihre Enkeltöchter sie niemals vergessen würden.

»Komm jetzt, Lisa«, forderte Greta ihre ältere Schwester nach einer ganzen Weile auf, während der sie auf den Sarg der Großmutter gestarrt hatten. »Die anderen Trauernden möchten sich doch auch noch von Omili verabschieden.«

»Was interessieren mich die anderen …«, begann Lisa, doch Greta schnitt ihr das Wort ab und raunte ihr leise zu: »Lisa, es sind so viele aus der Fabrik da. Morgen ärgerst du dich …«

Lisa sah sie mit tränenverhangenen Augen an. »Ja, du hast recht … lass uns gehen.«

Arm in Arm schritten die Schwestern zur Kapelle, wo sich Emmi Wagner inzwischen von ihrem leichten Schwächeanfall erholt hatte.

»Alles in Ordnung?«, wollte Paul Peters von ihnen wissen.

»Ja, alles in bester Ordnung«, gab Greta zurück und strich ihrer Schwester liebevoll über den Rücken. »So ist es doch, nicht wahr, Lisa?«

Lisa nickte. »Ja, so ist es.«

Als sich eine gute halbe Stunde später die Trauergemeinde in der Villa der Familie Wagner zusammenfand, hatte Elsa im Speisezimmer alles schon vorbereitet, so dass die Gäste sich sofort mit Kuchen, Bohnenkaffee, schwarzem Tee oder Erfrischungsgetränken stärken konnten.

Emmi Wagner nickte ihrer guten Fee Elsa dankerfüllt zu, als sie erkannte, wie gut alles vorbereitet war.

Dann wandte sie sich zu ihren Gästen um und bat sie um ihre Aufmerksamkeit.

»Lisa, Greta, liebe Freunde und Mitarbeiter, liebe Trauernde und alle, die heute hier zusammengekommen sind, um meiner Mutter Dorothea Engel die letzte Ehre zu erweisen, Abschied von einer so bemerkenswerten Frau zu nehmen, die mir ein Leben lang ein Vorbild war. Wenn ich ganz weit ausholen würde, dann würde ich genau dort anfangen, wo wir meine Mutter heute zu Grabe getragen haben, nämlich in Klein Algermissen, wo vor vielen Jahren das Haus des Schuhmachers Gustav Engel und seiner wunderschönen und klugen Frau Dorothea gestanden hat. Oben unterm Dach, von wo aus es nicht mehr ganz so weit bis zu den Sternen war, haben meine liebe Schwester Anni, die viel zu früh von uns gegangen ist, und ich oft auf ihrer Matte gelegen, die Anni dort hochgetragen hatte, obwohl unser Vater die Dachkammer eigentlich für mich zurecht gemacht hatte, damit ich in Ruhe lernen konnte. Aber das hat unseren Wirbelwind Anni nicht gekümmert, sie wollte da sein, wo ich bin. Mit dem Tod unseres Vaters hat sich dann unser Leben radikal verändert, vor allem das unserer Mutter, doch sie hat sich davon nicht unterkriegen lassen, hat die Herausforderung angenommen, dem Leben die Stirn geboten und sich voller Energie daran gemacht, aus ihren Töchtern, Anni und mir, gute Menschen zu machen. So wie sie nach einigen Umwegen dann auch in dieses Haus hier gezogen ist, um sich um meine Töchter, Greta und Lisa, zu kümmern. Ihnen mit Rat und Tat zur Seite zu stehen, für sie da zu sein, während ich versucht habe, das Erbe meines verstorbenen Mannes Emil wieder aufzubauen und größer zu machen. Es ist ihr prächtig gelungen, meiner wunderbaren Mutter Dorothea, meine beiden Töchter auf ihrem Weg zu schönen, klugen und selbstbewussten Frauen zu begleiten, während ich hoffentlich alles so getan habe, wie Emil es sich gewünscht hätte. Ohne meine Mutter Dorothea Engel im Rücken wäre mir das nicht gelungen, und dafür werde ich ihr ewig zu Dank verpflichtet sein. Umso mehr bedauere ich es, dass sich ihr größter Wunsch nicht erfüllt hat, sie wollte so gerne zurück in ihr altes Haus mit der ehemaligen Schusterwerkstatt. Nun ist sie zumindest wieder in ihrem Dorf, zusammen mit Vati und mit Anni. Im Gedenken an eine wunderbare Frau, Mutter und Großmutter erhebe ich mein Glas!«

»Auf Dorothea Engel!«, riefen gleich mehrere Trauergäste laut aus, während alle Anwesenden ihre Gläser erhoben, um Dorothea Engel die letzte Ehre zu erweisen.

Greta und ihr kleiner Sohn Emil blieben fast zwei Wochen zu Besuch in der Villa in der Hildesheimer Börde, bevor sie beschlossen, zurück nach Hamburg zu fahren. Greta hatte sich, kurz bevor Lisa und Emmi so überraschend vor ihrer Haustür gestanden hatten, um eine Anstellung in einem großen Modehaus bemüht und sie auch bekommen. Am nächsten Montag sollte ihr erster Arbeitstag sein, während Emil tagsüber bei Thomas' Mutter bleiben durfte, die dafür von Greta entlohnt wurde. Das, was Greta für Emils Betreuung an die Nachbarin zahlte, war fast so viel, wie sie in dem Modehaus verdiente. Aber darum ging es ihr ja auch gar nicht, ihr mangelte es nicht an Geld. Doch Greta wollte etwas leisten, einer Arbeit nachgehen und auch andere Menschen kennenlernen, nachdem sie die Jahre in New York fast überwiegend allein mit Emil in dem riesigen Penthouse verbracht hatte. Einen flüchtigen Augenblick hatte Greta mit dem Gedanken gespielt, Hamburg vielleicht auch wieder zu verlassen und mit Emil in die Nähe ihrer Familie in die Hildesheimer Börde zu ziehen – endlich ganz zurück nach Hause zu kehren. Doch dann waren ihr tausend Gründe eingefallen, den Gedanken direkt wieder zu verwerfen. Allen voran, dass Emil sich in seinem neuen Zuhause sehr wohl fühlte und in Thomas wahrscheinlich einen Freund fürs Leben gefunden hatte. Außerdem freute sie sich auf die Arbeit im Modehaus, es gefiel ihr sehr gut in Hamburg, und dennoch konnte sie jederzeit auf einen Besuch in die Hildesheimer Börde reisen, denn im Verhältnis zu der Entfernung von New York nach Hildesheim war der von Hamburg ein gefühlter Katzensprung. Nein, es war die richtige Entscheidung, in Hamburg zu bleiben, aber dennoch den guten und ständigen Kontakt zu ihrer Familie in der Hildesheimer Börde fortan aufrechtzuerhalten, allein schon deshalb, weil Emil ganz vernarrt in seine Granny war.

Ach ja, und dann war da auch noch Fritz und der Gedanke, dass sie beide vielleicht im dritten Ansatz doch noch eine Chance hätten. Vielleicht war das so …

Mit Lisa hatte Greta ein paar Mal gesprochen, doch so wirklich über all das, was geschehen war, hatten beide Schwestern tunlichst geschwiegen.

Am Vorabend ihrer Abreise nahm sich Greta dann aber ein Herz und trat an Lisas Zimmertür. Das, was da noch zwischen Lisa und ihr stand, das musste endlich ausgesprochen und auch irgendwie geklärt werden. Jetzt und nicht bei ihrem nächsten oder übernächsten Besuch daheim in der Wagnerschen Villa. Jetzt! Sonst reiste jedes Mal dieses mulmige Gefühl mit, wenn sie mit Emil hierherkäme, war sich Greta sicher.

Tief durchatmend klopfte sie an Lisas Tür, die prompt öffnete und sie erstaunt ansah. Greta begann sofort, zu reden, damit der Mut sie bloß nicht wieder verließ. Sie wollte ihrer

Schwester alles erklären, *sich* erklären, doch Lisa winkte ab und sagte: »Was geschehen ist, ist geschehen, Greta, wir können es jetzt eh nicht mehr ändern. Außerdem bin ich längst über Johannes hinweg. Es mag sich etwas eigenartig für dich anhören, aber im Nachhinein bin ich dir fast ein wenig dankbar dafür. Im Grunde genommen habe ich von Anfang an geahnt, dass Johannes es mit der Treue nicht so genau nimmt. Dass er ausgerechnet mich dann heiraten wollte, lag wohl daran, dass ich die beste Partie von all den Damen gewesen bin. Ich habe es geahnt, aber ich wollte es nicht wissen. Ich wollte unbedingt mit diesem Mann glücklich werden. Und ich fürchte, ich würde mich noch heute von ihm an der Nase herumführen lassen, wenn der Gute nicht deinem Charme erlegen wäre.« Lisa lachte bitter auf. »Was mich jedoch ein wenig mit meiner eigenen Dummheit versöhnt, ist, dass ich nicht die Einzige bin, die auf ihn hereingefallen ist. Johannes hat wieder geheiratet und lebt jetzt in Frankfurt mit seiner neuen Frau in einem weitaus imposanteren Haus als unserer Villa. Ich habe seine neue Frau nie zu Gesicht bekommen, aber durch einen gemeinsamen Bekannten erfahren, dass sie sehr vermögend sein soll und … wohl ein ähnliches Schaf, wie ich es damals war.«

Greta nickte verstehend und wollte dann mit hoffungsvoller von Lisa erfahren: »Dann verzeihst du mir?«

Lisa hob die Schultern. »Verzeihen ist das falsche Wort, ich würde es anders ausdrücken wollen, wir sind quitt.«

Greta verstand nicht. »Inwiefern sind wir quitt?«

»Ich hätte dir damals sagen müssen, dass der Professor im Krankenhaus, als Mutti aus dem Koma erwacht ist, nie explizit gesagt hat, dass *du* sie nicht mehr besuchen kommen sollst, weil deine Anwesenheit sie zu sehr aufregt. Er hat es allgemein gehalten, wir alle sollten darauf achten, sie nicht zu sehr anzustrengen, und ich habe es in meiner Wut auf dich bezogen. Ich habe dich bewusst in dem Glauben gelassen, dass Mutter dich nicht in ihrer Nähe ertragen konnte, weil ich wollte, dass du dich schlecht fühlst.«

Mit dieser Eröffnung musste Greta erst einmal fertigwerden.

Lisa ließ ihr dafür aber keine Zeit und hielt ihr schon die Hand hin. »Schlägst du ein, dann sind wir beide von unserer Schuld entbunden.«

Greta holte tief Luft. Wie lange hatte sie sich mit dem Gedanken herumgequält, schuldig zu sein und dass ihre Mutter ihr diese Schuld nicht vergeben konnte. So, so lange. Und das nur, weil Lisa sie belogen hatte. Ihre Schwester, der sie sich früher zutiefst verbunden gefühlt hatte, die ihr Ein und Alles gewesen war, ihre Heimat – und der sie, Greta, unendlich wehgetan hatte.

Sie waren quitt, so war es wohl. Lisa hatte recht, ihre gegenseitige Schuld war ausgeglichen.

»Unter einer Bedingung, Lisa«, sagte Greta und zwinkerte ihrer Schwester zu. »Du erzählst mir, was zwischen dir und diesem ausgesprochen gut aussehenden Paul Peters vor sich geht?«

Lisa schmunzelte, verlangte aber ebenfalls etwas von Greta. »Nur wenn du mir im Gegenzug verrätst, woher Fritz deine Hamburger Adresse kennt und warum Emil ihn neulich so freudestrahlend begrüßt hat.«

»Abgemacht!«, sagte Greta und schüttelte die Hand ihre Schwester Lisa. »Frau Fabrikantin!«

»Abgemacht, Schwesterherz!«, sagte Lisa.

DANKE

… sagen möchte ich meinem Verleger Reinhard Rohn für seine Geduld und sein feines Lektorat;

meiner Schwester Regina, die sich einst verplappert hat, sonst hätte ich wohl nie von Emmis und Annis Geschichte erfahren;

Magarete von Schwarzkopf und Martina Gilica, die in ihrem Literatur-Podcast »Die Bücherwelt« so wunderbar von Anni und Emmi gesprochen haben und, wie Margarete von Schwarzkopf es so schön vorhergesehen hat, erheblich zu der Bekanntheit des Buches beigetragen haben.

der hannoverschen Buchhandlung Leuenhagen & Paris, die meine »Fabrikantinnen« ebenfalls sehr unterstützt haben – stellvertretend für all die stationären und überwiegend privatgeführten Buchhandlungen, die meinen »Fabrikantinnen« eine Chance gegeben haben und den Titel mit Begeisterung verkaufen.

DANKE SCHÖN!

Den Buchbloggerinnen Vanessa von »Buchtempel« und Claudia von »Claudias Bücherregal« – ihr wisst schon wofür ;-)

Und zu guter Letzt der Familie Engel / Wagner, die ich erfunden habe. Nicht aber die dramatische Liebesgeschichte zwischen Emmi und Emil und auch nicht, wie taff und entschlossen Emmi zeit ihres Lebens gewesen ist, und ihrem Emil, bis sie im Alter von 93 Jahren verstorben ist, stets zutiefst verbunden geblieben ist.

LESEPROBE

SARAH LINDBERG
DIE
FABRIKANTINNEN
Schwesternbande
ROMAN
RL

DREI

Die Bande der Familie sind im Himmel nicht gelöst.

JEAN BAPTISTE HENRI LACORDAIRE,
FRANZÖSISCHER DOMINIKANER
(1802–1861)

Den Arm ganz fest um ihre Schwester Anni gelegt, stand Emmi am offenen Grab des Vaters. Thea Engel hatte wenige Augenblicke zuvor einen Zusammenbruch erlitten. Gerade als sie die kleine Schaufel in die Hand genommen hatte, um damit etwas von der dunklen Erde auf den Sargdeckel ihres geliebten Ehemannes hinabfallen zu lassen, waren ihr die Beine weggesackt. Wenn Otto Pahnke nicht so geistesgegenwärtig reagiert und nach ihr gegriffen hätte, wäre sie womöglich in die Grube gestürzt. Eine schreckliche Vorstellung, die noch Tage später zu Unwohlsein bei der Trauergemeinde führte.

Die Witwe des Schuhmachers Gustav Engel war daraufhin von zwei Nachbarsfrauen zurück zur Kapelle geleitet worden, wo sie vollends erschöpft auf den erstbesten Stuhl gesunken war. Emmi hatte der Mutter folgen wollen, doch Anni weigerte sich, mit ihr zu kommen.

»Wir müssen uns verabschieden, Emmi«, hatte sie verzweifelt geflüstert. »Wir müssen unserem Vati doch noch Lebewohl sagen …«

Also hatte Emmi ihren Arm um Anni geschlungen, sie ganz fest an sich gezogen und war die drei, vier Schritte bis an den Rand der Grube gegangen.

Ein letzter Gruß, zwei Schaufeln Erde und ein Strauß Vergissmeinnicht, der dem Vater versichern sollte, dass sie ihn niemals vergessen würden … seine ihn über alles liebenden Töchter.

»Komm jetzt, Anni«, forderte Emmi die jüngere Schwester nach einer ganzen Weile auf, die sie auf den Sarg des Vaters gestarrt hatten. »Die Trauergemeinde möchte sich doch auch noch von Vater verabschieden.«

»Was interessieren mich die anderen«, schniefte Anni. »Keiner von denen teilt unseren Schmerz. Keiner von denen weiß, wie sich das anfühlt …«

»Vater war beliebt und wurde von allen geschätzt. Wir sind nicht die Einzigen, die um ihn trauern«, hielt Emmi dagegen.

»Aber … aber sie sind mir egal.« In Annis Stimme schwang nun ein Anflug von Hysterie. Emmi ahnte, dass es dringend an der Zeit war, die jüngere Schwester von hier fortzubringen. Doch so zart und zerbrechlich Anni auch äußerlich erschien, in ihrem Inneren schlug ein Löwenherz, das dem jungen Mädchen Kräfte verlieh, die ihr niemand zugetraut hätte. Emmi gab sich redlich Mühe, doch Annis Schuhsohlen schienen wie im Boden verankert zu sein. Hilfe suchend sah sie sich schließlich um. Eigentlich hatte sie gehofft, dass der vier Jahre ältere Bruder ihres verstorbenen Vaters, Friedhelm Engel, der in Begleitung seiner neuen und wesentlich jüngeren Ehefrau Gundula zur Beerdigung erschienen war, ihr zu Hilfe eilen würde. Doch Onkel Friedhelm hatte schon genug mit seiner laut wehklagenden Gattin zu tun. Die hatte dem verstorbenen Schwager zwar nicht besonders nahegestanden, liebte aber theatralische Auftritte, die ihr noch mehr Aufmerksamkeit einbrachten.

Emmi konnte die neue Frau ihres Onkels nicht ausstehen, was sie natürlich niemals laut ausgesprochen hätte. Onkel Friedhelm hingegen war ein angenehmer Mann, mit dem man ganz wunderbare Gespräche führen konnte und der im Gegensatz zu seiner Gundula über einen ausgesprochen feinen Geist verfügte. Emmi hatte sich schon häufig gefragt, was Onkel Friedhelm nur an der schrillen Gundula fand, und sich einmal sogar getraut, ihn direkt danach zu fragen. Onkel Friedhelm hatte gelacht, sein warmes, leicht bäriges Lachen, und gemeint, dass Gundula ein paar Qualitäten hätte, die ihn für so manches entschädigen würden.

»Qualitäten?« Emmi hatte sich keinen Reim darauf machen können.

»Davon musst du nichts wissen, denn du wirst im Gegensatz zu meiner Gundi nichts davon brauchen, Emmi, weil du nämlich viel im Kopf hast.« Auch das hatte Emmi nicht verstanden.

Nun war der Onkel auf jeden Fall vollends darum bemüht,

seine überlaut wehklagende Gemahlin zu beruhigen, so dass er Emmis Hilfe suchenden Blicke nicht wahrnahm.

Otto Pahnke hingegen hatte die beiden jungen Mädchen, die selbst in ihren schlichten schwarzen Kleidern und den gleichfarbigen Spangenschuhen noch überaus apart anzusehen waren, nicht aus den Augen gelassen. So wie er zuvor schon der verzweifelten Witwe des verstorbenen Schuhmachers im wahrsten Sinne des Wortes unter die Arme gegriffen hatte, umfasste er nun Annis freien Oberarm und schob sie mit sanfter Gewalt vom Rand der Grube weg.

Zunächst ließ Anni es geschehen. Dann aber rief sie laut: »Was ist das für ein übler Gestank? Emmi, was ist das bloß? Kommt das aus der Grabstelle … aus Vatis Sarg?«

Reichlich pikiert ließ der Gänsemastbauer von dem Mädchen ab und trat zurück in die Gruppe der Trauergemeinde.

Emmi hingegen nutzte den Augenblick und zog ihre jüngere Schwester mit sich hinüber zur Kapelle, wo die Mutter noch immer nicht in der Lage war, sich von dem eigens für sie herbeigeholten Stuhl zu erheben.

»Emmi, du bist doch schon so vernünftig«, sprach Gerda Fritsche, die Nachbarin der Engels zur linken Seite, zu ihr. »Lauf nach Hause und mach die letzten Handgriffe. In Bälde wird die Trauergesellschaft bei euch zum Leichenschmaus erscheinen, und wenn ich eure Mutter richtig verstanden habe, müssen die Schnittchen dringend aus der Kühlung geholt und der Blechkuchen auch noch aufgeschnitten werden. Vielleicht kannst du schon den Kessel auf den Herd stellen, damit wir dann flugs Bohnenkaffee und Tee aufbrühen können. Ich würde dir dann zur Hand gehen, Emmi, aber ich mag eure Mutter jetzt nicht allein lassen.«

»Geht es ihr noch nicht besser?«, erkundigte Emmi sich besorgt. Nicht, dass die Mutter noch eine Herzattacke oder so etwas erlitt. Wie schlimm es wohl wäre, wenn sie nach dem Vater nun auch noch die Mutter verlören. Nein! Emmi schüttelte den Kopf. Ihre Mutter war stark. Sogar viel stärker, als der Vater es gewesen war. Nicht körperlich – sie war zierlich und klein, kaum größer als die vierzehnjährige Anni, sondern innen drinnen. Aber ihr war auch nicht so viel Schrecken und Grauen im Krieg widerfahren wie ihrem Ehemann, der bis zu seinem Tod sehr darunter gelitten hatte. Das war auch der Grund, warum sich das Gerücht im Dorf breitgemacht hatte, der Schuhmacher habe sich selbst die Flinte in den Mund gesteckt und abgedrückt. Er habe aus freien Stücken seinem Leben ein Ende bereitet, und das ausgerechnet an seinem Ehrentag, seinem vierzigsten Geburtstag, und ohne auch nur einen Gedanken an seine Frau und die beiden unschuldigen Töchter zu verschwenden.

Emmi hatte davon gehört und war regelrecht in Zorn geraten. Niemals wäre der Vater zu so etwas fähig gewesen. Niemals hätte er seine drei Mädels, wie er sie an guten Tagen liebevoll genannt hatte, im Stich gelassen. Mochte er manchmal auch wortkarg oder ganz und gar in sich gekehrt gewesen sein. Der Blick ohne jegliche Freude, um den Mund ein schmerzlicher Zug, doch sein Herz hatte zu jeder Zeit für seine drei Mädels geschlagen.

»Aber warum denn nicht, Emmi?«, fragte Gerda Fritsche.

»Was … ähm … wie bitte?«

»Ich will wissen, warum du mir den kleinen Gefallen nicht tun willst, Emmi? Du siehst doch, dass ich mich um deine Mutti kümmern muss. Und nun auch noch um die Anni. Schau nur, wie sie an eurer Mutti hängt. Aber du bist doch vernünftig, Emmi, ein kluges Mädchen. Du musst jetzt laufen und die ganze Vorbereitung erledigen. Was glaubst du, was die Leute sagen, wenn sie gleich bei euch sind und nichts steht bereit?«

»Ich habe doch nicht gesagt, dass ich das nicht machen werde«, verteidigte Emmi sich.

Die Nachbarin legte die Stirn in Falten. »Und warum hast du dann den Kopf geschüttelt?«

»Ach so. Ich … ich war in Gedanken. Ganz woanders …«

Die Nachbarsfrau sah zwar immer noch nicht wirklich überzeugt aus, aber sie tätschelte Emmis Schulter.

»Gut so, Emmi. Du bist wenigstens vernünftig.« Sie warf einen bedeutungsvollen Blick auf Anni, die wie ein Klammeräffchen an Thea Engel hing. »Die Anni ist ja leider etwas *anders.*«

Emmi lag schon eine heftige Erwiderung auf der Zunge. Aber dies war der Tag, an dem sie ihren geliebten Vati zu Grabe getragen hatten. Gleich würde der Leichenschmaus im Haus der Engels stattfinden. Emmi würde alles dafür tun, dass ihr Vater sich nicht für seine drei Mädels schämen müsste.

»Kann ich Anni hierlassen?«

Gerda Fritsche war einverstanden. »Ich warte noch, bis es den beiden etwas besser geht, dann machen wir uns auf den Weg. Und wenn wir es nicht schaffen, dann bitte ich euren Onkel, dass er uns in seinem Automobil mitnimmt.«

Emmi war sich zwar sicher, dass Tante Gundula sich mit Händen und Füßen dagegen wehren würde, die buckelige Verwandtschaft, wie sie sich des Öfteren schon über die Familie des Schuhmachers ausgelassen hatte, in dem neuen todschicken schwarzen Automobil ihres Gatten mitzunehmen. Dennoch nickte sie, sagte: »Das ist eine gute Idee«, und verließ schließlich das Friedhofsgelände.

Als sich eine gute halbe Stunde später die Trauergemeinde im Haus der Engels zusammenfand, hatte Emmi in der guten Stube alles so weit vorbereitet, dass die Gäste sich sogleich mit Kuchen vom Blech und Brotschnittchen samt frisch aufgebrühtem Bohnenkaffee oder Schwarztee stärken konnten.

Thea Engel hatte sich Gott sei Dank etwas gefangen und nickte ihrer Tochter dankerfüllt zu, als sie erkannte, wie gut Emmi sich um alles gekümmert hatte. Sie drückte ihrer Ältesten die Hand und sagte leise: »Es tut mir leid, dass ich dich damit allein gelassen habe.«

Emmi beeilte sich abzuwinken. »Das muss es nicht, Mutti. Ich habe es gern getan. Die Hauptsache ist, dass es dir wieder besser geht. Du wieder zu Kräften gekommen bist.«

»So ist es, Emmi. Ich bin wieder stark … stark und tapfer für uns drei. Das verspreche ich dir.«

Nach einer flüchtigen, aber liebevollen Umarmung wandte Thea sich schließlich ihren Gästen zu und erkundigte sich, ob es noch irgendwo an irgendetwas fehlte. Die Witwe hatte zu ihrer gewohnten Form und Haltung zurückgefunden.

Anni hingegen war noch immer untröstlich und kaum in der Lage, sich aufrecht zu halten. Erneut war es Gerda Fritsche, die Emmi zur Seite nahm und sie bat, die jüngere Schwester in ihre Kammer zu bringen.

»Es nützt ja nichts, wenn das Mädchen wie ein Häufchen Elend am Tisch sitzt und die Gäste sich kaum unterhalten mögen.«

Emmi lag zum zweiten Mal an diesem schlimmen Tag eine heftige Erwiderung auf der Zunge. Es war Annis gutes Recht, kummergebeugt dazusitzen und um den Vater zu trauern. Doch gerade als sie den Mund aufklappte, erhaschte sie den Blick der Mutter, die ihr wortlos zu verstehen gab, dass sie bitte schweigen und der Aufforderung der Nachbarin nachkommen solle.

Zukünftig würden sie auf die Unterstützung der Nachbarn und der wenigen Verwandtschaft, die sie hatten, angewiesen sein. Eine Schusterei ohne Schuster brachte kein Geld ein. Das war gewiss. Thea würde sich um Arbeit bemühen müssen. Genauso wie Emmi. Unter diesen Umständen würde sie wohl kaum mit der Schule weitermachen können. Ohne das Geld, das die Schusterei einbrachte, waren ihre Pläne allesamt hinfällig geworden. Es würde für die Mutter schon schwer genug sein, das Haus, in dessen Untergeschoss die Schusterei und ein kleiner Verkaufsraum untergebracht waren, halten zu können. Was das Schulgeld betraf, daran mochte Emmi im Moment erst gar nicht denken.

Anfang letzten Jahres war der Metzger Jansen aus ungeklärten Gründen im Kanal eingebrochen und ums Leben gekommen. Die Witwe hatte am Ende das Haus samt der Metzgerei nur noch verkaufen können, da die drei Söhne noch klein waren und sie selbst zwar ab und an im Laden mitgearbeitet hatte, aber ihren Mann nicht ersetzen konnte. So hatten sie nicht nur den treu sorgenden Familienvater und Ehemann verloren, sondern auch ihr Zuhause. Mit Grauen erinnerte Emmi sich daran zurück und wie sehr die Buben geweint hatten, als ihre Habseligkeiten auf einen Pritschenwagen geladen worden waren und sie von ihrem Zuhause Abschied nehmen mussten. So ein Unglück durfte ihnen nicht widerfahren. Der Verlust des Vaters wog schon zentnerschwer, darüber hinaus noch das Zuhause zu verlieren, nein, so weit durfte es unter keinen Umständen kommen.

Also schluckte Emmi ihren bissigen Kommentar herunter, ging zu ihrer jüngeren Schwester, bat sie, mit ihr zu kommen, und geleitete sie behutsam hinauf in die obere Etage, in die Schlafkammer der Schwestern.

»Kannst du bitte bei mir bleiben, Emmi?«, flehte Anni sie an. »Ich mag nicht allein sein. Ich bilde mir ein, Vati ist hier noch immer irgendwo. Ich weiß, ich sollte keine Angst vor ihm haben, das ist gemein von mir, denn Vati ist … war der liebste …« Aufschluchzend brach Anni ab.

Emmi war sofort bei ihr und nahm sie fest in den Arm. Tröstend strich sie ihrer Schwester über das weiche honigblonde Haar.

»Gräm dich nicht, Annilein, ich kann dich gut verstehen. Ich meine ihn auch noch immer in seiner Werkstatt bei der Arbeit zu sehen. Ich kann sogar seine Stimme hören, wie er leise vor sich hin murmelt.«

Anni löste sich ein wenig aus der Umarmung ihrer Schwester. Sie beugte den Kopf zurück, so dass sie Emmi direkt in die graublauen Augen blicken konnte.

»Dann … dann bin ich also nicht verrückt?«

Vehement schüttelte Emmi den Kopf. »Nein. Herrgott, Anni, natürlich nicht. Wie kommst du nur auf so einen dummen Gedanken?«

Annis Unterlippe zitterte ein wenig, als sie antwortete: »Weil die Leute im Dorf sagen, dass Vati komisch im Kopf war. Und ich bin doch seine Tochter und ihm so ähnlich …«

»Die Leute, Anni, sie reden immer und über jeden«, fiel Emmi ihrer Schwester ins Wort. »So sind die nun mal. Und das meiste davon ist einfach nur Unsinn. Vati war nicht komisch im Kopf. Er hat sich nur manchmal an seine Zeit im Krieg erinnert, und das waren dann bestimmt keine guten Erinnerungen. Und was dich angeht, Anni, du bist ganz genau richtig, so wie du bist.«

Anni lächelte unter Tränen. »Du bist lieb.«

Emmi strich ihr mit dem Zeigefinger sacht über die tränennasse Wange. »Du darfst dir nichts einreden lassen, Anni. Hör einfach nicht hin, wenn sie das nächste Mal dummes Zeug reden. Ja?«

Anni nickte beruhigt. Doch als Emmi Anstalten machte, die kleine Kammer zu verlassen, geriet sie direkt wieder in Panik. »Wo willst du denn hin, Emmi?«

Emmi atmete tief durch. »Ich kann Mutti mit den Gästen nicht allein lassen. Ich muss ihr weiter zur Hand gehen, mich um alles kümmern.«

»Aber … aber die Nachbarsfrauen sind doch da. Da musst du doch nicht …«

Erneut ließ Emmi ihre Schwester nicht ausreden. »Anni, wir werden zukünftig noch oft genug auf die Hilfe der Nachbarschaft angewiesen sein. Leg dich in dein Bett und versuch zu schlafen. Ich bin bald wieder zurück.«

Anni sah sie mit ihren großen hellblauen Augen verständnislos an. »Warum sind wir auf die Nachbarn angewiesen?«

»Nicht jetzt, Anni. Wir reden später weiter. Ich muss jetzt wirklich gehen und …«

»Weil es doch wahr ist, dass Vati sich selbst erschossen hat?«, rief Anni laut aus. »Ist das so? Werden jetzt alle mit dem Finger auf uns zeigen … auf die Töchter des Mannes, der sich …«

Langsam verlor Emmi die Geduld. »Schluss jetzt, Anni. Niemand wird mit dem Finger auf uns zeigen. Du bist erschöpft und durcheinander und redest deshalb nur noch wirres Zeug daher.«

»Aber die Leute sagen …«